태산을 바라보다 望嶽

태산은 무릇 어떠한가
제나라와 노나라는 푸르름 끝없고
조물주는 진묘한 위풍을 모았고
산의 북쪽과 남쪽은 아침저녁을 갈랐다
층층이 일어나는 구름이 가슴 설레게 하니
눈을 부릅뜨고 돌아드는 새를 바라다본다.
반드시 정상에 올라
뭇산이 작은 것을 한번 보리라

岱宗夫如何, 齊魯靑未了, 造化鍾神秀, 陰陽割昏曉,
蕩胸生層雲, 決眦入歸鳥, 會當凌絶頂, 一覽衆山小.

東天赭 무광휘

진조여휘

Fantastic Oriental Heroes

장담 신무협 판타지 소설

진조여휘 3
장담 新무협 판타지 소설

초판 1쇄 찍은 날 § 2005년 11월 15일
초판 1쇄 펴낸 날 § 2005년 11월 25일

지은이 § 장담
펴낸이 § 서경석

편집장 § 문혜영
편집책임 § 서지현
편집 § 장상수 · 최하나

펴낸곳 § 도서출판 청어람
등록번호 § 제1081-1-89호
등록일자 § 1999. 5. 31
어람번호 § 제2-0744호

주소 § 경기도 부천시 원미구 심곡1동 350-1 남성B/D 3F (우) 420-011
전화 § 032-656-4452 팩스 § 032-656-4453
http://www.chungeoram.com
E-mail § eoram99@chollian.net

ⓒ 장담, 2005

ISBN 89-5831-773-6 04810
ISBN 89-5831-770-1 (세트)

진조여휘

Fantastic Oriental Heroes

장담 신무협 판타지 소설

3

인연의 고리

도서출판 청어람

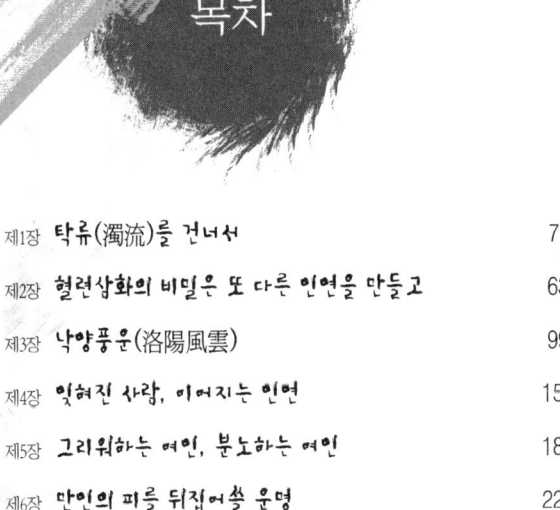

목차

1장
탁류(濁流)를 건너서

1

쏴아아아아!

빗줄기가 점점 거세지더니 기왓장을 부숴 버릴 듯이 쏟아지고,

번쩍!! 쿠르릉! 쾅!

하얀 번갯불이 천지를 밝히자 귀청을 찢을 듯한 천둥소리기 죽어간 사람들의 넋을 위로하려는 듯 천지에 울려 퍼졌다.

한 시진가량이 지난 후 상황이 정리되자 사람들이 방 안으로 모여들었다. 두 여인과 유현명, 오적상, 장호, 그리고 휘 일행까지.

그들이 들어선 방 안은 여전히 금령방혼진이 펼쳐져 있었다. 침중한 안색의 유현명이 사람들을 둘러보며 입을 열었다.

"음… 조 소협 덕분에 놈들을 물리치기는 했지만 앞길이 어찌 될지 누구도 장담할 수 없는 상태요."

그 말에 모용서하가 조용하면서도 확신에 찬 음성으로 말했다.

"당분간은 달려들지 않을 것입니다."

"왜?"

"귀마련의 내로라하는 고수인 오사, 두 명이 패퇴하고 달아났어요. 그 이상의 전력을 어디에서 급작스럽게 데려온다는 것이 쉬운 일은 아니죠."

그러면서 휘를 바라보았다.

"조 소협이 있는 한 그들은 멀리서 지켜만 볼 거예요."

휘가 조금은 쑥스런 표정을 지으며 그녀의 눈을 바라보았다. 그러다 무슨 생각이 들었는지 입을 열었다.

"아까 하던 이야기를 다시 해봅시다. 저들이 왜 소저를 죽이려 하는 겁니까?"

그제야 생각났다는 듯 사람들의 눈이 모용서하를 향했다. 그녀는 깊게 숨을 내쉬며 고개를 끄덕였다.

"후우… 그래요. 저를 보호하려다 사람까지 죽었으니……."

"아가씨……."

유모가 말리려 나서다 모용서하의 고갯짓에 하는 수 없이 뒤로 물러섰다.

"대신 한 가지 약조를 해주세요."

휘의 눈이 깊이 가라앉았다.

"내가 지킬 수 있는 거라면……."

그 말에 모용서하가 빙그레 웃었다. 휘는 문득 이 여인의 웃는 모습이 보기 좋다는 생각이 들었다. 엉뚱하게도…….

그녀가 말한다, 기대감을 품은 채.

"조 소협이 용혈궁까지 보표를 계속해 주세요."

휘의 눈이 더욱 깊어졌다. 낙양까지 같이 가기로 했었다. 용혈궁은 낙양에서도 사백여 리 동북 쪽, 태행산맥의 남쪽 끝에 자리잡고 있다.

그곳까지 갔다 온다면 적어도 닷새 정도의 시간이 더 걸릴 것이다.

'뭐, 그 정도라면…….'

답이 없자 유현명이 옆에서 한마디 거들었다.

"보수는 섭섭치 않게 주겠네."

승낙하려 했는데 보수까지!? 그야 당연히…….

"좋소. 대신… 모든 상황을 말씀해 주시오. 아무것도 모른 채 칼 맞긴 싫으니까."

그의 말에 모용서하가 빙그레 웃었다. 약간은 들뜬 듯한 웃음이 입가에 스친다.

"일단 신향까지만 가면 마중 나올 사람들이 있을지 몰라요. 만일 마중을 나온다면 어느 정도는 용혈궁에서 저를 인정한다는 뜻일 테지만, 그렇지 않으면……."

그녀의 말끝이 흐려졌다.

"하지만 제가 가는 목적이 꼭 그것만은 아니니 실망하지는 않을 거예요."

모용서하의 눈에 슬픔이 떠오르는 것이 그것 때문인가? 가족에게 외면당할지 모른다는 마음 때문에?

휘가 모용서하의 눈빛을 생각하는 사이 그녀가 다시 입을 열었다.

"조부님의 건강이 안 좋다는 소식을 전해 들었어요. 이십 년 만에 처음으로 온 소식이었죠……. 어쨌든 제게 마침 조부님의 병과 관련이 있는 물건이 있어요. 해서 알리지 않고 유모와 단둘이 무산(巫山)을 떠난 거예요. 가족으로 인정을 받든 못 받든, 단 하나 있는 조부님의 건강만은 지켜 드리고 싶은 마음에……."

그러나 용혈궁의 지배자들은 마음이 편치 않았을 것이다. 어찌 되었든 모용서하는 모용진광의 단 하나 있는 친손녀, 모용진광이 죽을 경우 최

우선의 후계자이니까.

휘가 고개를 갸웃거리며 물었다.

"한데… 어찌 귀혼유사가 소저의 뒤를 쫓고 있다는 것을 알았소?"

모용서하가 씁쓸한 표정을 지었다.

"어떻게 알았는지 제가 무산을 떠나자마자 귀혼유사가 나타났어요. 처음에는 그와 그가 데리고 있는 악귀뿐이었죠."

아마 용혈궁에서 정보를 주고 의뢰를 했을 것이다. 그곳에서 소식을 전했으니 궁주의 동태를 살피던 자들이 모를 리 없었을 터였다. 그리고 그걸 저 여인은 알고 있었을 것이다. 가족에게 쫓긴다는 것을 말하기 싫었을 뿐.

"요행으로 두어 번 그들의 눈을 속이긴 했지만 계속 속일 수는 없을 거라는 생각이 들었어요. 다른 자들까지 움직이는 것 같았으니까요."

진법에 능한 데다 알 수 없는 신비한 능력, 거기다 유현명과도 맞설 정도인 유모의 무공을 본다면 가능한 일이다.

"그래서 방향을 틀어 장안 쪽으로 올라왔어요. 때마침 유 대협께서 표행을 한다는 것을 알고 백풍표국에 급히 보표를 의뢰했죠. 독자적으로 움직이다가 표행에 묻어간다면 저들도 혼란을 일으킬 테고, 유 대협이라면 능히 귀혼유사를 상대할 수 있을 거라 생각했으니까요. 그리고 다른 자가 더 있다 해도 하나 정도는 저와 유모가 그럭저럭 상대할 수 있는 데다, 설령 알아챈다 해도 종남과 화산의 텃밭인 섬서에서 함부로 움직이기에는 아무리 귀마련이라도 쉽지 않을 테니 저희로선 달리 선택할 방법이 없었어요."

말을 하던 그녀가 문득 밖을 쳐다본다. 그러자 휘도 고개를 돌리더니 어둠 속을 향해 물었다.

"귀하는 어찌 생각하시오?"

순간.

"무량수불! 공연히 부끄러운 짓만 한 것 같소이다."

나직한 도호 소리가 어리둥절해하는 사람들의 귀에 울려 퍼지고, 한 사람이 방문 앞에 나타났다.

"유모, 진을 열어주세요."

모용서하의 말에 유모가 나서더니 진세를 이루고 있던 곳의 나무 막대기를 두어 개 비틀었다. 그러자 금빛 아지랑이가 사그라지며 세 자 정도의 틈이 벌어졌다. 그 사이로 젖은 도복을 입은 후줄근한 도인 한 사람이 들어섰다. 그를 보더니 유현명이 놀라 소리쳤다.

"우진자 선배?"

"무량수불. 오랜만이네, 유 도우."

"대체……?"

"좀 전에 왔네만, 이미 상황이 끝난지라 나서지도 못했네. 허허허……."

우진자, 약간 마른 몸에 둥근 얼굴, 한 자는 됨 직한 기다란 턱수염. 유현명보나 열 살 정도 연상인 오십대 중반의 나이에 화산의 매화오검(梅花五劍) 중 한 사람으로 불리는 고수.

성정이 묵직해서 쉽게 남의 일에 끼어들지 않는 걸로 유명한 도인이다. 물론 화산파의 알 만한 사람들만은 그렇게 평가하지 않지만.

그가 남의 일에 끼어들지 않는 것은 오직 한 가지 이유, 귀찮아서. 한데 귀찮은 것을 그렇게 싫어하는 사람이 웬일로?

"우진자 선배가 웬일로 귀찮은 일에……?"

유현명의 질문이 제대로 정곡을 찔렀는지 우진자의 눈이 힐끔 유현명을 노려보았다. 그러나 곧 이어지는 너털웃음.

"음… 귀신들이 화산을 지나갔다고 하기에. 뭐, 재미있을 것도 같고……. 허허허!!"

유현명의 입이 살짝 벌어졌다. 그것이었다. 그는 귀찮은 일에는 절대 끼어들지는 않지만, 또한 재미있을 것 같은 일에도 절대 빠지지 않는 사람이었다.

두 사람의 대화를 조용히 듣고 있던 휘가 물었다, 슬쩍 비꼬듯이.

"그럼… 도사님도 이번 표행에 끼어들겠다는 겁니까?"

우진자가 휘를 바라봤다. 한데 의외로 조용하다, 유현명이 어리둥절할 정도로.

'저 마른 장작 같은 양반이……?'

조용하다가도 한 번 불붙으면 마른 장작처럼 대책없이 타오르는 사람이 우진자거늘, 웬일로 후배가 꼬아서 말을 하는데 참지?

그때 우진자의 머리 속에서는 몇 가지 생각이 빠르게 교차하고 있었다.

'패자니… 보통 놈이 아닌 것 같고……. 그렇다고 그게 아니다고 하면 안 끼어줄 것 같은데……. 으음…….'

어쩔 수 없었다. 저 어린 놈 말에 밀려서 그냥 지나칠 수야…….

"허허허. 여도우를 돕는 일이 창생을 돕는 일인 듯하니 내 어찌 손을 놓고만 있을 수 있겠소."

거창한 이유를 들이대며 결국 그는 표행에 끼어들기로 했다.

휘는 모용서하를 바라보았다. 그녀의 입가에 가느다란 웃음이 걸린 게 보인다.

그도 공연히 웃음 나왔다. 유현명의 표정을 보고, 우진자의 성정이 괴팍할 것 같아 슬쩍 건드렸더니 당장 걸려들었다.

'순진한(?) 도사님이군. 훗!'

덕분에 강력한 보표를 한 명 얻었다, 공짜로.

아침이 되자 비가 멎었다. 안개가 자욱이 피어오른 궁호산에선 간간이 물방울 떨어지는 소리와 새소리만이 들려오고 있다.

시신들을 한쪽 방에 안치하고 부상자를 남겼다. 어차피 표행이 떠나간 이곳을 다시 습격하지는 않을 것이라는 것이 중론이었다. 그리고 장호가 나머지 일을 처리하기 위해 남겨졌다. 위험한 길을 같이 가는 것보다는 이곳에 남아 뒤처리를 하는 것이 그에게 더 나은 일이라 생각한 것이다.

2

안개가 자욱한 궁호산을 넘어가는 데 한나절이 꼬박 걸렸다. 모용서하의 말대로 습격자들은 없었다. 멀리서 지켜볼지는 몰라도.

그런데도 사람들의 표정은 어째 편안해 보이지가 않았다. 하루종일 우진자의 경을 외우는 소리가 궁호산을 넘어가는 내내 사람들의 신경을 건드리고 있었던 것이다. 죽은 사람을 위해 그런다 하니 말릴 수도 없었다. 목소리라도 좋으면 그런대로 참으련만……

한데 잘 참고 걸어가던 초평우가 휘에게 무슨 소리를 듣고 오더니 더 이상 못 참겠다는 듯 한 소리 내질렀다.

"그래 가지고 제삿밥 잘도 얻어먹겠수. 이거 산에서 암퇘지가 뛰어 내려오지 않을지 모르겠네……"

그랬다가 불붙은 마른 장작에 한동안 타작을 당했다. 의외로 휘가 지켜보기만 하자 우진자는 신이 나서 더욱 잘 타올랐다.

나중에 휘가 초평우에게 슬쩍 물었다.

"흠… 초 형, 맞을 때 천양의 법문은 계속 외우고 있었지요?"

초평우도 나직이 대답했다.

"예, 형님. 형님의 손속에 비하면 별거없던데, 효과가 있을까요?"

휘가 빙그레 웃었다.

"작은 불도 잘만 키우면 제법 쓸 만하게 커지지 않겠습니까? 유 대협에게 들으니 우진자 선배의 자양신공도 그럭저럭 경지에 이르렀다 하니 적잖은 도움이 될 겁니다."

마침 마차 옆에서 이야기를 해서인지 안에서도 들은 듯했다. 처음에는 무슨 뜻인지 몰라 조용했지만 나중에야 말뜻을 알았는지,

"킥!"

"호호!"

모용서하와 유모가 작게 웃음을 터뜨렸다. 하지만 우진자는 오랜만에 기분을 풀었다는 듯 의기양양하게 앞장서 걸어간다.

그 후로도 초평우는 하루에 두어 번씩 우진자를 건드렸다. 그러면 우진자는 신이 나서 타올랐다.

이틀이 지나 산맥군을 벗어나자 저 멀리 거대한 황톳물이 굽이쳐 흐르고 있는 것이 보였다. 그걸 본 휘의 눈이 경악으로 부릅떠졌다.

비 온 뒤에 호호탕탕 흐르는 거대한 물결, 황하의 거센 물결은 휘의 가슴을 떨리게 만들 정도였다.

"황합니다. 굉장하죠?"

초평우의 말에 휘가 고개를 끄덕였다.

"정말 놀랍군요. 세상에, 저런 강이 있다니……."

그러자 풍인강이 싸늘한 표정을 가늘게 떨며 말했다.

"혹시 바다 아니오?"

그도 황하는 처음 본 것이다.

"푸하하하!!!"

우진자가 참을 수 없는지 대소를 터뜨리며 말했다.

"황하는 이 땅에 있는 두 개의 거대한 강 중 하나다. 수많은 나라가 황하와 장강을 중심으로 흥망을 반복했지."

휘도 아버지들에게 들었다, 황하와 장강에 대한 이야기를. 하지만 직접 본 황하는 상상을 초월할 정도였다.

'언제 시간나면 장강도 가봐야겠다.'

그때였다. 마차 안에서 모용서하의 목소리가 들려왔다.

"황하와 장강을 중심으로 천하의 힘이 모여 있어요."

그 말을 듣자 휘의 가슴에 폭풍이 일었다.

'언젠가는… 천하를 논할 때 그 중심에 만상문이 있게 만들 것이다. 바로 내가! 사부님의 이름으로! 아버지들의 이름으로!!'

휘가 초평우를 보고 물었다.

"초 형, 천하의 중심에 있는 땅이 어딥니까?"

"예? 그야… 지역으로 따지면 하남성이지요."

휘가 무심한 표정으로 고개를 끄덕였다. 왜 그런지는 아무도 몰랐다.

*　　　*　　　*

휘가 황하를 보며 가슴 벅차 할 때, 멀리서 표행을 지켜보고 있는 자들이 있었다. 그중 하얀 얼굴이 말했다. 빨간 눈을 번뜩이며.

"어쩔 테냐? 청부는 처리해야 하지 않겠느냐?"

검은 얼굴이 대답했다, 줄 처진 사이에 눈을 가늘게 뜨며.

"네가 앞장선다면."

빨간 눈이 흔들렸다.

"음… 우진자까지 끼어들어서……."

얇은 눈이 조금 크게 뜨였다.

"너도 그렇지? 아무래도 좀 더 기다리는 게……."

하얀 얼굴이 혈안을 빛내며 고개를 끄덕였다.

"좋아! 더 좋은 기회가 생길 때까지 기다리자. 나는… 일 치를 때마다 피똥 싸기 싫거든."

순간 얇은 두 눈이 새빨갛게 달아올랐다.

'띠… 발… 놈!'

3

이틀을 내리 달리자 낙양의 북쪽 맹진이 보이기 시작했다. 그러나 맹진이 보이는 데도 사람들의 표정은 밝아지지가 않았다.

장안에서 보낸 전서구가 정주의 표국에 닿았다면 맹진에서 조력자를 만날 수 있을 테지만 그것 역시 확신할 수 없는 상황이다. 전서구라는 것이 반드시 목적지에 도착한다는 보장이 없는 것이다. 그나마 귀혼유사와 흑살지주가 쥐 죽은 듯이 움직이지 않으니 다행이라는 생각뿐이었다.

그렇다고 마음을 놓을 수도 없었다. 귀마련에 청부를 넣을 정도면 모용서하를 결코 순순히 받아들이지 않을 것이고, 그렇다면 모용서하를 해치려는 자들 쪽에서 무슨 수를 부려도 부릴 것이라는 생각이 들 수밖에 없었으니…….

두두두…….

오시 초, 마차가 빠른 속도로 맹진에 들어서자 저만치 백여 장 밖에서 몇 사람이 그들에게 다가오고 있는 것이 보였다.

유현명이 손을 들자 오적상은 마차를 멈춰 세웠다.

"저들은 천검보(天劍堡)의 무사들 같은데?"

우진자가 눈살을 찌푸리며 나직이 입을 열었다. 유현명도 의아한 표정을 지으며 고개를 끄덕였다.

"그러게 말입니다. 저들이 무슨 일로 이곳에? 오라는 사람들은 안 오고……."

말을 타고 의연한 모습으로 다가오는 자들은 모두 다섯이었다. 하늘색 청의를 입고 이마엔 옷과 같은 색인 하늘색 영웅건, 머리카락이 휘날리는 어깨 위로는 베죽 튀어나온 검이 보인다.

한데 그들의 가슴 한쪽에 네 자루의 검이 교차한 하늘천자가 새겨져 있다.

칠패 중 한 곳이며 하남의 남부 천중산에 자리한 천하제일보. 바로 그곳, 천검보 무사들의 전형적인 복장이었다.

잠시 생각하는 사이 거리가 십여 장으로 줄어들었다. 선두에 서서 다가오던 자가 우뚝 멈춰 서자, 나머지 네 명도 말을 세우고 형형한 눈을 들어 표행을 바라보았다.

그중 사십 초반으로 보이는 중년 부사가 굵은 목소리로 물어온다.

"거기 오시는 분들 중 혹시 모용 성을 쓰는 분이 계시는지요?"

유현명이 천천히 고개를 끄덕이며 대답했다.

"계시긴 하오만, 천검보의 무사들이 무슨 일로 본 표국의 표행에 관심을 보이는 것이오?"

중년 무사가 안광을 번뜩이며 말했다.

"본인은 천검보의 혁무성이라 하오. 용혈궁의 의뢰를 받고 모용 소저를 모시기 위해 왔소."

꿈틀, 유현명의 눈썹이 구렁이가 기어가듯 한차례 꿈틀거렸다.

혁무성이라는 이름은 처음 들어봤다. 그러나 밖으로 흐르는 기운만으로도 결코 자신의 아래로 보이지가 않았다. 누굴까? 누구기에 이 정도의 기세를 흘린단 말인가? 진짜 천검보의 무사일까? 아니면…….

그러나 의문도 잠시, 이자가 누구든 상관없었다. 표행을 막는다면… 모두가 적이다.

"우리는 표행 중이오. 의뢰는 우리가 먼저 맡았소. 아무리 천검보라 해도 우리 표행을 막을 권리는 없을 것 같소만."

혁무성이 의외라는 표정을 지었다. 그러자 뒤에 있던 무사 하나가 나서며 소리쳤다.

"감히 일개 표국이 천검보의 행사를 막겠다는 건가?"

순간 유현명의 눈이 싸늘하게 빛났다. 그는 뒤의 무사는 보지도 않은 채 혁무성을 향해 말했다.

"천검보가 언제부터 이렇게 안하무인이었는지 모르겠군."

"물이 고이면 썩는 법이지."

우진자도 한 소리했다. 그러자 혁무성의 눈빛이 칼날처럼 번뜩인다.

"귀하는?"

"나?"

멀뚱거리며 혁무성을 바라보던 우진자가 버럭 소리를 질렀다.

"그럼, 내가 누군지도 모르고 막아섰단 말인가?!"

느닷없는 고함에 혁무성이 멍하니 우진자를 바라보았다. 그러자 우진자가 한 번 더 소리쳤다.

"잘한다, 잘해! 그럼 저 친구가 종남의 절운검 유현명인 것도 모르고 있겠군!"

유현명이 씁쓸한 고소를 물고 우진자를 바라보았다.

"우진자 선배도 몰라봤는데 저를 어떻게 알겠습니까?"

어떻게든 두 사람의 이름이 다 튀어나왔다.

혁무성은 눈앞에 있는 사람들이 종남과 화산의 유명한 고수라는 것을 알고 가볍게 놀란 표정을 지었다. 하지만 그뿐, 오히려 안광이 더욱 강렬해져 갔다.

"미처 몰라뵈었소이다. 정식으로 인사를 드리지요. 천검보의 천위단 단주 혁무성이라 하오이다."

"천위단주?"

이번에는 유현명과 우진자가 놀란 표정을 지었다. 뒤쪽에선 초평우가 휘를 향해 즉시 설명을 시작했다. 완전… 자동이었다.

"천검보의 천위단은 한마디로 별동대라 할 수 있습니다. 천검보의 자랑이라는 사대무력과는 별도로 보주의 특명을 받고 움직이는 사람들입니다. 웬만해선 강호에 모습을 드러내지 않는다 했는데 아무래도 천검보 역시……."

초평우가 혁무성 쪽을 한 번 바라보고는 말을 이었다.

"작정하고 이번 일에 끼어들기로 한 모양입니다."

고개를 끄덕인 휘가 한마디를 보탰다, 나직이. 그래도 못 들을 사람은 없을 테니 좋은 말로……

"꿀이 있으면 벌 떼가 몰려들기 마련이지요."

혁무성이 칼날 같은 눈빛으로 휘를 바라보았다. 그러나 휘는 못 본 척 유현명을 보며 말했다.

"갈 길이 먼데… 가시죠?"

유현명이 고개를 돌려 자신을 바라보자 휘가 슬쩍 전음을 보냈다.

'적이든 아니든, 아쉬우면 따라올 텐데 뭘 걱정하십니까?'

그랬다. 생각해 보면 그의 말대로였다. 유현명은 어이없는 표정으로 휘를 바라보다 풀썩 헛웃음을 지었다. 그리고 혁무성을 쳐다보며 말했다.

"우리는 표행을 계속할 것이니 따라오든 말든 알아서 하시구려."

혁무성의 눈이 가늘게 떨렸다. 전혀 예상치 못했던 상황에 철심을 가졌다는 그조차 판단이 서지를 않았다.

상대는 구대문파의 고수다. 일 대 일이라면 밀리지 않을 것이다. 하지만 둘은 무리다. 게다가 마차 옆에서 깝죽거리는 자들도 간단해 보이지가 않는다.

저 싸늘한 표정, 광기까지 느껴지는 눈빛. 허술한 듯하면서도 말 한마디로 유현명을 움직이는, 지닌 바를 분간하기 힘든 자까지. 젊은 자들임에도 천검보라는 이름에 흔들리지 않는다. 그 모든 것이 혁무성의 심기를 건드리고 있었다.

생각도 잠시, 혁무성이 뒤를 향해 가볍게 고갯짓을 하자 무사들이 길을 터줬다.

마차가 나아가자 천검보의 천위단원들이 뒤를 따른다. 슬쩍 뒤돌아본 휘가 유현명에게 말했다.

"유 대협, 사람들이 서로 공짜 보표를 하겠다고 나서는 것을 보니까 얼마 안 가서 강호제일표국이 되겠는데요?"

물론 작은 소리로. 듣던가 말던가.

우진자는 고개를 갸웃거리고.

'거기에 나도 들어가는 건가? 설마……?'

혁무성의 안광은 더욱 날이 선다.

'대체 저놈 정체가 뭐야?'

4

동으로 이십여 리, 백학포구에 들어섰다. 강가로 나가자 거대한 황하가 누런 때깔을 뿜내며 줄기차게 흘러가고 있었다. 상류에서 적지 않은 비가 내렸는지 그 폭이 십 리도 넘어 보인다.

그곳에는 천검보에서 준비한 한 척의 배가 대기하고 있었다. 마차를 통째로 실을 수 있도록 갑판에 넓은 판이 대어져 있는 걸로 봐서, 모용서하가 마차를 타고 온다는 것까지 알고 있었던 듯했다.

유현명의 미간이 보일 듯 말 듯 찌푸려졌다.

그들이 여기까지 오는 동안 끝내 백풍표국에선 사람이 오지 않았다. 그렇다면 소식이 전해지지 않았든지, 아니면 방해를 받았다는 말일 것이다. 둘 중 어느 것이든 앞으로 길이 평탄치 않다는 것만은 분명했다.

유현명이 뱃전에 오르며 혁무성을 보고 물었다.

"천위단의 무사는 몇이나 왔소?"

"건너편에 열이 더 있소."

합이 열다섯. 천위단이라는 이름을 생각하면 적지 않은 숫자. 이쪽까지 합하면 스물셋.

그러나 적을 생각하면 많은 숫자도 아니다. 갈 길은 아직도 삼백오십여 리 남았거늘.

유현명이 침중한 표정으로 혁무성에게 말했다.

"한시도 마음을 놓아선 안 될 것이오."

혁무성의 뒤에 서 있던 무사가 냉랭히 입을 열었다, 여전히 유현명 일행이 마음에 안 든다는 듯.

"천검보의 무사가 일개 표사 같은 줄 아시오?"

마차를 따라 배에 올라서던 휘가 무심한 표정으로 그를 보았다.

"귀혼유사가 나타나도 그리 태연한지 한 번 봐야겠군."

그러면서 포구 뒤편을 쓱 훑어봤다.

혁무성이 놀란 눈으로 휘를 보았다.

"귀혼유사라 했소?"

"흑살지주도 있었지, 아마?"

우진자가 유현명에게 물어보는 투로 말하자 혁무성이 이를 지그시 깨물었다.

'우진자나 유현명이 거짓을 말하지는 않았을 것이다.'

그렇다면 귀마련의 두 마귀가 정말 뒤쫓고 있다는 말. 게다가 그 둘뿐이 아닐 것이다. 귀마련이 나섰다면…….

자신들이 생각하고 있는 방해자에다 귀마련, 생각보다 강한 저지가 예상되자 혁무성은 무사들을 향해 차갑게 말했다.

"배에서 내리거든 방심하지 말고 주위 경계를 철저히 하도록!"

"예! 단주!"

*　　　　　*　　　　　*

포구에서 이백여 장 떨어진 송림.

한 사람이 나무 위에 내려서다 말고 깜짝 놀라 미끄러지더니, 간신히 옆으로 뻗은 나뭇가지에 걸터앉은 채 하늘을 쳐다보며 부르르 떨고 있었다. 두 다리 사이에 낀 나무가 그 굵기에도 부러지지 않은 게 용할 정도다.

'띠… 벌! 왜 하필 그때 쳐다보는 거야! 끄으으…….'

그 옆에는,

'끄… 끅끅!!'

시뻘건 눈에서 닭똥 같은 눈물을 흘리며 혼신의 힘으로 입을 틀어막고 있는 낯 붉어진 하얀 귀신도 있고.

*   *   *

싯누런 황톳물을 따라 빠르게 내려간 배가 산점포구까지 가는 데 한 시진이 걸렸다.

노련한 사공들이 아니었다면 뒤집혔을지 모를 정도로, 비 내린 뒤의 황하는 위험하다. 하지만 또한 그 덕분에 적어도 반나절의 시간은 벌 수 있었다.

산점포구에 내려서자 열 명의 무사가 말을 탄 채 대기하고 있었다. 하나하나가 고수라 불리기에 부족함이 없는, 날 선 검 같은 천검보의 천위단원들이었다.

마차를 호위하며 유현명과 휘 일행이 내려서자 그들의 눈이 혁무성을 향했다. 그러자 언뜻 혁무성의 눈에 갈등이 어렸다. 하지만 그것도 잠시, 혁무성이 무사들을 향해 냉랭한 목소리로 명령을 내렸다.

"마차를 호위하고 용혈궁으로 간다!"

공연한 다툼으로 전력을 소비할 필요는 없었다. 유현명이나 우진자의 명성도 빙상이지만, 이들의 말이 사실이라면, 자신들만으로 용혈궁에 당도한다는 것이 쉬운 일이 아닐 거라는 생각이 든 것이다.

*   *   *

마차 한 대를 둘러싼 무사들이 선점포구를 떠나갈 때쯤 백학포구에선 한 척의 소선이 포구를 떠나고 있었다. 포구에선 날강도라도 당한 듯 사공 하나가 주저앉은 채 버럭버럭 소리치고 있다.

"이보시오! 스무 냥짜리 배를 다섯 냥만 던져 놓고 훔쳐 가는 사람이 어디 있단 말이오?!"

콰르르르······.

황화는 대답없이 흘러간다. 보일 듯 말 듯 멀어진 소선에서도 대답이 없다.

"에라이! 똥구멍에 말뚝 박혀 죽을 귀신같은 놈들! 퉤!!"

황하보다 더 싯누런 가래침이 강물 위로 떨어졌다.

사공은 소선이 황하의 누런 포말에 섞여 보이지 않을 만큼 멀어지자 옷을 탈탈 털고 일어섰다.

"씨불 귀신같은 놈들······ 가다가 콱! 빠져 뒈져라!"

한 소리 악담을 하며 뒤돌아서던 사공이 씩 웃었다.

"고칠 건지 버릴 건지 고민했는데··· 다섯 냥이믄 오늘 저녁에 유월이 년하고 한잔해두 되겠구먼. 낄낄낄!"

짤랑, 짤랑······. 사공의 손안에서는 은전이 기분 좋은 소리를 내며 굴러간다.

황하의 한가운데에선 한 척의 소선이 비틀거리며 나아간다.

"하얀귀신아! 너, 배 몰아봤다며?"

"조용해!! 힘 빠지니까!!"

"···너··· 첨이지?"

"······."

부들부들. 시커먼 얼굴이 하얗게 탈색되었다.

"에라이······."

두 귀혼은 주인이 힘쓰는 것을 멀뚱멀뚱 바라볼 뿐이고···

"서호에서는··· 저어봤는데······."

마지막 변명을 하는 귀혼유사를 바라보며 흑살지주가 한숨을 내쉬었다.

"후우… 어째 그놈을 만나고부터 이리 재수가 없을까… 에휴……. 이제는 팔자에 없는 물귀신이 될 판이니……."

그때였다.

뚝! 노가 부러지더니, 하얀귀신의 말이 떨려 나왔다.

"물이…… 샌다……."

얼마의 시간이 지났을까, 선점포구에서 상류 쪽 오십여 리 되는 곳, 부서진 뱃조각을 부여잡은 두 사람이 강가를 기어오르고 있었다.

"히. 히. 히…… 살았다. 흐. 흐……."

"쿨룩! 쿨룩! 내가… 뭐라… 했냐……. 쿨룩! 호랑이한테… 물려도… 정신만……."

"시끄……. 빨간 눈깔 뽑아서 물고기 밥으로… 던져 주기 전에……. 헥 헥……."

"…눈에 물들어 가면… 더 빨게지는데……."

"지랄……."

*　　　　*　　　　*

높이 일만 척 태웅산의 십삼준봉 중 비천봉 아랫자락에 늘어선 거대한 전각군. 일필휘지 용사비등한 글씨체의 현판이 내걸린 은룡전의 이층에는 식은 찻잔을 앞에 놓고 백미, 백염의 노인과 둥근 얼굴 얇은 눈의 중년인이 마주 앉아 있었다.

한데 뭐가 그렇게 마음에 안 드는지 고개 숙인 중년인을 바라보는 노인의 굳어진 눈에서 한광이 흘러넘친다.

"놈들이 이곳으로 오고 있다고?"

"그렇습니다, 주군!"

"대체 귀마련 놈들은 뭐 한 거야? 계집 하나도 못 죽이고!"

"예상외의 인물들이 끼어들었습니다. 종남의 유현명은 물론이고 우진자까지 나타났다고 합니다. 게다가… 정체불명의 고수가 백풍표국에 고용되었는데, 흑살지주조차 그를 당하지 못하고 달아났다 합니다."

"정체불명? 언제부터 자네가 그런 말을 했나? 본 궁의 정보를 책임진다는 사람이, 뭐라? 정체불명?"

"저… 그게… 이제 이십대로 보이는데… 어디에서도 그에 대한 정보가 없는 걸로 보아 강호 초출이 아닌가 생각을……."

"강호 초출이… 귀마련의 오사 중 하나인 흑살지주를 개 쫓듯이 쫓아 버렸다? 그걸 나보고 믿으라, 그 말인가?"

"최대한 빠른 시간 안에……."

"지금 그자가 문제가 아니지 않는가? 음… 안 되겠어."

노인이 잠시 망설이는 듯하더니 가늘게 떨리는 눈을 들어 중년인에게 물었다.

"북두검회에서 온 놈들은?"

"지금 묵룡단과 함께 움직이고 있습니다."

노인이 차갑게 입꼬리를 말아 올렸다.

"그놈들, 천검보라면 이를 가는 놈들이니 의외의 성과가 있을 수도……."

노인의 말에 고개를 숙이고 있던 중년인이 머뭇거리며 대답했다.

"한데… 장 단주가……."

"그도 이 일에 끼어든 이상 어쩔 수 없어! 내 알아서 할 테니 신경 쓰지 말게."

"알겠습니다, 주군."

"방심하지 마라! 실패하면 궁주를 따르는 놈들에게 칼 한 자루를 더 쥐어준 거나 마찬가지니까!"

"명심하겠습니다!"

5

신향 남쪽 백여 리, 초여름 적산평원의 메마른 대지를 가르며 한 대의 마차가 달려간다.

마차 위에는 백풍표국의 표기가 바람에 휘날리고, 앞뒤로 천검보의 무사들이 호위하는 마차의 행렬은 사람들의 시선을 잡아끌기에 부족함이 없었다.

마차의 마부석, 휘는 나른한 오후 햇살을 즐기며 오적상과 나란히 앉아 있었다. 유현상이 말 한 마리를 건네주며 타고 가라 했지만 휘는 정중히 사양했다. 마차를 타고 가며 생각할 것이 있다는 대답과 함께. 그리고 속으로는 안도의 한숨을 내쉬었다.

'말을 타봤어야 타지. 이거 빨리 배우든 해야지, 원……'

별다른 제지를 받지 않고 달린 덕에 이제 신향이 백여 리도 남지 않았다. 그곳에서 모용서하를 넘겨주면 낙양으로 내려갈 것이다.

비록 그녀는 용혈궁까지 같이 가주기를 바라지만 신향에서 그녀를 보호할 사람들을 만난다면 굳이 같이 갈 필요는 없을 듯했다.

이런 저런 생각을 하는 사이, 한없을 것 같던 적산평원이 끝나더니 양옆으로 아름드리 소나무들이 늘어선 송림이 시작되고 있었다.

송림으로 들어선 지 일각가량이 지났을 때였다. 마차의 마부석에 앉아 느긋하니 싸하 솔향을 음미하고 있던 휘의 가늘게 뜨인 눈이 번쩍였다.

휘는 고개를 돌려 사람들의 표정을 살펴보았다. 아직 아무것도 느끼지 못했는지 시원한 그늘이 펼쳐진 대로를 빠르지 않은 속도로 달리는 사람들의 표정은 한결 느긋해져 있었다.

휘가 유현명을 보며 말했다.

"유 대협, 속도를 좀 늦춰야겠습니다."

유현명이 휘를 돌아보았다. 그러다 휘의 표정이 살짝 굳어 있는 것을 보더니 물었다.

"무슨 일이라도……?"

"손님이 온 것 같습니다."

휘의 말이 끝나자마자 마차 안에서 모용서하의 목소리가 흘러나왔다.

"상당히 강한 기운이에요. 멀지 않아요."

이미 그녀의 능력을 알고 있는 유현명으로선 절대 무시할 수 없는 말이었다.

"속도를 늦추시오!"

유현명의 일갈에 앞에서 달리던 혁무성이 뒤를 돌아보았다.

"무슨 일이오?"

"손님이 오신 듯하오."

"손님? 적?"

혁무성이 빠르게 주위를 돌아보았다. 천위단 무사들은 속도는 늦춘 채 사방을 경계하며 혁무성의 지시를 기다리고 있었다. 이마를 찌푸린 혁무성이 유현명을 보며 말했다.

"사람의 기척은 없는 듯하오만……."

사실 유현명도 확신을 할 수는 없었다, 자신이 느끼지 못하고 있었으니. 하지만 휘나 모용서하의 능력을 어느 정도 알고 있는 그로선 믿지 않을 수도 없었다.

유현명은 대답을 하지 않고 휘를 바라보았다. 그러자 휘가 나직한 목소리로 초평우에게 말했다.

"초 형, 느껴집니까?"

"예? 뭐가 말입니까?"

"새든 짐승이든 뭐든, 자연에서 살아가는 온갖 살아 있는 것들의 순수한 기운 말입니다."

잠시 주위를 둘러보던 초평우가 고개를 저었다.

"안 느껴지는데요."

당연히 느낄 수 없었다, 그의 능력으로는.

"순수한 기운은 없고 다른 이를 죽이지 못해서 발광하는 살기만 느껴지니…… . 후우… 꼭 찍어서 먹어봐야 아는 사람들하고 이야기를 하려니 피곤하군요. 초 형, 나를 믿습니까?"

초평우가 고개를 꾸벅 숙이며 대답했다. 허리도 직각.

"믿습니다!! 형님!!"

그러자,

"나도… 믿습니다."

풍인강도 한 소리 했다.

어이가 없는지 혁무성이 벙찐 표정으로 휘를 바라본다. 그러자 휘가 우진자를 보더니 손으로 앞쪽을 가리켰다.

"우진자 선배님의 목소리가 크니 소리 한 번 치시지요."

더구나 듣기 싫은 목소리라면 더 효과가 있을 것도 같고…….

"음? 뭐라고?"

"그냥 아무 말이나 하세요. 도적들처럼 숨어 있는 사람들에게 무슨 말을 못하겠습니까?"

휘의 유닌히 큰 목소리에 우진자가 고개를 끄덕였다.

"흠… 하긴……."

하지만 굳이 소리까지 칠 필요가 없었다. 우진자가 앞으로 나서자 백여 장 앞쪽의 소나무 숲에서 십여 명이 걸어 나오고 있었던 것이다.

그들을 바라본 혁무성의 미간이 와락 구겨졌다. 다른 사람이 알아본 것을 자신은 몰랐다는 것에 공연히 노화가 치밀어 올랐다, 그것도 하필 기분 나쁜 저 젊은 놈이 알아본 것을.

"웬 도적놈들이냐?!"

그러다 보니 목소리가 고울 리 없었다. 혁무성의 물음에 가시가 돋친 것을 알았는지 다가오던 자들 중 하나가 나서며 소리쳤다.

"우리는 도적이 아니다, 혁무성! 함부로 말하지 마라!"

상대가 자신을 알아보자 혁무성의 눈이 싸늘하게 굳었다. 자신을 알면서도 마주 소리친다? 그것은 상대 역시 그만큼 자신감이 있다는 말.

다가오는 자들을 자세히 살펴봤다. 그때였다. 무얼 보았는지 혁무성의 눈매가 싸늘히 굳어지고 입에선 냉랭한 한풍이 흘러나왔다.

"그러고 보니… 북두검회의 도적놈들이었군!"

그는 본 것이다, 상대의 어깨 위로 솟은 검병에 그려진 일곱 개의 별을. 오직 하북의 대검문 북두검회에서만 사용하는 북두칠성의 신표를.

그렇다면 자신을 알아본 것을 이해할 수 있었다. 놈들은 천검보에 관해선 무엇이든 병적으로 조사를 했을 테니까.

북두검회(北斗劍會)?!

모두가 놀란 표정으로 멀리서 다가오는 자들을 바라보았다.

다가오던 자들은 모두 열네 명이었다. 언뜻 열네 명으로 뭘 할 수 있을까 생각할 수도 있다. 그러나 그렇게 생각했다가는 큰코다치기 십상이다. 저들은 소수 정예라는 북두검회의 검귀들인 것이다.

앞장서서 한 사람이 걸어오자 휘가 초평우를 바라보았다. 그러자 역시 자동······.

"북두검회는 하북의 팽가와 함께 하북의 양 축을 이루고 있는 대문파입니다. 항상 일곱 명씩 조를 이루어 움직이며 하나하나가 일류고수급의 검귀들만 모아놓은 곳이 바로 북두검회입니다. 천검보와는 만나기만 하면 검부터 빼 들 정도로 앙숙입지요. 아마 천검보에게 밀려 칠패에 끼지 못했다는 것에 한을 품은 듯합니다. 들리는 소문으로는 천검보주 천수검왕(天手劍王) 사공천과 북두검회주 북두신검(北斗神劍) 동방백이 원수지간이라는 말도 있던데······."

초평우의 말이 끝나갈 때쯤, 천검보의 무사들이 모두 앞으로 나섰다. 그들의 표정은 대적을 앞둔 전사의 표정, 바로 그것이었다.

심지어 마차의 호위조차 신경을 쓰지 않고 오직 북두검회의 무사들을 향한 적개심만을 뿜어내고 있어 그들의 목적이 마차의 호위인지, 아니면 북두검회와 싸우러 온 것인지를 분간하기 힘들 정도였다.

그걸 보고는 유현명이 한마디 했다.

"천검보와 북두검회가 만났으니 조용히 지나가긴 틀렸군요."

그러자 우진자도 뒤지지 않고 말을 보냈다.

"저래서야 무슨 호위를 하겠다고. 쯔쯔······."

상황을 지켜보던 휘가 마차에서 일어서며 사위를 훑어보았다.

"단단히 각오들 하셔야 합니다."

초평우가 휘를 바라보았다. 북두검회와 천검보의 힘은 비슷하게 보였다. 그렇다면 그리 염려할 필요는 없을 듯했다. 유현명과 우진자, 거기다 휘가 합세하면 북두검회의 저지를 뚫고 나가는 것은 그리 어려워 보이지가 않았던 것이다.

그러나 그건 그거고, 초평우는 휘의 말이라면 무조건 '믿습니다' 였다.

"풍가야! 형님이 각오하란다!"

풍인강이 차갑게 굳은 표정으로 천천히 고개를 끄덕였다.

"이미 하고 있소."

그 역시 '믿습니다' 였다.

천천히 북두검회의 무사들에게 다가가던 혁무성이 검을 빼 들었다.

"이곳까지 오다니 죽으려고 환장했군, 북두검회의 개."

북두검회의 무사들 중 앞장서서 오던 자가 하얗게 웃는다.

"후후후, 나 육진평에게 개라는 놈이 다 있다니……."

그의 말에 혁무성의 안색이 차갑게 굳어졌다.

"육진평? 요동의 마검 육진평?!"

"그래도… 이름은 들어봤나 보군."

"들어봤지, 들어보고말고. 요동에 미친 들개 한 마리가 있다는 말을 듣고 어떤 놈인지 궁금했지. 그러고 보니 개가 맞긴 맞군."

순간 육진평의 안색이 딱딱하게 굳어지더니,

"네놈이 감히……."

쩡!

검이 뽑혔다 싶은 순간, 번개 한줄기가 육진평의 어깨에서부터 뻗어나왔다. 삼 장의 거리를 두고.

혁무성도 칼 같은 눈빛을 번뜩이며 검을 내쳤다, 신형을 날리며.

떠더더덩!

일순간에 팔검이 교차했다. 힘 대 힘으로.

주르륵 뒤로 물러선 두 사람의 굳어진 눈에서 살광이 번뜩이다가 서서히 늪 속 깊숙이 가라앉았다. 한 치의 양보도 없는 일수격검으로 상대가 결코 무시할 수 없는 실력이라는 것을 둘 다 절감한 것이다.

뒤에 있던 천위단의 무사들이 혁무성을 중심으로 날개를 펴며 북두검회의 무사들을 압박해 간다. 북두검회의 무사들도 검을 빼 들고 마주쳐

간다. 두 무리가 내뿜는 기운에 휩쓸린 초목들이 갈가리 부서지며 허공에 휘날렸다.

그들의 대치를 바라보던 휘가 난데없이 나직한 목소리로 입을 열었다.

"왔군."

뭐가 왔단 말인가?

미처 의혹을 느낄 시간도 없이, 우진자는 자양신공의 기운을 끌어냈다. 그도 느낀 것이다, 송림을 조여오는 끈적끈적한 살기를.

"대체 어떤 놈들이기에⋯⋯?"

챙!

우진자에 이어 유현명도 검을 빼 들었다. 한순간도 안심할 수 없는 상황, 검을 빼 드는 시간조차 아껴야 한다.

마차를 중심으로 네 명이 둘러서자 휘가 마차 안을 향해 말했다.

"위험할 수도 있소."

마차 안에서 모용서하의 대답이 들려온다.

"우리는 걱정 마세요, 나름대로 대비는 하고 있으니까요."

그럴 것이다. 난둘이서 귀마련의 고수들 손에서 빠져나와 장안까지 간 사람들이다. 단순히 운만으로는 불가능한 일이었다.

휘는 고개를 끄덕였다. 어차피 마차를 신경 쓰며 싸울 수는 없는 일. 모용서하가 걱정 말라면 그만한 자신이 있어서일 터였다. 휘는 고개를 들어 숲 속을 바라보았다.

스스스⋯⋯.

살기가 밀려온다. 점점 가까이⋯ 끈적끈적한 습기를 머금은 안개처럼⋯⋯.

유현명의 검을 잡은 손에 힘이 들어가고, 우진자의 검에선 자주색 기운이 넘실대며 일어나고 있다. 그리고 마침내, 츠르릉— 만양의 연붉은 검신이 요요로운 나신을 드러냈다.

순간, 소나무 사이의 자잘한 잡목 사이로 수십 명의 복면인들이 모습을 보였다. 절제된 움직임, 말없는 행동. 결코 뜨내기 무사들이 아니다. 그렇다고 사악한 기운이 느껴지는 것도 아니었다. 그들에게선 오직 하나, 엄중한 검기만이 뿜어지고 있을 뿐이다.

휘의 눈빛이 깊게 침잠되어 들어갔다.

'복면을 했다는 것은 숨길 것이 있다는 말이겠지. 피할 수 없는 상황이라면… 망설이지 않겠다!'

그때였다. 복면인들의 뒤에서 나지막하면서도 단호한 명령이 이어졌다.

"시.작.해!!"

명령이 떨어지자 복면인들이 신형을 날린다. 도검을 앞세우고, 마차를 향해서!

"타앗!"

격돌은 풍인강의 검에서부터 시작되었다.

쾅!

풍인강의 무지막지한 검격에 달려들던 복면인 하나가 주르륵 물러선다. 그러자 다른 복면인이 풍인강의 옆구리를 노리며 검을 날렸다.

"감히!"

우진자의 노호성이 터지며 자주색 검기가 허공 가득 자색 매화를 흩날린다. 화산에서 오직 그만이 익혔다는 자운매령(紫雲梅零)이었다.

유현명의 검이 긴 동선을 그리며 두 복면인의 머리 위를 덮쳐 간다. 절운검이라는 그의 별호처럼 구름이 긴 검의 궤적에 걸려 조각조각 부서져 나가는 듯하다.

떠더덩! 콰쾅!!

폭죽이 터지듯 검력이 터져 나가며 달려들던 자들이 주춤거린다.

"크윽!"

"어헉!"

강렬한 일격에 내부가 흔들린 복면인들이 피를 토하며 나뒹군다. 이마에 매화 한 송이가 틀어박히자 복면을 타고 흘러내린 시뻘건 선혈이 온몸을 적신다. 검의 궤적에 걸려 가슴이 벌어진 복면인이 비명도 지르지 못하고 무너져 내린다.

한순간이었다. 서너 수만에 네 명의 복면인이 피를 토하며 쓰러졌다. 동료들이 힘없이 쓰러지자 복면인들은 우진자와 유현명이 막아선 두 곳을 피해서 신형을 날렸다. 마차의 정면, 휘가 막아선 곳으로.

순간 휘의 입가로 차가운 웃음이 떠올랐다.

'검을 들이대는 자에겐 검으로! 그것이 강호의 법칙이라면!!'

복면인 세 명이 동시에 달려드는 것을 보며 만양을 들어올렸다. 거리는 일 장, 검과 검을 내뻗으면 맞닿을 거리.

후웅!

만양이 연붉은 기운을 내뿜으며 허공을 살라 버렸다.

유성파벽!

쾅! 쩽!

귀청을 찢는 굉음과 동시에 세 자루의 검이 허리가 부러진 채 허공에 떠올랐다.

"끄으으……."

억눌린 신음을 흘리며 세 명의 복면인이 훌훌 날아간다. 뒤이어 달려들려던 복면인들이 놀란 눈을 크게 뜨고 주춤 멈춰 섰다.

찰나, 휘의 신형이 앞으로 한 걸음 나아가며 흔들렸다. 주욱 나아가던 신청이 허공에 다섯 개의 환영을 만들어내며 갈라진다. 다섯의 환영이 만양을 들어 복면인들을 향해 흔들었다.

유성낙화우!

붉은 검기가 하늘에서 우박처럼 흩뿌려지며 떨어져 내린다.

"조, 조심해!"

처음으로 복면인의 입에서 다급성이 튀어나오고, 분분히 물러서는 복면인들 사이를 뚫고 두 개의 검이 쏘아져 온다.

떨어져 내리던 만양이 옆으로 흐르며 베어오는 검을 휘감아 흘리더니, 찔러오는 검의 검첨을 후려쳤다.

쩡! 츠르르…….

팅기듯 밀려가는 검을 따라 미끄러지며 복면인의 가슴을 후비고,

스스슥!

예리한 칼날에 종이가 잘려 나가는 듯한 소음이 천둥처럼 복면인들의 귓전을 파고들었다. 순간!

파팟! 시뻘건 선혈이 분수처럼 뿜어지며 두 명의 복면인이 그 자리에서 무너져 간다.

달려들던 복면인이 달려들던 속도보다 빠르게 뒤로 물러났다. 수적인 우세도 너무 차이가 나는 힘 앞에선 소용이 없다. 경악으로 일그러진 눈들에선 공포가 스며 나오고 있다.

순식간에 다섯 명이 무너져 내렸다. 미친 듯 달려들던 복면인들이 급살에라도 맞은 양 우뚝 멈춰 서버렸다. 그제야 휘는 무심한 표정으로 사위를 쓸어 보았다.

삼십여 장 떨어진 곳에서는 천위단과 북두검회의 무사들이 격렬하게 싸우고 있었다.

유현명과 우진자는 차분히 복면인들을 몰아치며 한 걸음도 물러서지 않고 있었다.

풍인강은 한기를 풀풀 날리며 복면인 둘과 치열한 접전을 벌이고 있고, 초평우는 한 명의 복면인과 마주 서서 사생결단을 낼 듯이 도를 휘둘러 대고 있었다. 죽을 등 살 등 모르고 신이나 있어 보는 사람이 불안할 지경이다. 어찌나 살벌하게 싸우는지 옆에 있는 복면인이 끼어들지도 못할 정도였다.

그래도 아직 이십여 명의 복면인이 남아 있는 상황.

한데 그때였다.

문득 복면인들의 뒤쪽에 조용히 서 있는 덩치가 큰 복면인이 눈에 들어왔다. 아마도 이들을 이끄는 수장인 듯 보였다.

언뜻 그의 눈과 휘의 눈이 마주쳤다.

복면인의 깊게 가라앉은 눈은 가늘게 떨리고 있었다. 두어 번 숨 쉴 짧은 시간에 복면인들이 다섯이나 당한 것이 그에게 충격을 가져다준 듯하기도 하고, 뭔가 망설이는 듯한 눈빛 같기도 하다.

휘가 그를 향해 손을 들었다. 검지를 세우고. 그러자 그의 눈에 이채가 어렸다, 마치 무슨 뜻이냐는 듯.

휘가 검지를 까닥거렸다.

―덤벼!

순간 그 뜻을 알아챈 복면인의 눈에서 분노의 불길이 쏟아졌다.

"감히! 어린 놈이!!"

일갈을 내지른 그의 큰 덩치가 허공으로 솟아오르더니 그의 허리춤에서 한 자루의 시커먼 도가 뽑혀져 나왔다.

쩌저적!

시커먼 도신에서 묵빛 도기가 구름처럼 피어오르고, 뇌전이 번쩍이더니 휘를 향해 떨어져 내린다.

휘의 입가로 진한 냉소가 하얗게 매달렸다. 독맥에서 피어난 천양의 기운이 팔을 타고 쭉 손끝까지 뻗쳤다.

'최대한 빨리 끝낸다!'

화르륵!!

만양의 나신을 타고 흐른 붉은 불길이 검첨에 매달려 타오른다.

휘의 신형이 허공으로 쑥 딸려 올라가며 만양이 머리 위로 들렸다. 빠져나가려 요동치는 불길로 한 송이 혈련화가 허공에 그려지고,

"가라!"

나지막하면서도 거역할 수 없는 일갈에 불꽃 혈련화가 피어난다.

적루몽!

콰아아!!

일순간,

쩌저저!! 콰르르…….

뇌전을 불꽃이 집어삼켜 버렸다!

붉은 꽃잎을 찢어발기며 빠져나가려는 뇌전의 몸부림이, 복면인의 눈에서 피어오르는 당황의 표정만큼이나 처절하다.

그때였다. 만양에서 불꽃 한 송이가 더 피어오른다.

몽여화!

"탄!!"

휘의 차가운 한마디에 몽여화가 날아오르더니 적루몽의 열기에 격렬히 몸부림치고 있는 묵빛 도기를 감싸 버렸다.

복면인의 두 눈이 홉떠졌다. 이를 악물고 도를 휘둘러 불꽃을 떨쳐 내려 하지만, 점점 먹혀 들어가며 진저리 치는 묵빛 도기의 비명성에 마음만 다급할 뿐이다.

"이아앗!!"

고오오……. 화르르륵!!

삼 장 떨어진 곳에서 기회만 엿보고 있던 복면인들의 두 눈이 찢어질 듯이 부릅떠졌다. 뇌전을 집어삼킨 불꽃이 시커먼 벼락을 토해내고 있다, 자신들의 머리 위로.

"무, 물러서! 빨리!!"

경악성이 다급히 터져 나오고, 정신없이 물러서는 복면인들의 머리 위로 뇌전이 방향을 꺾어 떨어져 내린다.

"크억!"

"아악! 내 팔!"

뇌전의 파편이 스치는 곳마다 비명이 터져 나온다.

몽여화의 꽃잎이 박히는 곳마다 혈련화가 피어난다.

마차에 부딪친 모든 것들은 마치 철벽에 부딪친 듯 튕겨져 나간다.

휘의 눈에 이채가 어렸다.

'흠… 마차의 내부를 진으로 감싼 건가?'

더 이상 견디지 못하고 튕겨져 나간 덩치 큰 복면인이 공중제비를 돌며 내려섰다.

쿵쿵쿵! 그의 걸음걸음마다 단단하게 나른 땅이 깊이 패어 나가고,

"우욱!!"

그의 입에서는 진한 선혈이 토해져 복면을 타고 목 아래로 흘러내린다.

마차 위로 내려선 휘의 입가에 맺힌 하얀 웃음이 더욱 짙어져 간다. 입가로 언뜻 한줄기 가는 핏물이 보인다. 휘 역시 가볍지 않은 내상을 입은 듯.

그러나 다시 들어올리는 만양에 서린 연붉은 검강만은 여전히 요요로운 불길을 토해내고 있다.

마차에 대한 걱정마저 덜어내자 더욱 힘이 솟는지 목소리에도 힘이 실린다.

"다시 해보자구!"

복면인이 놀란 눈을 크게 뜬 순간, 마차 위에서 휘의 신형이 사라졌다. 극성에 이른 비월신영, 거기에 오보천환의 묘까지.

순간적으로 삼 장을 이동한 휘의 신형이 겹겹이 겹치며 복면인의 코앞에 닥쳤다. 그리고, 번쩍!! 전력을 다한 단천락!!

"흡!!"

복면인이 붉은 번개에 맞서 시커먼 도를 휘둘렀다. 그의 도에서도 묵빛 도강이 덩어리진 채 만양에 부딪쳐 간다.

한 치의 양보도 없는 정면 대결!

쾅! 주르르륵…….

"크으윽! 우웩!!"

또다시 뿜어지는 시뻘건 선혈에 가슴팍까지 젖어버렸다. 묵도로 땅을 짚고 선 복면인의 신형이 거세게 흔들렸다. 믿을 수 없다는 눈빛에는 허탈감만이 남아 있을 뿐이다.

그의 뒤에 늘어선 복면인들도 일그러진 눈으로 상황을 주시할 뿐 움직일 생각을 못하고 있다.

우진자도, 유현명도 싸움을 멈추고 벌린 입을 다물지 못했다.

설마 했는데 역시나였다. 흑살지주가 꽁지를 말고 도망갈 때부터 휘의 무공이 자신들보다 강할지 모른다 생각했었다. 한데 이건 강한 정도가 아니다.

맙소사!

싸움을 멈추고 눈을 동그랗게 뜬 우진자가 휘를 보며 속으로 가슴을 쓸어내렸다.

'궁호산에서 안 덤비기를 잘했군. 휴우…….'

그러고는 덩치 큰 복면인에게로 눈길을 돌리고 물었다.

"혹시… 묵양도(墨陽刀) 장국령?"

복면인의 두 눈이 거세게 흔들렸다. 그러다 체념을 했는지 우진자를 바라보며 입을 연다.

"꼴이 우습게 돼버렸군."

"세상에! 진짜 장 도우란 말이오?"

복면인이 거칠게 복면을 벗어버렸다.

복면에 홍건하던 핏물이 주르륵 흘러내렸다. 씁쓸한 웃음을 흘리며 장국령이 입을 열었다.

"다 늙어서 이런 꼴이라니… 크크크……."

그의 나이 육십이 다 되었다. 한때 천하의 수많은 고수 중 도에 관한 한 십대고수에 든다는 사람이 바로 묵양도 장국령이었다.

그런 그가 이제 이십대에 불과한 젊은 자에게 처참한 패배를 당했으니 어찌 비감이 서리지 않을 것인가.

장국령이 고개를 돌려 휘를 바라보았다.

전력을 다해 단천라을 내려치고 반진력을 이용해 마차에 내려선 그의 표정은 한 점 변함 없이 무심하기만 했다. 금방이라도 다시 싯쳐들 것 같은 모습 그대로.

"자넨… 누군가? 나 장국령을 무참히 밟아버린 자넨 대체 누군가?"

기세에서도 졌고 세기에서도 졌다. 그리고 마지막 일초로 힘에서도 밀려 버렸다. 한마디로 철저히 뭉개진 것이다.

천하에 자신을 이토록 처참히 뭉갤 사람이 몇이나 될 건가. 그래서 장국령은 궁금했다, 대체 저 괴물 같은 자가 누구인지.

휘는 무심히 장국령을 바라보았다. 우진자의 놀람으로 상대가 평범한 자가 아니란 것은 알았다. 그렇다고 달라질 것은 없었다. 우진자가 나서지 않았다면 또다시 공격했을 거고 끝장을 봤을 것이다.

군이 달라진 것이라면 끝장을 보지 못했다는 것뿐.

한데… 너는 누구냐고?

휘가 잠깐 머뭇거릴 때였다.

숨을 헉헉거리며 복면인 하나를 눈빛으로 죽일 듯이 뚫어지게 바라보고 있던 초평우가 나직이 말했다.

"형님은 자칭 삼류무사의 아들이시지……. 그리고 멋진 남자……."

폭풍처럼 몰아쳐 복면인 둘을 잠재운 풍인강이 천천히 고개를 끄덕인다.

"가슴이 뜨거운 남자……. 사나이 인생을 한 번쯤 걸어볼 만한……."

두 사람의 말에 휘의 얼굴이 슬쩍 달아올랐다. 비록 면구로 인해 표시는 별로 안 나지만.

잠시 멍청하니 서 있던 우진자가 어색한 표정으로 장국령을 바라보았다.

"그렇다는데? 어쩔 거요, 장 도우. 더 할 거요?"

장국령이 가라앉은 눈으로 우진자를 바라보았다.

"나는… 용혈궁의 묵룡단주네. 누가 뭐라 해도 용혈궁의 사람이지."

"그런 사람이 왜 용혈궁주의 손녀를 공격한단 말이오?"

"그래서 공격한 것이네. 궁주의 손녀라는 이유만으로 어린 여인에게 용혈궁을 맡기기엔… 용혈궁을 위해 피를 흘린 사람들이 너무 많거든."

그때였다. 마차 안에서 모용서하의 가녀린 음성이 흘러나왔다.

"저는 용혈궁의 후계자가 되고 싶은 생각이 없어요. 약속하라면 약속할 수도 있어요. 그래도 갈 수 없나요?"

순간 장국령의 눈이 거세게 흔들렸다.

모용서하가 후계자가 되지 않겠다면 자신이 마차를 막아설 아무런 이유도 없다. 게다가 모용서하가 용혈궁에 들어오는 것을 반대하는 모든 사람들이 명분을 잃게 될 것이다. 그것은 작지만 커다란 변화가 용혈궁에 일어난다는 것이나 마찬가지였다.

이유야 어쨌든 모용서하를 죽이려 한 사람들이 궁주의 결정에 반기를 들었다는 것에는 변함이 없으니까.

장국령이 결정을 못 내리고 망설이자 휘가 차갑게 웃었다.

"흥! 용혈궁을 위해서 피를 흘렸다는 사람들이 피가 두려워 옳고 그름도 분간하지 못한다면 대체 그동안 무엇을 위해서 피를 흘렸단 말입니까?"

휘의 신랄한 일갈에 장국령의 얼굴이 입가에 묻은 피보다도 더 붉게 달아올랐다. 일그러진 얼굴로 휘를 노려보던 그의 고개가 천천히 뒤로 돌아갔다.

그곳에서는 아직도 천검보의 무사들과 북두검회의 검귀들이 서로를 향해 이빨을 들이대고 있었다. 바닥에 널브러진 동료들의 피를 밟으며 적의 심장에 검을 꽂기 위해 광분하고 있었다.

장국령은 참담한 심경에 입술을 깨물었다.

'용혈궁이 언제부디 외부의 도움을 받으며 시냈던가? 저들이 왜 용혈궁의 터전에서 칼부림을 하고 있단 말인가? 누가 저들을 불렀는가? 누가? 왜……? 그런 나는 왜 막아서지를 못했는가?'

생각할수록 허탈할 뿐이다.

"용혈궁의 일은 용혈궁의 사람들이 해결했어야 하거늘."

정체가 드러나자 싸울 의지마저 무너진 장국령이 휘를 바라보았다.

"어쩔 건가? 보내주겠나? 끝까지 싸우겠다면 싸울 용의는 있네만!"

휘가 유현명을 돌아보며 무심한 음성으로 말했다.

"표행의 총표두는 유 대협이시죠, 저야 임시 표사일 뿐."

그 말에 유현녕이 고졸한 미소를 지었다.

'총표두보다 더 강한 임시 표사라······.'

적이라 생각했던 자들이 용혈궁의 무사들이라는 것이 알려진 이상, 더이상의 싸움은 백해무익이었다. 팔은 안으로 굽는 법. 혹여 후환이 백풍표국에 미칠 수도 있을 터, 그저 저들이 조용히 물러간다면 그것만으로도 만족할 뿐이다.

"장 대협께서 가시겠다면 막을 이유가 없지요. 다행히 저희 쪽에선 많이 다친 사람도 없으니······."

"고맙다는 말은 하지 않겠네. 대신 나중에 이 빚은 꼭 갚지."

격동이 가라앉았는지 어깨의 떨림이 멈췄다. 그가 복면인들을 돌아보며 무거운 목소리로 입을 열었다.

"돌아간다! 묵룡단은 이번 일에서 빠진다! 모든 책임은 본 단주가 질 것이다! 소강!"

장국령의 부름에 복면인 중 하나가 앞으로 튀어나왔다.

"예! 단주!"

"사상자를 챙겨라!"

"예! 단주!! 들었나? 단주님의 명이시다!!"

죽은 자가 아홉 명, 부상자가 십여 명이다. 한순간에 용혈궁의 정예 중의 정예 묵룡단의 무사 이십여 명이 쓰러진 것이다.

동료들을 챙기는 복면인들의 눈에는 묘한 빛이 떠올라 있었다. 그것은 결코 복수심이 서린 그런 눈빛이 아니었다. 안도의 눈빛, 이제야 뭔가가 제대로 흘러갈 것 같다는··· 그런 기대에 찬 눈빛이었다.

장국령이 묵룡단을 데리고 썰물처럼 빠져나가자, 한쪽에서 벌어지고 있던 천검보와 북두검회의 싸움도 양상이 변하고 있었다.

막상막하, 한 치의 양보도 없이 피를 튀기며 검을 휘두르던 북두검회의 검귀들이 뒤로 물러서 버린 것이다. 그러자 막상 천검보의 무사들도 달려들지 못하고 어정쩡한 상태가 되어버렸다.

　다시 싸우자면 싸우지 못할 것도 없었다. 그러나 북두검회는 장국령이 떠나간 마당에 전멸을 각오하고 끝까지 싸울 필요를 느끼지 못했고, 천검보의 혁무성은 호위할 대상을 내팽개친 꼴이 되었으니 계속 싸운다는 것도 무안할 뿐이었다.

　천검보의 무사도 네 명이 죽고 다섯이 부상을 입은 상태. 혁무성은 벌게진 얼굴로 힐끔 휘를 바라보았다. 그는 궁금해 미칠 지경이었다. 자신조차 감당하기 힘든 묵령도 장국령마저 일패도지하다니…….

　'대체… 너는 누구냐?'

　　　　　　　＊　　　　　＊　　　　　＊

　사람들이 떠나간 자리, 이름없는 송림에 남은 것은 비릿한 피 냄새뿐, 다가가던 짐승들조차 흠칫 떨며 두려운 눈으로 바라만 보고 지나친다.

　표행이 지나가고 두 시진이 흐른 후, 새소리 하나없이 정적만이 존재하던 그곳에 두 개의 그림자가 조심스럽게 섭근하더니 주위를 자세히 살피기 시작했다. 일각이 지나고, 둘 중 키가 큰 사람이 입을 열었다.

　"두 시진은 된 것 같은데?"

　황의를 입은 황발노인의 말에—잘 보면 백의에 백발이다—주름진 얼굴에 거미 문신을 한 회의노인이 고개를 끄덕였다.

　"그래, 두 시진은 됐어. 한데 꽤나 지랄들 떤 것 같군. 사방이 온통 피로 물들었어, 니 빨간 눈처럼."

　황의노인이 힐끔 빨간 눈을 흘겨 거미노인을 바라보았다. 하지만 지은 죄가 있는지라 말은 못하고 싸움의 흔적만을 살펴볼 뿐이다. 그러다 어느 순간, 그의 눈이 번쩍 혈광을 발했다.

"거미귀신아! 이리 와봐라!"

"음? 뭔데?"

황의노인 귀혼유사의 손짓에 흑살지주는 한쪽의 부러진 소나무가 있는 곳으로 다가갔다.

그곳에는 허리 어름에서 두 갈래로 갈라진 소나무가 서 있었다. 그리고 두 갈래 중 한쪽이 강력한 타격에 부러져 있었다. 한데 정확히 갈라지는 부분, 바로 그곳에 한 송이 연화의 문양이 새겨져 있었다. 세 치의 깊이로……

귀혼유사가 말했다, 손가락으로 그곳을 콕콕 찌르며. 속으로는 즐거워 미치겠다는 표정을 감추고…….

"꼭…… 사람의 거그 같지? 제대로 맞으면 저렇게 되는갑다."

부르르…….

흑살지주의 전신이 학질이라도 걸린 것마냥 부들부들 떨렸다.

"그럼… 내 거기에도 저 꽃 문신이……?"

"스쳐 맞았다며?"

"그래도…… 자네가… 한 번 봐주겠나?"

귀혼유사의 빨간 눈이 누렇게 변했다.

"…미쳤나?"

6

하늘에 둥근 달이 유난히 붉은 기를 뿜어내는 밤.

신향 동쪽 대로 영화객잔의 이층, 아홉 명의 사람이 둘러앉은 채 심각한 표정을 짓고 있었다.

신향에 도착해 여장을 푼 지 반 시진, 궁주를 따르는 사람들이 모용서하를 마중을 나올 거라 기대했는데 아직 아무런 연락도 없는 것이다.

조용히 찻잔을 들어 품위있게 한 모금을 마신 우진자가 흘낏 유현명을 바라보며 말했다.

"안 올 것 같은데?"

유현명이 심각한 표정으로 천천히 고개를 끄덕였다.

"그러게 말입니다. 아무리 모용 낭자가 따로 떨어져 살았다 해도 궁주의 친손녀이거늘……."

후르륵…… 꿀꺽!

우진자가 인상을 쓰든 말든, 식은 차를 힘차게 마신 초평우가 차보다 더 식어버린 사람들을 바라보았다.

"거 힘 좀 냅시다! 모용 소저가 처음부터 말했지 않습니까? 안 올지도 모른다고!"

그 말에 탕! 탁자를 치며 혁무성이 일어섰다.

"초 소협의 말대로 어차피 뭘 기대한 것은 아니지 않습니까? 우리끼리만 가도……."

"앉이."

난데없는 나직한 한 소리. 우진자가 얼굴을 굳히고 같잖지도 않다는 듯 혁무성을 쳐다보았다.

"자네야 북두검회의 검귀들 나타나면 또 미쳐서 날뛸 텐데…… 뭐? 호위를 자네에게 맡기라고? 쯔쯔쯔……."

우진자의 말에 혁무성이 힘없이 자리에 앉았다. 입은 있어도 할 말이 없었으니…….

'하필 그놈들 그때 나타나 가지고… 개시끼들…….'

다시 침묵이 방 안을 무겁게 짓누를 때였다. 한쪽에서 조용히 앉아 있던 휘가 고개를 들고 씩 웃었다.

"왔군요."

"응?"

의문을 담고 휘를 바라본 우진자, 느닷없이 무슨 생각이 들었는지……

"뭐? 또 왔어? 이놈들이 죽으려고?!"

벌떡 몸을 일으키고는 검을 집어 들더니 금방이라도 방문을 박차고 나갈 것처럼 기운을 내뿜었다. 순간, 휘가 초평우를 향해 소곤소곤.

"초 형, 봤죠? 차를 아무리 품위있게 마시면 뭐 합니까? 사람이 먼저지……."

우진자가 고개를 홱 돌렸다. 그때 휘가 손가락으로 창 쪽을 가리켰다. 그러자 우진자의 신형이 번개처럼 창 쪽으로 날아가… 려다 멈칫, 주위를 둘러보았다.

조용… 그제야 상황을 깨달은 우진자의 얼굴이 와락 구겨졌다.

'감히 장난을? 나를… 어떻게 보고!!'

또다시 들리는 휘의 목소리.

"우리가 기다리던 사람들이 왔단 말입니다. 왜 그리 성격이 급하십니까? 그래 가지고 언제 화산의 제일고수가 될 수 있겠습니까? 성격을 조금만 누그러뜨리시면 금방 한 경지 올라서실 텐데……."

화산제일고수? 한 경지를 올라서?

"음? 음… 그건 그렇지……. 사실 성격이 조금 급하긴 한데, 허허……."

고개를 갸웃.

'어? 내가 지금 뭐 하려다…… 가만?!'

"뭐? 기다리던 사람? 용혈궁?"

휘가 고개를 끄덕이며 신형을 일으켰다.

"모용 소저의 방에 있습니다."

놀란 눈들이 휘를 향한다. 혁무성이 벌떡 일어섰다.

"사실이오?"

"그럼 형님이 거짓말하신단 말이오?"

겁도 없이 초평우가 눈을 부라리며 나섰다. 기가 막힌지 혁무성이 입을 벌리고 초평우를 바라보자 휘가 말했다.

"천검보가 빠진다 해서 아쉬워할 사람은 없을 것 같소만?"

혁무성이 눈을 질끈 감고 이를 악물었다. 빠질 수는 없다. 그랬다간 성질 더러운 보주가 가만두지 않을 테니까.

"끙… 가봅시다."

모용서하의 방은 객잔의 이층에서 그리 멀리 떨어진 곳이 아니었다.

"모용 소저, 계십니까?"

유현명이 부르자 안에서 대답이 들려왔다.

"들어오세요."

방문이 열리자 모용서하가 보였다. 한쪽에 유모라는 여인까지. 그리고 그들이 궁금해했던, 용혈궁의 사람으로 보이는 노인이 한 명 앉아 있었다.

흑의에 탐스런 흑염을 늘어뜨리고, 고요히 가라앉은 눈동자가 마치 어린아이의 그것처럼 맑은 노인이었다. 노인이 눈을 들어 방문 앞에 늘어선 사람들을 쓱 둘러보았다.

앞에 선 유현명, 혁무성, 우진자를 차례차례 지나치더니, 구석에 서 있는 휘를 기이한 눈빛으로 뚫어지게 바라보며 멈추었다.

"흘……."

노인이 묘한 웃음을 흘린다. 그런 노인을 휘도 뚫어지게 바라봤다.

'강하다! 지금까지 보아온 그 누구보다도… 어쩌면 곡중헌보다도…….'

첫 느낌부터 전신을 당기는 긴장에 피가 끓어오른다. 저 노인은 누굴까? 노인과 휘의 눈싸움을 바라보던 모용서하가 조용히 입을 열었다.

"일단 들어오세요."

순간 노인이 카랑카랑한 목소리로 말했다.

"다 들어올 필요 없어! 너, 너, 너, 너. 넷만 들어와!"

유현명, 우진자, 혁무성, 그리고 진조여휘. 네 사람은 마치 무엇에 홀린 듯 안으로 들어섰다. 마지막으로 들어서던 휘가 초평우를 향해 슬쩍 웃으며 전음을 보냈다.

"가서 쉬고 계십시오. 별일없을 겁니다."

탁자로 다가서던 우진자는 이마를 잔뜩 찌푸린 채 고개를 갸웃거렸다. 뭔가 생각이 날 듯 말 듯……

유현명은 무심하게 굳은 표정으로 의자에 앉고, 혁무성은 잔뜩 긴장한 눈으로 노인을 뚫어지게 바라본다.

그때였다. 우진자의 뒤로 돌아가던 휘의 눈이 언뜻 모용서하의 눈과 마주쳤다. 문득 그녀의 눈에서 묻어 나오는 아쉬운 눈빛.

왜… 저런 눈빛일까. 왜 저런 눈빛을 받는 자신의 가슴이 허전하게 빈 느낌일까.

눈을 돌리자 노인이 흥미 가득한 눈으로 자신을 보고 있다. 노인의 눈과 마주친 휘의 눈도 깊어졌다. 기이한 노인……

휘마저 의자에 앉자 모용서하가 조용히 입을 열었다.

"이분은 조부님께서 보내주신 분이세요."

"혼자는 아니실 테고……."

유현명의 말에 노인이 가볍게 고개를 끄덕이며 말했다.

"밖에 몇 명 더 있다. 단지 내가 대표로 들어왔을 뿐."

딱딱 끊어지는 말투에 혁무성이 눈을 찌푸리며 나직이 말을 꺼냈다.

마치 염탐하는 듯한 말투로.

"몇 명이서 용혈궁까지 갈 수 있겠습니까?"

"천검보 놈이 왜 여기서 설치는지는 모르겠다만, 일은 끝났으니 그만 돌아가거라."

"보주께선 일을 끝까지 마무리 지으시길 바라고 계십니다만."

"훙! 신향은 용혈궁 백 리 이내이다, 꼬마야. 너희들이 할 일은 더 이상 없다는 말이지."

"예?"

노인의 말을 이해하지 못한 혁무성이 의아한 듯 되묻자 유현명이 벌떡 일어서며 눈을 크게 뜨고는 나직이 소리쳤다.

"용혈명(龍血命)이 내려졌군요!"

경악에 찬 목소리.

용혈궁의 존폐에 관련된 긴급 상황이 아니면 내려지지 않는다는 절대 명령, 용혈궁 사람이라면 그 누구도 거역할 수 없는 명령이 바로 용혈명 이다. 단, 백 리 이내에서만 통용된다.

용혈명을 어긴다면 그는 용혈궁 모든 무사들의 적이다. 설사 만인지상 일인지하라는 부궁주라 해도, 증거만 확실하다면 일반 무사도 별도의 명 없이 임의로 처단할 수 있다. 한마디로 자칫 용혈명의 위계 자체가 무너 질 수도 있다는 말. 그만큼 위험하면서도 절대의 명령이 용혈명이다.

유현명의 말에 노인이 눈을 빛내며 답했다.

"그래도 싸돌아다니는 놈이라고 눈치는 빠르구나. 그래, 용혈명이 내 려졌다, 당대 궁주가 내릴 수 있는 마지막 세 번째 용혈명이."

"그만큼 다급하다는 말이겠지요."

초평우가 입에 침을 튀기며 용혈궁을 설명할 때, 마지막으로 이야기해 준 것이 용혈명에 대한 이야기였기에 휘도 알고 있는 내용이었다.

휘의 말에 노인이 가늘게 웃었다.

"어차피 늦으면 소용이 없으니까."

"적은 설마 했다가 뒤통수를 맞은 꼴이겠군요."

"클클클. 마지막 용혈명을 버린 자식의 딸을 위해 쓸 줄은 놈도 몰랐을 것이다."

노인이 휘를 보며 즐겁다는 듯 괴이한 웃음을 흘리자 우진자가 여전히 이마를 찌푸린 채 물었다.

"그래도 공격한다면?"

"쯔쯔, 멍청한 말코 같으니……."

노인의 혀를 차는 핀잔. 순간 우진자의 눈이 부릅떠졌다.

"당신……!!"

"허주는 그래도 멍청하지는 않았는데……."

"…어떻게 사부님을……?"

우진자는 의아한 듯 노인을 뚫어지게 바라봤다. 그러다,

"적들이 내부의 적이라면 공격하지 못할 겁니다. 그랬다간 거꾸로 안에서 칼을 맞을 수가 있으니까요."

모용서하의 조용한 목소리에 노인에게 따지는 것도 잊었다. 그때 이어지는 휘의 목소리.

"높은 지위에 있는 사람일수록 지위가 사라지면 더욱 불안한 법."

휘가 노인을 바라보다 모용서하에게로 눈을 돌렸다.

"일반 무사조차 명을 어긴 증거만 갖추면 상위자를 처벌해도 벌을 받지 않는다? 무서운 법이군요."

모용서하의 눈이 가늘게 떨렸다. 언뜻 눈물조차 비치는 듯하다.

"그래요… 무서운 법이죠……."

휘가 의아한 눈으로 모용서하의 이슬이 맺힌 눈을 응시했다. 그러자

노인이 그렁거리는 목소리로 말했다.

"이 아이의 아버지가 떠났을 때도 용혈명이 발동됐었지. 그걸로 이 아이의 부모들은, 다시는 용혈궁에 돌아올 수 없었다."

문득 휘는 모용서하를 부르는 노인의 호칭이 이상하다는 생각이 들었다. 고개를 돌리자 씁쓸한 노인의 한마디.

"이 아이의 아버지는… 나의 제자였다……."

노인의 말에 우진자가 눈을 크게 떴다. 그리고 그의 입에서 마침내 한 사람의 이름이 흘러나왔다.

"벽룡 공손척 선배?"

유현명이 눈을 부릅뜨고, 혁무성은 벌떡 일어서 입을 쩍 벌렸다. 오직 휘만이 멀뚱거리며 기이한 눈빛으로 노인을 바라보고 있다.

벽룡 공손척, 용혈궁주 광룡 모용진광의 의형제로 용혈삼룡 중 한 사람. 이십여 년 전 궁주인 모용진광과 다투었다는 소문이 돌고 나서부터 강호에 모습을 드러내지 않던 그가 마침내 모습을 드러낸 것이다.

그렇다면 그의 말대로 모든 일은 끝난 거와 같았다. 벽룡이 나타난 데다 용혈명이 떨어졌거늘… 누가 감히 용혈궁 내에서 갈을 뽑이 든단 말인가.

모용서하의 방을 나온 사람들이 각자 자신들의 방으로 돌아가자, 휘 역시 방으로 돌아가 오랜만에 한가한 마음으로 생각에 잠겼다.

표행이 멈췄으니 휘가 군이 용혈궁까지 갈 필요는 없었다. 한데… 마음이 편안해진 듯하면서도, 왠지 한쪽 구석에선 허전한 마음이 떠돈다.

'며칠 같이 다녔다고 정이라도 든 건가?

조금은 우스운 생각이 든다. 우스운…….

그런데 왜? 그녀의 얼굴이 안 떠오르는 걸까?

그런데도 보고 싶은 건 왜지?

이런! 내가 지금 이럴 때가 아닌데… 사부님이 아시면 얼마나 웃으실까. 연연이가 알면…

'헉! 그럼 안 되지!'

휘가 방에서 쉬며 상념에 잠겨 있을 때였다.

"공자?"

밖에서 유모의 목소리가 들려왔다.

문을 열자 유모가 가볍게 고갯짓을 하며 따라오라는 눈짓이다. 그녀를 따라 모용서하의 방에 다시 들어서니 저만치 앉아 있는 모용서하가 보인다.

처음에 들어왔을 때는 미처 느끼지 못했던 기이한 기분이 든다. 유모마저 나가고 모용서하와 단둘이 남자, 은근히 가슴이 두근거린다. 심장 뛰는 소리가 귀청을 울리고 있다. 왜 그런지는 알 수 없지만…….

어색함을 지우기 위해 궁금한 것을 물어보았다.

"험! 무슨 일이오?"

모용서하가 휘를 바라보며 하얀 이를 드러냈다.

"고맙다는 말씀을 하고 싶어서요."

"그거야……."

"보표를 맡아서 어쩔 수 없이 했다는 말씀이라면 하지 않으셔도 돼요."

어색해하는 휘를 보더니 모용서하가 빙긋 웃으며 입을 연다.

"얼굴을 보여줄 수 없나요?"

흠칫, 의외라는 눈으로 모용서하를 바라봤다. 그녀가 다시 말한다.

"나중에 만나면 얼굴이라도 알아봐야 인사를 드리지 않겠어요?"

"음… 어떻게 알았소?"

'상당히 비싼 면구라 아무도 알아보지 못했는데…' 그 말은 하지 않고 물어봤다. 모용서하가 훗, 웃음을 터뜨린다.

"제가 가진 능력이 본래 조금 이상하잖아요? 게다가 여자들이 조금 예리한 면이 있는 편이죠."

약간 약이 오른 휘도 한 가지를 요구했다.

"그럼 모용 낭자의 얼굴에 펼쳐진 그 묘한 기운부터 거두어주시겠소?"

이번엔 모용서하가 어색한 듯 어깨를 움츠렸다.

"아… 셨나요?"

"아니, 그럼, 한 번 본 것도 아니고, 수십 번 본 얼굴이 기억도 안 나는데, 그걸 이상하게 생각하지 않으면… 내가 그렇게 멍청하게 보이오?"

똑똑 부러지는 듯한 휘의 말에 모용서하의 얼굴이 슬쩍 붉어졌다.

입가에 웃음까지 매달고 붉어진 얼굴, 그녀를 보는 휘의 표정이 가관이다.

멍… 저 여자가 저렇게 예뻤던가?

"좋… 이요."

모용서하가 가늘게 떨리는 목소리로 말하며 눈을 감았다. 두 손을 올려 얼굴을 쓰다듬는 그녀의 손길도 가늘게 떨리고 있다. 십여 번 얼굴을 쓰다듬던 그녀의 두 손이 머리 뒤로 옮겨가더니 궁장을 튼 머리에서 비녀 두 개를 뽑아냈다. 순간,

"아!"

휘의 입에서 경탄의 표정이 터져 나왔다. 그녀의 얼굴이 확연히 눈에 들어온다. 조금 전의 뒤돌아서면 잊어버렸던 그 얼굴이 아니었다. 전체의 모습이 완전히 달라졌다.

큰 눈 위에는 그려진 듯 짙은 눈썹이 신월처럼 자리잡았고, 은은히 윤

기가 흐르는 피부는 맑고 고와서 사람의 피부처럼 보이지가 않았다. 사실 전체적인 모습은 경국지색이니 화월용태니 하는 여인들처럼 아름다워 보이지는 않았다. 그런데… 보면 볼수록 눈을 뗄 수가 없다. 이상하게… 이상하게…….

휘가 아무런 말도 하지 않고 바라만 보자, 모용서하가 완연히 떨리는 목소리로 물었다.

"보기… 싫은… 가요?"

휘가 대답했다. 역시나… 떨리는 목소리.

"그게… 후— 낭자도 면구 하나 사시지 않겠소?"

"예?"

"이상하게 눈을 떼기가 힘드니… 면구 싸게 파는 분을 알고 있소만……."

모용서하가 멍하니 입을 벌렸다. 하도 기가 막혀서…….

"푸흐흡!!"

모용서하의 기묘한 웃음소리에 유모는 차마 같이 웃지는 못하고 입을 손으로 틀어막고 있었다. 휘가 나간 이후로 계속된 웃음이 일각이나 이어지고 있었다.

"정말 아름다운 얼굴이죠, 유모?"

"호호호……."

모용서하의 말에 끝내 유모도 웃음을 터뜨렸다. 얼굴이 붉게 물든 채.

조금 전, 휘가 방을 나오기 전 옆모습을 보았다. 처음에는 웬 아름다운 남장여인이 서 있는가 했었다. 해서 일단 문 앞을 막으려 했다. 지금 방에는 조휘와 자신의 주인인 모용서하만이 있어야 하니까. 한데 그때 방에서 들리는 모용서하의 떨리는 목소리.

"조 공자, 나중에 은혜는 꼭 갚겠어요."

그리고… 아름다운…… 사람의 목소리.

"너무 신경 쓰지 않으셔도 되오. 그럼……."

맙소사! 그였다. 저 앞의 여자처럼, 아니, 여자보다도 더 아름다운 사람은 조휘였다. 그가 손에 든 면구를 쓰더니 얼굴을 만지작거리자 본래 보았던 얼굴이 나타난다. 유모는 입을 벌렸다, 넋을 잃고…….

유모는 화가 나고 난 다음에도 한참 동안 정신을 차리지 못했었다. 그리고 모용서하는 그 모습을 보고 계속 웃고 있는 것이었다.

"그런데 유모……."

"예, 아가씨."

"저 사람 이름이 진조여휘래요. 음… 그러니까 성이 진조여, 세 자래요. 희한한 성이쥬? 나중에 그 이유를 알려준대요, 좀 디 지나서. 지금 알려주지……. 치… 나는 화가 나서 그냥 조 공자라 부르기로 했어요."

약간 토라진 듯한 모용서하의 말에 유모가 멍하니 그녀를 바라보았다. 그러다 한 가지 생각이 뇌리를 스치자 빙긋 웃음이 떠올랐다.

'그렇구나……. 아가씨도 벌써 스물이 넘어 사랑을 알 때가 되었구나. 하지만… 하지만… 불쌍한 아가씨…….'

입가에 웃음 띤 유모의 눈에는, 안개가 모이고 모여 이슬이 뭉치고 있었다. 아무도 모르게… 심지어 모용서하도 모르게…….

미처 유모의 마음을 알 리 없는 모용서하가 들뜬 목소리로 말했다.

"참! 그리고 유모."

"예, 아가씨."

"나… 면구 하나 사기로 했어요. 대가는 미리 줬어요. 금양단(金陽丹) 한 알."

유모의 두 눈이 휘둥그렇게 커졌다.

"예? 다섯 알밖에 없는 금양단을요?!"

"어차피 조부님께 필요한 것은 한 알이나 많아야 두 알이면 돼요. 조 공자가 아니었으면 이곳까지 오지도 못했을 거예요. 그러니 금양단 한 알 준다고 해서 아까울 것은 없어요."

"후우… 할 수 없지요. 이미 준 것을……. 그런데 면구는 왜?"

"풋! 조 공자가 쓰래요. 그게 편할 거라고. 저도 그렇게 생각해요. 아무래도 환안술(幻顔術)을 계속 펼치는 것은 너무 내력 소모가 크거든요. 그래서 면구를 쓰기로 했어요. 음… 좀 예쁜 거야 할 텐데……."

어이없어하는 유모를 본체만체 모용서하가 고개를 갸웃거리며 말을 이었다.

"그런데… 유모. 조 공자의 기운이 왠지 낯설지가 않아요. 마치… 내가 익힌 지령음기와 비슷한 것 같기도 하고……."

그녀가 턱을 고인 채 의문에 빠져 있을 때였다.

"이제 그놈 갔느냐? 들어가도 되겠지?"

방으로 돌아온 휘는 힐끔 웃음소리가 들리는 모용서하의 방을 향해 고개를 돌리고는 머리를 갸웃거렸다.

"왜 저렇게 웃어대는 거지? 내가 그렇게 웃기게 생겼나?"

품속에서 하나의 목갑을 꺼내 열어보았다. 모용서하가 준 단약이 한 알 들어 있었다. 면구 값으로 미리 준다는…….

"속에 불을 담은 사람에게 도움이 될 거라고 했던가? 제법 쓸 만한 거

같던데……. 초 형에게 줘야겠군."

문득 환안술을 거둔 모용서하의 얼굴이 생각나자 휘의 입가에 빙그레 밝은 미소가 하얗게 걸렸다.

'그녀에게 맞는 면구가 있을까? 저 달처럼…….'

창밖을 보자 하늘에는 밝은 달이 유난히 불그스레하니 볼을 붉히고 떠 있었다. 마치 누구의 얼굴처럼…….

'그런데 왜… 그녀가 웃을 때 단전이 꿈틀거렸지? 지음의 기운이 여자 하고 관계가 있나?'

지붕 위 어둠 속에서 네 개의 눈동자가 빛나고 있었다. 그중 빨간 눈 동자가 묻는다.

"저, 저 사람… 그 사람이지……?"

"어……. 다 틀렸다. 벽룡이 나섰으면 늙은 잡룡들도 다 나섰다는 것 인데……."

검은 눈동자의 힘없는 말에 빨간 눈동자도 빛이 희미해졌다.

"그렇지 않아도 련주 늙은이가 잡아먹으려고 난린데…… 만날 실패 한다고……."

"……"

"별수없어, 청부를 실패하게 만든 그 젊은 놈이라도 잡아가는 수밖 에."

"……"

"거미귀신아, 뭔 말이라도……."

빨간 눈동자가 눈알을 돌려 검은 눈동자를 바라보았다. 검은 눈동자의 줄 쳐진 얼굴이 해쓱하니 질려 있는 게 보인다. 다시 눈알을 돌려 그가 보고 있는 곳을 보았다. 그러자… 보였다, 젊은 놈이 하얗게 웃으며 창밖을 보고 있는 모습이.

거미귀신 흑살지주가 빨간 눈동자 귀혼유사의 누런 백발을 잡아당기며 다급히 말했다.

"고, 고, 고개 숙여……."

재빨리 고개를 숙인 귀혼유사가 힐끔 흑살지주를 쳐다보았다.

'병이다, 병. 떠그랄…….'

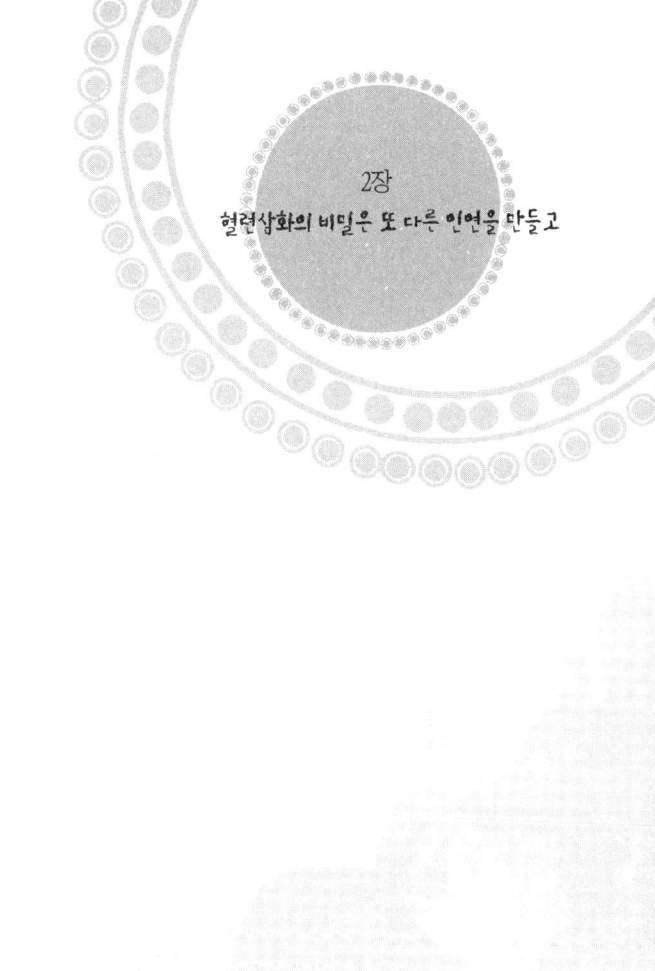

2장
혈련삼화의 비밀은 또 다른 인연을 만들고

1

하늘이 유난히 쾌청해서 길을 떠나는 이들의 가슴까지 시원하게 해주는 이른 아침, 원우포구(原優浦口)에는 황하를 건너기 위해 수십 명의 사람들이 배를 기다리고 있었다.

일대에서 가장 큰 포구인네나 건너면 바로 정주가 지척인지라 온갖 상인들을 비롯해서 일반 양민들까지 각양각색의 사람들이 웃고 떠들며 선창을 가득 메우고 있었다.

그중에는 사람들에게 팔기 위해 잡아온 물고기를 광주리에 쏟아놓고 소리치는 어부도 있었고, 배를 기다리는 사람들을 한 사람이라도 자신들의 주루로 데려가기 위해 소리치는 어린 점소이들도 보였다.

배를 기다리다 지친 사람들이 하나둘 솟아오르는 태양의 뜨거움을 피해 그늘로 들어앉을 무렵, 조금은 시끄러움이 가라앉은 포구로 몇 필의 말이 들어섰다.

사람은 많다 하지만 말과 함께 승선하는 경우는 그리 흔치 않은 일이었다. 그러다 보니 사람들의 시선이 그들에게로 집중되었다. 그러자 맨 앞에서 사람들을 인도하던 장년인이 눈살을 찌푸리더니 뒤를 돌아보며 입을 열었다.

"사숙님, 아무래도 사람들이 많아서 첫 번째 배로 건너기는 어려울 것 같은데요?"

"적상, 다음 배는 언젠가?"

"한 시진 정도 기다려야 할 겁니다."

"음……."

그들이었다, 신향을 떠나온 백풍표국의 사람들.

혁무성은 보주의 명을 완수해야 한다며 용혈궁까지 따라가기로 했기에 그들만 발길을 돌린 것이다. 어차피 낙양으로 가야 할 휘 일행과 어거지를 쓰며 따라붙은 우진자까지.

우진자는 자기 인생에 공짜는 없다라는 말을 되뇌이며 누군가가 말한 공짜 표사라는 멍에에서 벗어나기 위해 악착같이 유현명을 따라왔다. 물론 그게 이유의 다가 아니란 사실은 모두가 알고 있지만 군이 말리지는 않았다.

유현명이 침음성을 흘리며 생각에 잠기자 가운데 있던 우진자가 커다란 목소리로 입을 열었다.

"그럼 기다리지 뭐. 한 시진이야 밥 한 끼 먹을 시간밖에 더 되겠나?"

"그럼 그렇게 하지요. 조 소……."

할 수 없다는 듯 유현명이 고개를 끄덕이며 뒤를 향해 누군가를 부르려 할 때였다. 그의 얼굴에 어이없다는 듯한 표정이 떠올랐다. 그걸 보고 우진자가 심드렁하니 말했다.

"놔두게. 이틀째 저러고 있으니……. 그래도 이제는 많이 나아진 것 같긴 한데……. 제법 말과 소통도 하는 것 같고……."

그들의 눈이 향한 곳, 그곳에선 휘가 말과 씨름을 하고 있었다.

"워, 워……."

"아, 형님, 너무 당기지 마시고 살살……."

초평우가 생긴 모습과 다르게 간지럽게(?) 말을 하자 그 옆에서 풍인 강이 툭 한마디를 던졌다. 한기를 풀풀 날리며.

"초 형님, 형님 얼굴 때문에 말이 더 날뛰는 것이오."

순간, 초평우의 얼굴이 와락 일그러졌다. 휙 고개를 돌린 그가 말 머리 앞에 얼굴을 내밀고 말의 눈을 바라본다. 순간 말이 깜짝 놀라 머리를 틀었다.

마치… 늑대다!! 하는 표정으로.

'조또…… 진짜네.'

초평우가 힐끔 휘를 바라보았다. 다행히 휘의 얼굴엔 즐거워하는 표정만이 가득하다.

"하하하! 초 형, 말을 탄 채 배를 타면 안 됩니까? 재미있는데."

초평우는 생각했다.

'아마 말이 저러는 섯은 형님이 말에서 내려오지 않으려 하니 힘들어서일 거야. 틀림없어.'

그러고는 고개를 저었다.

"배에선 안 됩니다. 사람들이 많아서 자칫 사람이 다칠 수 있습니다."

휘가 아쉬운 듯 말의 목을 쓰다듬었다.

"아무래도… 그렇지요?"

그러자 말이 울음을 토해냈다. 이제 살았다는 듯…….

히히히힝!!

선상에는 많은 사람들로 북적거리고 있었지만 안쪽 두 개의 선실에는 십여 명만이 있을 뿐이었다. 선실 중 하나는 휘를 비롯한 여섯 명이, 다른 하나는 유현명이나 우진자조차 정체를 모르는 무인 세 사람과 네 명의 상인이 차지하고 있었다.

상인들은 휘 일행과 등을 지고 있었다. 언뜻 보기에는 일반 상인 같았다. 그러나 알게 모르게 전신에서 흘러나오는 기운은 그들이 결코 일반적인 상인이 아님을 알려주고 있었다. 등을 진 채 다른 사람들과 마주치기를 꺼리는 사람들.

'뭐 하는 자들일까? 제법 강한 기운이 내재되어 있는데…….'

그렇게 상인들에게 신경을 쓰다 보니 어느덧 건너편에 도착했다.

우르르 배에서 내리는 사람들 틈에 섞여 말을 끌어내리던 휘의 눈에 몇 걸음 먼저 내리는 세 명의 무인이 보였다.

'옆 선실에 있던 사람들이군.'

사십대 나이에 하나같이 날카롭게 날이 선 기운을 지닌 자들이었다. 능히 고수라는 소리를 들을 수 있을 정도다.

한데 전신을 간지르는 듯한 묘한 느낌이 자꾸 휘의 신경을 건드리고 있다. 살기도 아니고, 그렇다고 마기도 아니다.

배에서 내려 흘깃 세 명의 무인을 찾아보았다. 저만치 포구에 인접한 건물의 벽을 따라 걷는 그들이 보였다. 그리고 그들의 앞에는 먼저 내렸던 네 명의 상인이 걸어가고 있었다. 일반 상인이라고 하기엔 그 기도가 남달랐던 자들.

그때였다. 휘의 눈이 반짝였다.

'보표들인가?'

세 사람은 네 명의 상인을 중심으로 삼각의 형태를 갖추고 있었다. 언뜻 봐서는 알 수 없지만 멀리서 자세히 보니 확연히 느껴졌다. 네 명의 상인과 보표로 보이는 세 명의 무사. 그 역시 흔한 일은 아니었다. 하지만 강호에는 별의별 일이 다 있으니…….

'공연한 일에 신경을 썼군.'

2

정주에서 낙양까지 삼백오십 리.

휘의 일행은 유현명과 정주에서 헤어진 후 낙양으로 향했다, 며칠 쉬 었다 가라는 유현명의 간절한 부탁조차 거절한 채.

말을 타고 갈까 했지만 휘는 왠지 걸어가고 싶었다. 세상은 구경할 것 이 많고, 걸어가야 많은 것을 볼 수 있기 때문이었다.

그렇게 세상의 인연이란 사소한 이유로 인해 만나기도 하고, 갈라지기 도 하는 법이었다.

화창한 유월의 어느 날 오후, 탁 트인 관도를 지나는 초평우와 풍인강 의 걸음에는 활기가 넘쳐 보였다. 단 며칠간이었지만, 표행 중의 실전으 로 자신들의 무공이 한발 앞으로 나아섰다는 것, 바로 그것 때문이었다.

그래서인지 두 사람은 시간만 나면 도검을 맞대고 무공 연마에 여념이 없었다. 남들이 본다면 진짜 싸우는 것으로 착각을 해도 할 말이 없을 정 도의 살벌한 광경이었다.

오죽하며 휘조차도 낙양에 두 사람이 무사히 도착할 수 있을까 걱정을 할 정도였던 것이다.

그렇게 정신없이 길을 가다 보니, 어느덧 해가 서산머리에 걸려 있는 유시 초가 되었다. 두 사람이야 싸우든 비무를 하든, 묵묵히 걸음만 옮기 던 휘의 눈에 곤혹스런 빛이 떠오른 것도 그때였다.

옹현이라는 마을을 그냥 지나친 후 다음 마을이 보이지가 않는다. 마을은커녕 점점 더 산속으로 들어가는 기분이다.

휘가 초평우에게 물었다.

"초 형, 마을이 보이지 않는데, 이러다 노숙을 해야 하는 건 아닌지 모르겠습니다."

"원 형님두, 설마 마을이 없겠습니까? 그래도 낙양으로 가는 대로인데…… 이봐! 풍가야! 한판 더 할까?"

초평우의 별 걱정 다한다는 듯한 자신있는 말에 세 사람은 계속 걸어갈 수밖에 없었다. 누가 뭐라 해도 강호의 경험은 초평우가 가장 많았으니 그의 말을 믿는 수밖에. 그러나 그 설마가 끝내…….

일각이 지나고 이각이 흘러갔다. 한데 나오라는 마을은 안 나오고, 어둠이 깊어질수록 산도 깊어진다. 참다못한 풍인강이 못 미더운 음성으로 물었다.

"초 형님, 여기가 어딘지 아십니까?"

"…처음 와보는… 곳인데……."

"그럼 그렇지……."

잉? 풍가, 저놈, 설마 날 놀리는 건……?

초평우가 고개를 모로 꺾으며 눈에서 늑대의 눈빛을 토해낼 때다.

"후… 좌우간 어디 쉴 만한 데가 없나 찾아봅시다."

휘의 나직한 한마디에 초평우의 고개가 푹 숙여졌다. 그리고 풍인강의 눈에선 뿌연 한기가 가늘게 새어 나왔다.

어둠이 완전히 세상을 집어삼킨 해시 초, 어둠을 즐기며 걸어가던 휘의 눈에 나뭇가지 사이로 희미한 불빛이 보였다. 상당히 먼 거리였다.

초평우도 봤는지 소리를 질렀다, 절실한 반가움이 담긴 목소리로.

"형님! 불빛입니다!"

어둠 속의 불빛을 응시하던 휘가 나직이 말했다.

"횃불이나 모닥불 같은 것이 아닌 걸로 봐서는 사찰이나 자그마한 장원 같습니다. 일단 저곳까지 가봅시다."

불빛을 향해 일각여를 더 가자, 관도의 우측으로 난 소롯길을 따라 산 중턱에 한 채의 허름한 사찰이 보였다.

영등사(影燈寺).

칠이 다 벗겨져 나간 현판을 올려다보던 초평우가 사찰의 문을 두드렸다.

탕! 탕! 탕!

"계시오! 문 좀 열어주시오!"

부서져라 문 두드리는 소리가 고요한 산사를 뒤흔들었다. 한데 한참이 지나도 소식이 없다. 다시 문을 두드리려고 초평우가 손을 들었을 때였다. 저벅, 저벅, 자그마한 발걸음 소리가 들린다.

"이 야밤에 뉘신지?"

어려 보이는 목소리가 들리더니, 문이 열리고 열두어 살쯤 되어 보이는 사미승이 눈을 비비며 고개를 내밀었다.

"하룻밤만 쉬어 갔으면 하네만."

초평우가 쑥 고개를 들이대며 하는 말에 사미승은 졸음조차 떨쳐 버리고 부르르 떨었다. 그러자 휘가 나서서 손을 내밀었다.

"아침이면 떠날 것이오."

그의 손에는 자그마한 은 한 조각이 들려 있었다. 족히 한 냥은 됨 직한 휘의 손가락 자국이 꽃처럼 새겨진 은 조각이. 그러자 언제 떨었냐는 듯 사미승의 눈에서 불빛이 번쩍였다.

"어찌 부처를 모시는 불자가 어려움에 처한 중생을 모른 체할 수 있겠습니까? 들어오시지요."

샥! 휘의 손에 있던 은 조각이 사라졌다. 극한의 빠름. 많이 해본 솜씨다.

뒤에서 그 모습을 바라보던 초평우가 눈을 부라리지만 휘로선 그저 이슬을 맞지 않고 쉴 수 있게 된 것만도 고마울 뿐이다.

사미승이 세 사람을 객사로 안내했다. 마지못해—솔직히 은 때문에—세 사람의 손님을 받았지만, 그들을 객사로 안내하는 사미승의 눈빛은 불안에 잠겨 있었다. 뒤에 따라오는 늑대가 금방이라도 덮칠 것만 같이 느껴지는지⋯⋯.

안내된 객사에 들어가자 다섯 개의 나무 침상이 있었다. 두 사람이 말없이 침상으로 올라가자 휘는 고개를 끄덕였다.

'피곤할 만도 할 거야. 오는 동안 내내 투닥거렸으니 사람이라면⋯⋯.'

그러나 웬 걸, 휘의 생각을 비웃기라도 하듯, 풍인강은 자신의 검을 무릎 위에 올려놓고 심상비무로 무아의 상태에 빠져 버리고, 초평우는 가부좌를 틀고 앉아 운기에 몰두한다.

비록 정상적인 방법이라 할 수는 없었지만, 독맥에 기를 가두는 천양의 법은 초평우에게 모든 것이었다. 결코 게을리할 수 없는 마지막 밧줄이었다.

그 모습을 보고 휘는 고개를 절레절레 흔들었다. 하긴 두 사람이 택한 방법도 무인이 쉬는 방법이라 할 수 있겠지. 한시도 쉬지 않는 두 사람을 보자 휘는 피식 웃음이 나왔다.

그렇게 일각 정도의 시간이 지났을 때였다. 초평우의 운기를 지켜보던 휘의 손이 품속으로 들어갔다.

'지금 복용시킬까?'

손에 금양단이 만져진다. 어차피 복용시키려 했던 것이다. 다만 걸리는 점은 풍인강이 옆에 있어 괜한 오해를 살 수도 있다는 것.

'그렇다고 없는 데서 준다는 것도 그렇고…… 이해해 주길 바라는 수밖에.'

마음을 다잡은 휘가 나직이 전음을 보냈다, 운기에 방해가 안 될 틈을 노려.

"초 형, 조금 운기를 늦추고 내 말을 들으세요."

휘의 전음에 초평우의 감긴 눈매가 가늘게 떨렸다.

"제가 단약 하나를 드릴 겁니다. 복용하고 나서 혹 약 기운이 일거든 천양의 법문에 따라 기운을 돌리십시오. 어느 정도는 천양의 기운을 다스리는 데 도움이 될 겁니다."

휘는 금양단이 들어 있는 작은 목함을 꺼내 들었다. 뚜껑을 열자 기이한 냄새가 코로 스며든다. 얼핏 느끼기에는 비린내 같기도 하고, 싸한 유황냄새 같기도 하다.

금양단을 내려다보던 휘가 단약을 집어 늘었다. 순간, 기이한 향이 더욱 짙어져 간다.

"준비됐으면 입을 벌리세요!"

작지만 단호한 전음에 초평우의 입이 반쯤 벌어지자 휘의 손가락이 튕겨졌다.

쏙!

칠 푼 직경의 결코 작다 할 수 없는 금양단이 순식간에 초평우의 입 안으로 사라졌다.

숨을 두어 번 내쉴 시간이 흐르고, 비릿한 향이 더욱 강하게 퍼지는 듯 히더니 초평우가 편안한 표정을 지었다. 그 모습을 보며 휘는 만족한 표정으로 고개를 끄덕였다.

'많은 도움이 되었으면 좋겠는데……'

그도 정확한 것은 알 수 없었다. 다만 모용서하가 매우 귀하게 다루는 것을 보고 예사 단약이 아니란 것을 짐작할 뿐이었다. 그렇다면 초평우에게 득이 되었으면 되었지 해가 되지는 않을 거라는 것이 휘의 생각이었다.

운기에 들어간 초평우를 보며 휘는 침상에 몸을 뉘었다. 그는 누워서도 얼마든지 운기를 할 수 있으니 굳이 자세에 연연할 필요는 없었다. 그저 편한 자세만 되면 그뿐.

조용한 산사의 밤은 무심히 흘러간다.

휘는 눈을 감고 고요함을 즐기며 천양의 기운을 끌어올렸다. 독맥을 타고 흐르는 천양의 불길이 점점 거세어지자, 지음의 기운이 슬슬 반응하며 움직이기 시작했다.

일각이나 지났을까, 임맥을 따라 천천히 움직이던 지음의 기운이 천양의 기운과 가벼운 충돌을 일으켰다. 그러자 내부에서 바람이 일었다. 처음에는 가벼운, 그러다 점점 커지더니 소용돌이 같은 거센 바람이 만들어졌다.

무저동에서보다 훨씬 강력해진 소용돌이였다. 소용돌이를 따라 천양도 지음도 파묻혀 같이 돌아간다. 그러다 한순간, 따로따로 휘돌던 두 기운이 가볍게 부딪쳤다.

쿠궁! 화악!!

찰나, 두 줄기 환한 빛이 가슴에서 피어나 한줄기는 독맥을 타고 척추를 따라 위로, 한줄기는 임맥을 타고 단전 쪽으로 내려간다.

그렇게 반 각 정도의 시간이 지나는 동안 세 번의 충돌이 일어났다.

그때마다 휘의 입가에 미약한 아쉬움이 깃든 듯 보인다. 무엇이 그리 아쉬운 건지…….

'후우… 역시 삼신주를 찾기 전에는 세 가지 기운을 합친다는 것이 무리인 것 같구나. 낙양에서의 일이 끝나고 나면 삼신주에 대한 것을 연구해 봐야겠다.'

도사할배의 말대로 삼신주가 없이는 삼령의 법을 완성할 수 없는 것인지……. 휘는 답답하기만 했다.

물론 지금의 힘도 약한 것은 아니다. 하지만 상대해야 할 적들을 생각하면 자신이 과연 그들을 당할 수 있을까 걱정이 태산이다.

철혈성의 힘은 결코 예전의 철혈성이 아니다. 비록 이십수 년 전 팔패 때의 철혈성에는 미치지 못한다 하지만, 문제는 신비 세력이 그들의 뒤에 있다는 것이다. 삼악의 하나인 마백으로 추정되는 그들이…….

한참 동안을 삼신주에 대한 생각에 골몰하고 있을 때였다. 문득 우측에서 강렬한 열기가 느껴진다. 우측이면 초평우가 있는 쪽, 무심코 고개를 돌리던 휘가 벌떡 몸을 일으켰다.

"맙소사!"

대경한 휘의 눈이 휘둥그레졌다.

얼굴이 벌겋게 달아오른 초평우가 온몸을 부들부들 떨고 있다.

입술을 어찌나 세게 깨물었는지 핏물이 흘러 무릎을 적시고 있다.

휘는 그 이유를 단번에 짐작할 수 있었다. 금양단의 약효가 생각보다 훨씬 강해서 천양의 기운이 폭주한 것이었다.

이미 무저동에서 천양의 폭주를 경험한 적이 있는 휘로선 그 고통이 어떠한지를 잘 알고 있었다. 전신이 타오르며 터져 버릴 것 같은 고통, 지금 초평우는 그 고통을 겪고 있을 것이다. 그러면서도 행여나 휘에게 폐를 끼칠까 봐 처절한 고통을 참고 있었던 것 같다. 미련한 늑대…….

"이런! 바보같이!!"

휘의 입에서 안타까움에 젖은 호통이 터져 나왔다. 옆에서는 풍인강이 어쩔 줄 모르고 안절부절못하고 있었다.

다급히 몸을 날린 휘가 초평우의 명문혈에 오른손을 가져다 대고는 전음으로 귀청이 터져라 소리쳤다.

"정신 차리고 내가 하라는 대로 하세요!!"

초평우의 고개가 미미하게 끄덕여진다. 다행히 말은 들리는 듯하다.

"지금부터는 내가 기를 움직일 겁니다! 모든 것을 나에게 맡기고 조금만 참으세요!"

오른손을 통해서 초평우의 몸속을 휘돌고 있는 뜨거운 기운이 타오르는 유황불처럼 느껴졌다.

가공할 기세로 독맥을 오르내리는 열기가 빠져나갈 곳을 찾아 여기저기를 들쑤시고 있었다. 계속 놔두었다간 육신이 터져 버릴 터, 휘는 마음이 다급해졌다. 이것저것 생각할 시간조차 없는 것이다.

다급한 김에 일단은 흡자결을 펼쳐 초평우의 몸속을 휘젓고 있는 기운을 오른손을 통해 빨아들였다. 탈출구가 생기자 광란하던 열기가 물밀듯이 빨려 들어온다.

그것은 황하의 거대한 물결이 밀려오는 것과도 같았다.

단단한 바닥을 뚫고 치솟는 용암과도 같았다.

휘의 입이 악다물어졌다. 오른손이 순식간에 시뻘겋게 달아오르더니, 숨 한 번 쉴 시간도 되지 않아 얼굴마저 벌겋게 달아올랐다. 이제는 오히려 자신의 몸을 걱정해야 할 지경이었다.

휘는 미친 듯이 몰려들어 오는 열기를 독맥 속으로 집어넣고는 천양의 기운을 전신으로 휘돌렸다. 그때였다. 지음의 기운이 단전에서 꿈틀대며 대응하기 시작했다.

'세상에! 대체 금양단이 무엇으로 만들어진 것이기에 이리도 양기가 강하단 말인가?'

시간이 지나자 천양의 기운이 거세지는 만큼 지음의 기운도 점점 커져 간다. 그러던 어느 순간, 지금까지의 그 어느 때보다도 강렬한 기운이 단전에서 용틀임 치며 솟구쳤다.

'아!!'

단전에서 솟구친 기운은 바다와도 같았다.

펄펄 끓던 용암이 차가운 바다 속으로 빠져들자 부글거리며 서서히 식어간다. 식어버린 용암 사이로 새로운 용암들이 밀려든다.

뜨겁기만 하던 열기가 지음의 바다를 지나는 사이, 탁한 기운은 소멸되어 버리고 맑은 기운만이 남아 피어올랐다. 그러다 결국 척추를 중심으로 수많은 가지들이 형성되더니, 미처 생각도 못했던 세맥 깊은 곳까지 퍼져 나갔다. 그러자 전신의 곳곳이 더할 수 없이 시원하게 느껴졌다.

그것은 새로운 경험이었다. 마치 온몸에 새로운 세상이 열리는 듯했다. 하지만 안타깝게도 휘는 그러한 기분을 느낄 여유가 없었다. 초평우의 몸을 지금 다스리지 않으면, 초평우의 내부에서 휘돌던 기운들이 다 소멸되어 버릴 테니까.

휘는 자신의 몸에서 맑게 정제된 기운을 오른손에 집중시키고, 그 기운을 이용해 초평우의 열기를 다스리기 시작했다.

일각이 지나자 완연히 수그러진 양기가 초평우의 독맥에 자리를 잡기 시작했다. 그리고 다시 일각, 초평우가 스스로 천양의 기운을 움직이기 시작했다. 그제야 휘는 실눈을 뜨고 초평우를 살펴보았다.

벌겋던 얼굴이 제 색을 찾아가고 있었다. 반 이상의 열기를 휘가 흡수해 버렸다 하나 나머지만으로도 초평우로선 꿈에도 생각지 못했던 기연을 얻은 셈이었다.

휘는 초평우의 기운이 가라앉자 손을 떼고 자신의 내부를 관조해 보았다.

'이거 참…….'

참으로 어이없는 결과였다. 생각지도 못했던 상황으로 천양의 기운이 배는 강해졌다. 족히 승화(昇和)의 단계에 접어든 것 같다. 게다가 단전에 웅크리고 있어 운용이 힘들었던 지음의 기운조차 어느 정도는 마음대로 움직일 수 있게 되었다. 초평우를 도우려다 오히려 자신이 기연을 얻은 꼴이 되어버렸다.

좀 이상하게 얻은 기연이었지만 어쩔 수 없는 일이었다. 그렇게 하지 않았다면 초평우로선 금양단의 열기를 감당치 못하고 전신이 타버렸을 테니까.

사실 일이 그리되어 초평우가 잘못되었다 해도 모용서하를 원망할 수는 없었다. 모용서하는 휘의 능력을 보고 금양단을 준 것이지, 결코 초평우의 능력을 보고 준 것이 아니었으니, 어찌 보면 휘가 금양단을 단순하게 생각한 것이 잘못이었다.

초평우를 바라보는 휘의 입가에 고소가 떠올랐다.

'후후… 하마터면 초 형을 죽일 뻔했군.'

자신의 침상 위로 고개를 돌리자 금양단이 들어 있었던 목갑이 보였다. 문득 모용서하가 금양단을 주며 한 말이 생각이 났다.

"하늘의 불을 키울 수 있을 거예요."

그냥 하는 말이라 생각했었다, 모용서하가 자신의 무공 내력을 모르는 이상은. 그런데 그녀는 자신의 무공에 대해 알고 있었던 듯하다, 자세히는 아닐지라도. 하기야 그녀의 이상한 능력이 몇 번이나 휘를 놀라게 했던가.

거기까지 생각이 미치자 휘는 한 가지 의문에 사로잡혔다.

'그녀를 만났을 때 지음의 기운이 자연스레 움직인 이유가 뭘까? 결코 여자라 해서 움직인 것은 아닌데, 대체 무슨 이유로 움직였을까? 음… 아무래도 빠른 시일 안에 그녀를 다시 만나봐야겠다.'

아직은 알 수 없었다. 그렇다고 지금 되돌아가서 물어볼 수도 없는 일이다.

휘는 손을 뻗어 목갑을 집어 들었다. 금양단으로 인해 어려움을 겪긴 했지만 얻은 걸 생각하면 가히 기연이라 해야 할 정도였다.

어쨌든 금양단은 면구 값으로 받은 것, 문제는 금양단이 생각보다 훨씬 귀한 것이라는 사실이었다. 아무래도 면구 하나로는 그 가치를 비교할 수 없을 듯했다.

'뭘 주지? 좋아하는 게 뭘까?'

우습지도 않은 고민이 하나 늘었다.

초평우가 깨어난 것은 새벽이 밝아오는 묘시 초였다. 눈을 뜬 초평우가 제일 먼저 본 것은 자신을 멀뚱히 바라보고 있는 풍인강의 얼빠진 모습이었다. 그 모습을 보고 초평우가 한마디 쏘아주려 할 때였다.

"초 형님! 괜찮소?"

풍인강이 걱정스런 목소리로 묻는다, 전혀 그답지 않게. 순간,

"어……"

초평우는 느닷없이 목이 꽉 막혔다. 눈에서는 눈물이 그렁그렁 맺힌다. 왜 그런지는 알 수가 없다. 괜히…… 괜히 그런다.

"후… 나는 초 형님이 죽는 줄 알았소. 온몸이 시뻘겋게 타오르기에

진짜 죽는가 보다 했는데, 다행히 대형이 달려들어 초 형님을 살렸소."

한마디 한마디에 진심이 담겨 있다. 초평우는 그제야 왜 자신의 눈에 눈물이 맺혔는지 이해할 수가 있었다.

'자슥이… 눈물나게. 왜 안 하던 짓을 하는 거야, 크윽!'

초평우는 눈물을 표시나지 않게 슬쩍 소매로 닦으며 말했다.

"아무래도 그 단약의 약효가 너무 강했나 보군."

"단약요?"

초평우의 말에 풍인강이 의아한 듯 눈을 크게 떴다.

"음, 대형이 줘서 먹었는데 그 다음부턴 기억이 안 나."

순간, 풍인강의 눈이 서서히 본래의 빛을 찾아간다. 목소리까지 싸늘하게.

"그러니까, 대형이 준 단약을 먹고 그랬다? 나 몰래?!"

"그, 그게… 나도 운기하던 중이라……."

초평우가 미안한 듯 말을 더듬자 풍인강이 툭 쏘아붙였다.

"쳇! 그런 줄도 모르고, 괜히 걱정돼서 잠도 못 자고……."

풍인강의 볼멘소리에 침상에 누워 있던 휘가 눈을 뜨고는 힐끔 풍인강을 바라보았다. 하지만 풍인강의 표정에 별다른 불만은 보이지 않았다.

휘는 다행이라는 듯 빙그레 웃으며 눈을 감았다. 그때였다. 풍인강의 무심한 목소리가 휘의 귀를 파고들었다.

"다음에는 내 차례유. 명심하슈!"

아침은 불당에서 울리는 독경 소리와 함께 밝아왔다.

휘의 표정도 아침 햇살만큼이나 밝아져 있었다. 어찌 되었든 뜻밖의 인연으로 막혔던 벽이 한 겹 무너졌다. 거기다 초평우 역시 어제의 초평우가 아니었다. 이제는 풍인강이라 해도 초평우를 이기기가 쉽지 않을 것이다. 그리고 풍인강이 노력하지 않는다면 시간이 지날수록 그 차이는 더욱 벌어질 것이다.

휘는 기분 좋은 아침을 맞으며 방문을 열었다. 시원한 산바람이 독경 소리를 싣고 귓가를 스치며 불어온다. 가히 우진자의 멱따는 소리와 절로 비교가 될 정도의 청아한 목소리다.

그때, 문득 들려오는 발자국 소리. 휘는 독경 소리가 들려오는 불전 쪽을 바라보았다. 저만치에서 빠른 걸음으로 다가오는 사미승이 보였다. 한데 조금 이상하다. 아! 사미승의 머리에 혹이 하나 솟아 있다. 뾰로통하게 내민 입술까지.

다가 온 사미승이 휘를 보더니 허리를 숙였다.

"큰스님께서 모셔오라 하십니다."

휘가 손으로 자신을 가리켰다.

"나를?"

"예."

휘는 의아했지만 어차피 신세진 인사는 해야 할 터.

"갔다 오면 바로 출발할 테니 떠날 준비들 하세요."

초평우와 풍인강에게 말하고는 사미승의 뒤를 따랐다.

대웅전을 돌아 연화당의 뜰을 가로질렀다. 사찰에 있는 건물은 모두 세 채, 객당까지 합해서. 한데도 사미승의 걸음은 멈출 줄을 모른다.

"큰스님은 어디 계시지?"

휘가 묻자 사미승이 손을 들어 앞을 가리켰다.

"저깁니다, 시주."

사미승이 가리키는 곳, 그곳에는 자그마한 동굴이 입을 벌리고 있었다. 휘가 동굴을 바라보자 사미승이 빠른 걸음으로 동굴 앞으로 다가갔다. 그리고,

"큰스님! 큰스님이 말씀하신 시주를 모시고 왔습니다."

큰 소리로 외친 사미승이 휘에게 안으로 들어가란 손짓을 했다.

그러고는 부리나케 뒤돌아서 뛰어갔다.

피식, 웃음을 흘린 휘는 동굴의 내부를 쳐다보았다.

동굴은 그리 깊지 않아 보였다. 사미승이 외친 소리가 동굴의 내부를 울리며 그 깊이를 알려주고 있었다.

안으로 오 장을 들어가자 옆모습을 보이고 앉아 있는 스님이 보였다. 나이가 얼마나 되는지 추측하기도 힘들 정도로 늙은 노스님이었다. 휘는 허리를 숙이며 입을 열었다.

"저를 보자 하셨는지요?"

노승은 굽은 허리를 펴고 고개를 돌리더니 진물이 흐를 것만 같은 눈을 들어 휘를 바라보았다.

"흘흘… 그랬지, 그랬어. 왔군, 왔어."

빠진 이사이로 흘러나오는 목소리는 가는 떨림이 느껴질 정도로 기쁨에 젖어 있었다.

"무슨 일이신지……?"

노승은 아무런 말도 없이 손을 내밀었다. 그곳에는 한 냥짜리 은자가 놓여 있었다, 사미승에게 준 은자. 그러고 보니 사미승의 머리에 난 혹이 이해가 갔다. 아마 돈을 받은 걸 들킨 듯했다.

휘의 입가에 빙그레 웃음이 걸렸다. 그때였다.

"어디서 얻었는가?"

노승이 웅얼거리는 목소리로 물어왔다.

시주를 하는 돈에도 어디서 번 돈인가가 문제가 되는 건가?

"표행을 하고 받은……."

"흠, 아니, 그거 말고."

"예? 그럼?"

"손가락 자국… 천화단심기(天花丹心氣)."

손가락 자국? 천화단심기? 설마? 휘의 눈이 크게 뜨였다.

"혹시… 은자를 자른… 그 수법을 말하는 겁니까?"

노승이 고개를 끄덕인다. 그런 노승의 눈에선 차가우면서도 은은한 열기가 피어오르고 있었다. 참으로 알 수 없는 일이었다.

"혈련삼화를 이용해…… 아! 혈련삼화라는 이름은 제가 붙인 겁니다."

노승의 눈빛이 곤혹스럽게 변해 가자 휘가 다시 말을 이었다.

"동굴에서 얻은 수법인데, 정확한 이름은 모릅니다."

그때였다.

"그래? 그럼 일단 받아보게!"

일갈과 함께 노승의 몸이 떠오른다 느껴졌나. 순간,

화악!

노승의 손이 앞으로 쫙 펼쳐지더니, 한 송이 꽃이 피어난다.

"헛!"

휘의 입에서 놀람의 탄성이 터졌다.

혈련화? 아니다! 뭔가가 다르다! 빠르긴 하지만 정교함이 없다!

그러나 놀라고 있을 수만은 없다. 노승의 손에서 피어난 꽃이 눈 깜짝할 시간도 없이 코앞에 들이닥친 것이다.

찰나 휘의 신형이 흔들, 순간적으로 신형이 갈라지며 다섯의 환영이 만들어졌다.

파파팍!

환영을 뚫고 지나가는 꽃 그림자가 벽을 때리자 돌가루가 허공에 먼지처럼 피어오른다. 하지만 그뿐이었다. 공격은 더 이상 이어지지 않았고, 노승은 차분히 가라앉은 표정으로 휘를 바라만 보고만 있었다.

휘는 표정을 굳히고 그런 노승을 바라보았다. 느닷없는 공격에 화가 나기보다는 궁금함이 앞서는 휘였다. 휘가 노승을 향해 입을 열려 할 때였다. 노승이 주름진 눈에서 은은한 광채를 내뿜으며 물었다.

"광랑과는 무슨 관계인가?"

쿵! 하마터면 휘의 심장이 떨어질 뻔했다.

맙소사! 광랑이라는 이름까지 알다니!

아무래도 대충 넘어가기에는 노승의 말 한마디 한마디가 심상치가 않다.

휘는 하는 수 없이 마음을 가라앉히고, 천천히 무저동에서의 일을 간략하게 이야기했다.

"…그는 동굴 속에 죽어 있었습니다. 저는 그의 시신 옆에 그려진 그림을 얻었을 뿐이지요."

말없이 휘를 바라보는 노승의 눈빛이 가늘게 떨리고 있다. 그러다 휘가 결코 거짓을 말하지 않았다는 것을 알았는지, 눈빛을 누그러뜨리고는 떨리는 목소리로 회한에 찬웃음을 터뜨렸다.

"결국… 그렇게 죽었나? 허허허…… 그럴 것을 어찌……."

대체 이 노승은 누굴까? 누구이기에 광랑을 알고 있는 것일까? 그는 백수십 년 전의 사람이거늘.

휘가 깊은 의문에 잠겨 있을 때였다. 노승이 물끄러미 휘를 바라보며 말했다.

"한 번 보여줄 수 있겠나?"

노승의 요구에 휘는 고요히 가라앉은 눈으로 노승을 바라보았다.

자신 역시 비슷하게 펼쳤으면서도 보여달라 한다. 대체 왜? 무슨 이유로?

어차피 기의 흐름을 모르는 이상 보여주는 거야 문제될 것도 없었다. 다만 그 이유가 알고 싶을 뿐.

"보여 드리지요. 대신 스님께서도 보고자 하는 이유를 말씀해 주셔야 합니다."

노승이 천천히 고개를 끄덕였다. 그러자 휘는 오른손의 검지를 치켜세웠다. 순간, 검지에서 붉은 꽃망울이 맺혔다, 전보다 훨씬 맑은 선홍빛 꽃망울이.

"아! 천홍(天紅)!"

노승의 입에서 나지막한 감탄이 터져 나왔다. 역시나 뜻 모를 이름과 함께.

'붉은 하늘? 혈련삼화의 진기 운용 시 흘러나오는 붉은 기를 그리 말하는 건가?'

휘는 진기를 조금 더 끌어올렸다.

후욱! 꽃망울이 손가락 끝에서 솟아오른다. 그제야 휘의 검지가 허공에 혈련화를 그려갔다.

선이 이어지며 허공에 둥실, 한 송이 혈련화가 화려하게 피어난다.

아무런 향기도 없는 한 송이 꽃이 환한 웃음을 지으며 너울거린다.

그러다 한순간, 휘의 손짓에 따라 흘러가는 듯하더니 찰나지간 동굴의 벽을 파고들었다.

손바닥만한 크기에 세 치 깊이, 도장으로 꾹 눌러놓은 듯 한 점 부스러기조차 떨어지지 않은 채 피어난 혈련화.

혈련화가 피어난 벽을 뚫어지게 바라보고 있던 노승이 떨리는 목소리로 나지막이 물었다.

"몇 개의 꽃까지 그릴 수 있나?"

휘의 눈이 번쩍였다. 꽃의 숫자까지 알고 있다. 대체 어디까지 아는 걸까? 휘가 나직한 목소리로 대답했다.

"제가 본 혈련화는 세 송이였습니다. 모두 그려봤습니다만……."

"셋이라……. 그렇겠지. 어쨌든 놀랍군, 놀라워. 그 나이에. 흘흘 흘……."

휘가 고요히 가라앉은 눈으로 노승을 바라보았다. 분명 뭔가가 더 있는 듯했다. 일단 의문 중 한 가지를 물어봤다.

"이제는 제가 묻겠습니다. 천화단심기가 뭡니까?"

노승이 주름 가득한 눈으로 휘를 올려다보았다.

"자네가 펼치고도 모르나?"

휘가 굳어진 표정으로 노승을 직시하다가 다시 물었다. 두 번째 의문.

"한데 노스님께서는 어찌 아십니까?"

"클! 내 사문의 무공을 내가 모른다면 누가 알겠나?"

휘의 눈이 경악으로 휘둥그레졌다.

"노스님의 사문이라구요?"

"지금은 잊혀진 사문이지……. 아니, 멸문했다고 봐야겠지."

"무슨……?"

"앉아, 늙은 땡중 고개 아프니까."

휘는 그 자리에 철푸덕 주저앉았다. 마침내 혈련삼화와 광량에 대한 것을 알고 있는 사람을 만났다. 그 이야기를 듣기 위해서라면 앉는 정도 가 아니라 누우라 하면 누울 수도 있었다.

휘가 앉자 노승이 입을 열었다.

"노납의 법명은 아후달(阿逅達), 서장에서 태어나고 자랐지. 시주는 알고 있나? 그 무공이 서장의 무공이라는 걸?"

"어느 정도는 생각하고 있었습니다만."

철혈성의 기록에 의하면 광량이 서장 사람인 듯하다 했었으니…….

"천화단심기는 서장의 전설이었지. 지금은 아는 이가 몇 없을 테지만."

아후달은 말을 하면서 구석에 놓인 석판을 들어내고는 안에서 다섯 치 넓이에 한 자 길이의 철함을 꺼내 들었다. 그러면서 동굴을 울리는 음성. 마치 주문처럼 울려 퍼지는 노승의 목소리에는 아련함, 처절함, 희열이 범벅되어 묻어 있었다.

"노납은 사문의 마지막 제자이자 인연의 연결자. 흘흘… 천화단심기의 잃어버린 세 송이 꽃도 찾을 겸, 인연을 찾아 떠돌았지. 그리고 삼십 년. 마지막 희망을 이곳 영등사에 걸었지. 등불을 밝히고, 찾아올 인연자를 기다리며 말일세."

휘는 아후달의 말에 경악하지 않을 수가 없었다.

"그럼… 오늘 제가 여기 올 줄을 알고 계셨단 말씀입니까?"

"흘흘… 노납이 어찌 그것까지 알았겠는가? 다만 이곳에 있으면 인연자가 지나갈 테니 기다리라 하더군. 쓸데없이 광량의 흔적을 찾지 말고. 인연자가 그냥 지나치면 할 수 없는 일이고, 요행으로 이곳을 찾는다면 인연이 이어지는 것이니…….."

아후달이 아련한 눈으로 허공을 응시하며 말했다.

"인연자가 지나갈 이곳을 알려준 것. 그것이 바로 서장의 대법왕 포여랍이 사령수라교로부터 서장을 구한 서장의 은인이자 포달랍궁의 은인인 천화사의 후계자에게 베푼 마지막 보답이었다네. 그는 천기를 누설한 죄를 청하여 포달랍궁의 십팔층 지하 뇌옥에 스스로 육신을 가두어 버렸지."

"그러니까 포여랍이라는 분의 말을 듣고 이곳에서 삼십 년을 기다렸단 말입니까? 그러다 만나지 못하면? 그의 말을 어떻게 믿고?"

휘는 어이가 없었다. 다른 사람의 말만 믿고 삼십 년을 기다리다니, 그것도 가능할 것 같지 않은 일로. 한데 사령수라교라……. 그 이름에 왠지 가슴이 두근거린다.

'혹시 삼악의 하나인 사령(邪靈)과 관계가 있는 곳이 아닐까?'

그러나 짐작은 짐작일 뿐.

"흘흘흘… 포여람은 서장제일의 예언자 누라(累羅)의 환생자일세. 어쨌든 그의 말대로 만나지 않았는가?"

아후달은 당연한 일이거늘 별 걱정을 다한다는 투다. 그러면서 철함을 열었다.

"그래도 죽기 전에 만나 다행이구먼."

철함에서 나온 것은 두 장의 양피지였다. 양피지에는 두 송이의 꽃이 그려져 있었다. 단 두 송이의 꽃만이.

그러나 그걸 보는 휘의 눈은 경악으로 부릅떠진 채 격렬하게 흔들렸다. 혈련화는 세 송이가 다가 아니었다. 다섯 송이의 혈련화. 오! 맙소사!

"다섯 송이의 꽃에 본 문의 모든 것이 담겨 있었네. 그러나 백수십 년 전 세 송이를 잃어버리는 바람에 아무짝에도 쓸모없게 되어버렸지. 광량, 그자가 세 송이의 꽃이 그려진 양피지만 파괴시키지 않았어도……."

아후달의 말에 의하면, 천화사(天華寺)는 서장 제일의 신비지문이었다한다. 본래 제자를 많이 받지 않아 일대에 서너 명의 제자만을 받아들인다 했다. 그리고 광량은 천화사의 제자 중에서도 대천화(大天花)에 이를 거라 기대되는 촉망받는 기재였다고 한다.

"한데 어느 날이었네. 그는 조급함을 참지 못하고 사부 몰래 천화단심기의 네 번째 그림을 익히려 했다네. 그 와중에 그만 심마를 이기지 못하고 살귀가 되어버렸지. 그의 성취는 사형제뿐만이 아니라 당시 천화사의 그 누구보다도 뛰어났기에 아무도 그의 일수를 막을 수 없었다네. 심지어 그의 사부까지 나서서 막으려 했는데도 실패하고 말았지. 결국은 심각한 부상을 입은 광량이 도망을 치고 말았네. 그런데 문제는 광량이 싸우는 와중에 석 장의 그림을 파괴해 버렸다는 것이었어. 후우… 문주의 심부름을 다녀온 막내 제자가 사문으로 돌아왔을 때는, 다 죽어가는 사부와 두 사형의 시신만이 남아 있었다 하네. 문주가 목숨을 걸고 지킨 두 장의 양피지와 함께."

아후달의 말을 듣던 휘는 의문이 들었다.

"그럼, 그 막내 제자가 세 송이의 꽃을 알고 있었을 것이 아닙니까?"

아후달이 씁쓸한 표정으로 고개를 저었다.

"막내 제자, 그러니까 그 당시 노납의 사부는 아직 어려서 기초에 겨우 입문했을 뿐, 오천화(五天花)는 구경도 못한 상태였네. 더구나 오천화라는 것이 흉내만 낸다고 되는 것이 아니란 것을 시주도 잘 알 것이라 생각하네만."

그랬다. 그 속에는 단순히 꽃 이상의 무언가가 있었다. 꽃을 그린 선의 흐름, 다시 말해 기의 흐름을 모른다면 그것은 그저 단순한 꽃일 뿐이었다. 오천화든, 혈련화든.

휘는 경악한 얼굴로 아무 말 없이 고개만 끄덕이다가 문득 드는 생각에 한 가지를 더 물었다.

"그럼 나머지 두 송이의 꽃은 아예 익히지 않았단 말입니까?"

아후달이 허탈한 표정으로 말했다.

"왜 안 했겠나. 백방으로 방법을 연구해 봤지. 약간의 소득이 있기는 했지만, 결국은… 이렇게 됐네."

아후달이 앙상한 손으로 승포를 걷어 올렸다. 무릎에서부터 잘라져 나간 두 다리가 보였다.

"무리한 기의 운행으로 하체의 기혈이 얽혀 버렸네. 해서 하는 수 없이 탁기를 최대한 아래로 모아 잘라 버렸네. 그것만이 살길이었으니까. 천화사 천 년의 정화를 어리석은 이가 어설프게 흉내 내려 한 대가라 할 수 있지."

아후달이 휘를 뚫어지게 쳐다봤다.

"한 가지 부탁만 들어준다면 이것은 시주 것이네."

"무슨……?"

"포여랍이 나에게 인연자와 만날 수 있는 방법을 일러준 데는 이유가 있다네. 어쩌면 모든 것이 그가 생각한 대로 흘러갈지 모르겠지만, 그래도 노납이 따로 부탁하지 않을 수가 없구먼."

양피지를 바라보던 휘가 천천히 고개를 끄덕였다.

대가없는 소득은 휘도 바라지 않았다. 그리고 두 장의 양피지는 그 어떤 대가를 치르고도 얻고 싶은 물건이었다. 다만 포여랍이 생각한 대로 흘러갈 거라는 말이 조금 거슬리기는 했지만…….

"말씀하시지요."

"조금 전에 말했다시피 나의 사문이었던 천화사는 과거 사령수라교로부터 서장을 구한 적이 있네. 그러나 그들을 완전히 멸하지는 못했었지. 포여랍의 말에 의하면 정월에 두 개의 달이 뜨는 해, 그들이 다시 문을 열고 나와 서장을 피로 물들일 거라 했네. 혹여 서장에 사령수라교가 나타나거든 서장의 포달랍궁에 가서 포여랍을 만나주게나."

휘는 어이없는 눈으로 아후달을 쳐다봤다.

"삼십여 년 전에 스스로 갇힌 사람이 지금까지 살아 있겠습니까?"

"흘흘, 그는 당시 스물이 채 안 된 나이였네. 법왕은 나이가 많다고 되는 게 아니거든. 더구나 그가 인연자를 보내달라 할 때는 그만한 이유가 있어서겠지."

문득 도사할배가 해주었던 이야기가 생각났다. 위대한 능력을 지녔던 고승의 환생자가 법왕에 오르는 것이 서장의 전통이라 했었다. 그렇다면 아후달의 말이 이상할 것도 없었다. 당시의 법왕이 스무 살이 아니라 열 살이었다 해도.

잠시 생각에 잠겼던 휘가 눈을 빛내며 고개를 끄덕였다.

완전히 모든 것을 믿을 수는 없지만 예언의 능력을 지녔다는 포여랍이 그리 말했다면, 훗날 휘가 그만한 힘을 얻을 수 있을 거라는 뜻이 아니겠는가. 게다가 그의 뜻대로 흐를 거라는 말은 군이 휘가 승낙을 하든 안 하든 결국은 그리될 거라는 말, 그렇다면 망설일 것도 없었다. 일이 닥치면 부딪치면 되는 거니까.

"좋습니다. 일단 받지요. 그리고 은혜를 입었으니 대가를 치르는 것도 당연한 일. 그러한 일이 있다면 포여랍을 만나겠습니다. 그리고 저에게 힘이 생기고 서장이 어려움에 처한다면 제가 도울 수 있는 만큼 돕겠습니다. 저도 빚지고는 못 사는 성격이니까요."

말을 맺으며 휘가 씩 웃자 그제야 아후달이 편해진 얼굴로 양피지를 툭 던져 주었다.

"질기디질긴 인연의 굴레를 빚었으니, 오히려 시주가 노납의 은인인 셈이야. 노납은 이제 부처님이나 모시며 마음 편히 살다 가려 하네. 그만 가보게나."

휘는 손에 들린 양피지를 내려다보았다. 막상 받아 드니 가슴이 떨린다. 그제야 문득 드는 생각.

"그런데 왜, 제자 분에게 전할 생각은 하지 않으셨습니까?"

"연(緣)이 이거뿐이라는데 어쩌겠나?"

"예?"

"포여랍이 그러더군. 천화의 맥은 끝났다고. 대신 새로운 연이 있을 것이니 그에게 모든 것을 맡기라고 말일세. 그래서 비록 거둔 아이는 있지만 제자로 삼지는 않았지. 생각해 보게, 사부와 합쳐 백육십 년을 기다려 왔네. 너무 오랜 세월을 기다림 속에 살았어."

아후달이 회한이 깃든 목소리로 혼잣말하듯 웅얼거렸다. 아마도 기다림의 세월을 제자에게 물려주고 싶지 않았던 듯싶다.

그렇게 고개를 저으며 아후달이 몸을 돌리려 할 때였다. 동굴 밖에서 굵은 목소리가 동굴을 울리며 들려왔다.

"저는 인정할 수 없습니다!! 사부!!"

누군지를 아는 듯 아후달이 고개를 저으며 처연한 음성으로 말했다.

"이놈아! 돌아보면 피안인 것을 어찌 모른단 말이냐?"

"그래도 사부는 사붑니다. 그리고 영등은 사부의 제자라는 것을 자랑스럽게 생각한단 말입니다."

"무지한 놈, 알량한 재주 하나 배웠다고 나대기는…… . 시주, 시주가 저놈에게 하늘이 얼마나 높은지 좀 가르쳐 주게나. 두들겨 패도 괜찮네. 아마… 조금 세게 때려야 할 거네. 흘흘흘……."

"……?"

아후달의 말에 휘는 어리둥절한 표정으로 동굴 밖을 쳐다보았다.

그곳에는 고목의 둥치처럼 통통해 보이는 승려가 자기 키보다 큰 한 자루 선장을 짚고 마치 장판교를 지키던 장비처럼 떡 버티고 서 있었다. 아마 그가 새벽부터 울려 퍼지던 독경 소리의 주인인 듯하다. 그리고 아후달이 거두었다는 바로 그 사람일 것이다.

"사부는 저 서생 같은 젊은 시주가 소승을 막을 수 있다 하시지만 소승이 보기엔……."

그러나 그는 더 이상 말을 할 수가 없었다.

휙, 한걸음에 오 장의 거리를 좁힌 휘가 어느새 그의 면전에 도착해서 그를 빤히 쳐다보고 있었으니…….

"헉! 감히!"

휭! 영등은 노한 소리를 내지르며 선장을 휘둘러 휘의 허리를 쳐갔다. 순간, 영등의 표정이 귀신이라도 본 것처럼 해쓱하니 질려 버렸다.

분명 선장으로 허리를 쳤는데도 휘가 여전히 자기를 노려보고 있는 것이다. 더구나 하얀 웃음을 지으며 한마디 한다.

"노스님께선 패도 좋다고 하시더군요."

"귀, 귀신같은……."

주르륵 세 걸음을 물러선 영등이 다시 선장을 들어 후려쳤다. 생각보다 강맹한 위력. 휘의 눈에 이채가 떠올랐다.

'제법 강력한 힘인걸?'

이마를 향해 떨어져 내리는 선장을 빤히 바라보던 휘의 손이 들렸다. 그리고 영등의 입에서 헛바람 빠지는 소리가 들렸다.

턱, 선장의 끝이 휘의 손가락 끝에 걸린 채 더 내려가지를 않고 있는 것이다.

"요, 요물이 시술을……?"

영등의 더듬거리는 말에 휘가 빙긋 웃으며 입을 열었다.

"나는 노스님께 받은 것이 있으니 노스님의 부탁을 거절할 수가 없소. 그러니 이해하시오."

뭔가 이유가 있겠지 싶은 휘였다. 그렇다면 망설일 것도 없다. 한데 조금 세게 때려야 할 거라고?

퍽!

"엇?"

퍼퍽!

"으음……."

바람처럼 선장을 파고들며 영등을 두들기던 휘의 표정이 묘해졌다. 바위가 박살날 정도는 아니어도 웬만해선 한 대에 쓰러질 정도의 타격은 된다. 그런데 영등은 마치 간지럽다는 눈만 움찔거릴 뿐이다. 그렇다면……

삐억! 쾅! 떠떵!

"아이고! 크억! 우욱!"

시간이 지나면서 산사를 울리는 비명이 십 리 밖까지 울려 퍼졌다.

지나던 사람들이 잔치라도 벌이는 줄 알고 문을 두드리지 않을까, 산사에서 돼지를 잡는다고 관청에 신고가 들어가지 않을까 걱정될 지경이다.

일각에 이은 비명 소리가 끝나갈 때쯤 동굴 앞에는 구경꾼들이 모여들었다.

자신의 윗사람이 맞고 있는데도 속이 후련(?)하다는 표정을 짓고 있는 어린 사미승을 비롯해, 바위 뒤에서 삐죽 고개를 내민 채 질린 표정을 짓고 있는 초평우와 풍인강까지.

한편, 손발을 이용해 영등을 두들겨 패던 휘는 노스님이 왜 패도 좋다고 했는지 이해할 수가 있었다. 세게 때려야 할 거라는 이유 역시.

비록 초식은 별것이 없었지만, 영등의 몸만큼은 탄력 좋은 강철과도 같았다. 웬만해서는 고통도 느끼지 못할 것 같았다. 그래선 팬 효과가 없다. 적어도 패려고 마음먹었으면 화끈하게 패야 한다는 것이 휘의 생각이었다. 그 바람에 손발에 힘이 더 들어가고 있었다.

쾅!! 콰광!!

"쿠웹! 우왁!"

몸만 믿고 버티는 것도 한계가 있었다. 일각이 넘어가자 영등의 표정이 하얗게 질렸다.

"아이고! 그만! 그만! 알았소! 사부! 제발 말려주시오!!"

끝내는 영등의 입에서 사부를 찾는 소리가 터져 나왔다. 박박 바닥을 기어서 동굴로 들어가는 영등을 바라보며 휘는 손을 멈추었다. 그러면서 한마디.

"흠, 오랜만에 주먹질 좀 하니까 기분이 좋아지는군. 조금 더 했으면 싶은데……."

구경꾼들의 얼굴이 창백하니 질려 버렸다. 기어가던 영등의 얼굴은 질리다 못해 부들부들 떨리고 있다. 그때 아후달의 음성이 구원의 목소리처럼 들려온다.

"그 정도면 됐네, 시주. 안으로 들어오시게."

휘가 안으로 들어가자 영등은 후닥닥 구석으로 물러났다. 휘가 그런 영등을 보고 슬쩍 웃음을 지으며 아후달을 향해 말했다.

"좋은 몸이더군요."

"흘흘… 가르칠 것이 그것밖에 없었으니 어쩌겠는가."

서장의 외공은 중원의 외공으로는 결코 따라갈 수 없는 그 무엇이 있다. 이미 오래전부터 그 신비함에 정평이 나 있던 바, 아마 아후달은 영등에게 친화사의 무공을 가르치지 못하고 내신 비전되어 온 외공을 가르친 듯했다.

"웅크리고 있는 내력도 제법 되는 것 같습니다만."

"멧돼지가 주체할 수 없는 힘을 갖게 되면 호랑이보다 무서운 법이지. 그래서 그냥 심어만 놓았네."

영등을 한 번 쳐다본 아후달이 실실 웃으며 휘를 올려다보았다.

"시주가 가지고 가게나."

"예?"

"어차피 여기 놔두어봐야 일만 저지를 놈이야. 그동안에는 내가 있어서 함부로 날뛰지 못했지만, 나도 이제 얼마 남지 않았거든. 그러니 어쩌겠나. 시주가 다스렸으니 시주가 이끌 수밖에."

그것이었다. 아후달이 영등을 패도 좋다는 데는 그런 마음도 있었던 것이다.

휘가 아연한 표정을 짓자 아후달이 못을 박듯이 한마디를 덧붙였다.

"저놈은 천살(天殺)의 기를 타고난 놈이야. 마에 물들면 천 인을 죽일 놈이지. 시주가 아니면 이제는 방법이 없어. 그러니 알아서 하게. 그래도 잘 다스리면 제 앞가림은 할 거네."

말인즉, '네가 아니면 악마가 될 것이다. 그러니 네가 책임져라' 그 말. 그나마 안에 심어진 힘이 쓸 만하다는 것이 위안이 되었다.

결국 유월의 뜨거운 햇살이 구름 사이로 내리쬐던 그날, 네 사람이 사찰의 문을 나섰다.

뜻밖의 선물과 짐을 한꺼번에 떠맡은 휘를 비롯해, 함박웃음을 짓고 있는 초평우와 여전히 얼음덩이 같은 표정의 풍인강, 그리고 통통한 몸에 자기 키보다 훨씬 큰 선장을 짚고, 아후달이 떠나기 전 부탁한 말도 잘 기억이 나지 않을 정도로 심란한 표정을 한 삼십 초반의 승려 영등까지.

"혹시라도 소림에 들를 기회가 있거든 심연을 만나보거라. 그가 너에게 뭘 준다고 하던데……."

'쳇! 이제 편한 밥은 다 먹었네. 그런데 심연 땡추영감은 뭐 하러 만나라는 거지? 내가 미쳤나? 그 영감을 만나게.'

어쨌든 한숨만 나오는 영등이었다.

그날 밤, 두 사람이 영등사를 소리없이 방문했다. 아후달 승방으로 들어간 자시 경쯤.

두 사람은 사미승 영효를 윽박질러 휘의 행적을 캐묻고는, 휘가 동굴에서 무공을 펼쳤다는 말을 듣고서 사찰의 뒤쪽 동굴로 들어갔다.

아흐달이 기거했던 동굴로 은밀히 들어선 두 사람은 벽에 나 있는 꽃 그림을 보더니 온몸을 부르르 떨었다.

어둠 속에서 언뜻 얼굴에 거미줄이 묻은 것처럼 보이는 사람이 말했다.

"으으으… 제기랄! 더 완벽해졌다. 대체 어떻게 된 놈이 며칠도 안 돼서……."

그러자 빨간 눈동자가 체념한 듯 힘없이 어깨를 늘어뜨렸다.

"다 틀렸다, 그놈 잡아가기는. 어쩔래? 그냥 돌아가자."

"련주한테 맞아 죽고 싶으면 너나 가! 나는 죽든 살든 귀신같은 그놈 쫓아다니면서 복수할 거니까!"

'나는 그놈의 거시기에 거미줄을 쳐주리라!'

불끈 주먹을 쥐며 마음을 다잡는 흑살지주를 보고 귀혼유사는 어이없다는 표정으로 고개를 저었다.

"유, 그럼 나도 안 간다."

'뎌그럴, 둘이 가야 반반씩 나눠 맞지. 미쳤나? 나 혼자 뒤집어쓰고 맞아 죽게?'

결국 두 사람은 다시 떠나간 휘의 흔적을 쫓기로 했다. 죽으나 사나 이판사판이다.

"일단 변장을 하자. 솔직히 우리 모습은 너무 표가 나거든."

"어떻게?"

"너는 일단 눈부터 가려라. 빨간 눈깔 안 보이게."

"너는?"

"나는 세수만 하면 돼."

"……."

귀혼유사는 어리둥절한 눈으로 흑살지주를 바라보다 한순간 몸을 부르르 떨었다.

'그러고 보니… 드런 놈!! 얼굴의 줄이 무늬가 아니라…….'

3장
낙양풍운(洛陽風雲)

1

고대로부터 수많은 나라가 설 때마다 성도가 되었던 낙양(洛陽).

황하강 낙하 유역에 동서로 삼십 리, 남북으로 이십 리, 방대하게 들어선 도성에는 거주하는 사람만도 백만에 이르렀다. 게다가 주위에는 수많은 역사적 유물들이 산재해 있어 유생들과 승려들의 발길이 끊이지 않는 곳이 또한 낙양이다.

그중에서도 남쪽의 용문석굴과 더불어 낙양의 자랑이라는 서옹문 밖 백마사는 한마디로 낙양의 깊은 역사를 짐작케 하는 유서 깊은 사찰이다. 승려의 수만 이천여 명에 이르렀으니 불사를 드리기 위해 들른 사람이 반, 승려가 반이라는 말이 절로 나올 정도였다.

그 백마사의 깊은 곳에 있는 승방, 몇 사람이 이마를 맞대고 수군거리고 있었다.

"어찌하시렵니까? 아무래도 꼬리를 밟힌 듯싶습니다만."

상인의 옷차림을 한 중년인들 중 콧수염을 멋지게 기른 사람이 조용히 입을 열었다. 그러자 눈매가 날카로운 중년인이 눈초리를 추켜 올렸다.

"지금으로선 대안이 없습니다. 당금 천하에서 서충량만한 고문(古文)의 전문가는 그리 많지 않습니다."

"과연 그가 해독할 수 있을까요?"

"그래서 필사본을 한 장 가져가는 게 아니겠소?"

두 사람이 이야기를 주고받을 때였다. 조용히 두 사람의 이야기를 듣고만 있던 백염의 초로인이 몸을 일으켰다.

"일단 가보지. 얼추 시간이 된 것 같은데."

"그러지요, 장 숙부."

넷 중에 제일 젊은 상인이 몸을 일으키자 이야기를 나누던 두 사람도 몸을 일으켰다. 한데 그때였다.

삐걱!

승방의 방문이 열리고 중년 무사의 목소리가 들려왔다.

"백마사의 주지가 잠시 뵙자고 합니다, 어르신."

중년 무사의 말에 초로인의 이마가 꿈틀거렸다.

"주지가? 음… 알았네."

자신들이 원하던 정보를 전해준 것이 백마사의 주지 능효 대사였다. 게다가 능효가 가진 강호에서의 입김을 생각해도 결코 무시하고 지나갈 수 있는 사람이 아니었다.

네 사람이 밖으로 나서자 세 명의 무사가 자연스럽게 삼재진의 형태로 네 명을 감쌌다. 언제든 출수할 수 있는 자세를 잡고.

주지의 방은 그들이 머물렀던 곳에서 담장 하나를 사이에 두고 있었다. 주지의 방으로 들어가자 능효가 탐스런 백염을 쓰다듬으며 합장했다.

"공연히 오시라 해서 죄송하오이다, 장 시주."

"별말씀을. 한데 어인 일로?"

초로인 장인성의 의아해하는 질문에 능효 대사가 밝은 웃음을 지으며 입을 열었다.

"다행인지 고문을 해석할 수 있는 사람을 한 사람 더 알아냈습니다. 장 시주께서 알고자 하실 것 같아서. 허허허… 나무아미타불."

장인성의 눈이 번뜩였다. 데려갈 사람은 한 사람이면 되지만 능력이 있는 사람은 많을수록 좋은 법이다.

"누굽니까?"

"오래전에 몰락한 유가장이라는 곳이 있소이다. 본래 낙양의 유명한 학자 가문으로 고문에 일가견이 있어 황실에서조차 그 집안 사람을 중용했을 정도였소이다. 한데 그 집안 사람들은 모두 원인을 알 수 없는 혈겁을 당해 당시 황실에 가 있던 한 사람만이 살아남았지요. 그는 가족들이 모두 죽자 황궁을 떠나 낙양으로 내려와 있었다 합니다. 요행으로 그가 있는 곳을 알아냈소이다. 게다가 마침 빈승의 사제인 능하가 그와 친했다 하니 그에게 허락을 구하는 것은 그리 어렵지 않을 거라 생각됩니다, 장 시주."

"음… 그는 어디에 있습니까?"

장인성이 묻지만 능효는 후덕한 웃음을 지을 뿐 입을 열지 않았다.

그제야 장인성이 다시 말했다.

"약속한 시줏돈은 본가에서 곧 보내올 겁니다. 물론 두 사람을 찾은 몫을 말입니다."

'욕심쟁이 땡중 같으니라구.'

"허허허, 감사하오이다."

'그대들 칼 든 무사들이 어찌 알꼬, 그대들이 보내준 은전으로 헐벗고 굶주린 중생 수백 명이 올 겨울을 배불리 지낼 수 있다는 것을.'

능효가 빙그레 웃으며 말했다.

"그는 유정룡이라 하오. 낙양성 서문거리에서 한고점이라는 자그마한 책방을 하고 있다고 하더이다."

2

비바람이 몰아치던 유월 열닷새, 낙양의 동문대로에 위치한 강안루의 이층에는 네 사람이 쏟아지는 빗줄기를 보며 시름에 잠겨 있었다.

한 사람은 비로 인해 자신이 원하는 조사를 할 수 없어 걱정이었고, 두 사람은 그냥 하늘만 쳐다보며 하루를 보내야 한다는 것이 억울해서 시무룩했다. 그리고 다른 한 사람은 고기를 눈앞에 두고도 중이라는 이유로 먹지 못하고 침만 흘려야 한다는 것이 야속해서 침울한 것이었다.

"대형, 비가 언제나 그칠까요?"

차가운 눈빛을 풀풀 날리는 풍인강의 말에 휘가 한숨을 지었다.

"그러게 말입니다. 낙양까지 와서 움직이지도 못하다니……."

그러자 다른 두 사람도 이때라는 듯 입을 열었다.

"한판이라도 더 붙어야 되는데……."

"오리 고기가 잘 익었는데……. 음."

통통한 얼굴의 스님이 침을 꿀꺽 삼키며 말을 끝맺자 세 사람의 시선이 일제히 스님에게로 쏠렸다. 순간, 땡추 영등이 후닥닥 변명을 한다.

"아! 오리 고기란 식기 전에 먹어야 기름이 안 엉킨다고……."

스님이 그걸 어떻게?

"음… 그냥 말을 들었을 뿐이오. 전에 왕씨네 집에 염을 해주러 갔다가 굽는 것을 보고……. 하하하! 먹지는 않았다오."

에이, 먹었겠는데? 거짓말하지 마쇼!

"정말이오! 장씨 집에서 개고기를 많이 먹었더니 배가 불러서……."

개고기까지? 세 사람의 눈이 휘둥그레졌다.

"아, 아니… 그게 아니고… 삼 년 묵은 능사주가 있다길래, 그냥 안주 삼아서……."

그럼 그렇지, 쯔쯔쯔…….

더 말해 봐야 입만 아프고, 쳐다봐야 눈만 버린다는 표정으로 세 사람의 고개가 동시에 창밖을 향했다. 그때였다. 초평우가 눈을 반짝이며 휘를 불렀다.

"형님, 저 거지, 개방의 거지 같은데요?"

개방? 휘의 눈이 초평우의 눈길을 따라갔다. 거기에는 비 내리는 처마 밑에 쪼그려 앉아 청승맞게 하늘을 바라보는 중년 거지가 있었다. 한데 기이하다. 거지가 동냥질에는 관심이 없고 눈알만 떼굴떼굴 굴리고 있다.

거지를 바라보며 초평우가 다시 입을 열었다.

"비 내리는 날 동냥질하는 거지가 있다니, 말단 거지도 아닌 것 같은데."

휘의 눈에서 이채가 서렸다. 그랬다. 거지들도 비 내리는 날에는 동냥질을 하지 않는다, 며칠 굶었다면 몰라도. 더구나 중년 거지는 제법 틀이 잡힌 거지다. 그렇다면 뭔가 이유가 있어서 나와 있다는 말.

"매듭이 네 개 있습니다. 개방에서도 제법 지위가 있는 거지가 분명해 보입니다. 한데 기이하군요. 왜 나와 있을까요?"

초평우가 눈살을 찌푸리며 말하자, 별걸 다 궁금해한다는 듯 영등이 고개를 끄덕이며 말했다.

"허허허! 배고픈 거지가 비 오는 날이라고 동냥질을 거를 수 있겠습니까?"

찌릿! 초평우가 모르면 입 다물고 가만 있으라는 눈빛을 던지고는 휘를 바라보았다. 그러자 휘가 물었다.

"개방의 이목은 천하에서 가장 넓게 퍼져 있기로 정평이 나 있지요. 그런 개방의 거지가 나오지 않을 날 나와서 서성댈 이유가 무엇 때문이겠습니까?"

풍인강이 시퍼런 눈두덩을 문지르며 차가운 어조로 말했다.

"당연히 뭔가 알아볼 것이 있어서겠지요."

제법이다는 눈빛을 던지며 초평우가 고개를 끄덕였다. 한데 그 말을 들은 휘가 벌떡 일어섰다.

'이런 멍청한! 알아볼 것이 있는 놈이 개방을 잊고 고민만 하고 있었다니.'

"잠시 기다리십시오. 저 거지에게 물어볼 것이 좀 있습니다."

대답도 기다리지 않고 휘는 빠른 걸음으로 계단을 내려갔다. 아래로 내려가자 건너편의 거지가 보였다.

그는 표시 내지 않으려 애쓰며 힐끔힐끔 휘가 있는 강안루 안을 바라보고 있었다. 그럴 때마다 왼쪽 이마의 커다란 점이 움찔거리는 것만 같다.

'뭘 보고 있는 거지?'

휘는 자연스럽게 고개를 돌려 거지의 시선을 따라가 보았다. 그곳에는 풍인강만큼이나 차가운 표정을 짓고 앉아 있는 다섯 명의 무사가 있었다.

낙양이 아무리 크다 하지만 무사들이 발에 거치적거릴 정도로 많은 것은 아니었다. 더구나 그저 그런 삼류가 아니라 날 선 기운을 품고 있는 일류고수라면 더욱더 그러했다. 그러나 휘의 관심은 그들에게 있는 것이 아니었기에 다시 고개를 돌려 중년 거지를 바라보았다.

자신을 바라보는 것을 느꼈는지 중년 거지가 휘를 쳐다보며 전음을 보냈다.

"이 봐! 쓸데없는 데 신경 쓰지 말고 꺼져!"

휘는 싱긋 웃었다. 전음을 쓸 정도라면 생각보다 고수라는 뜻. 그렇다면 자신의 목적을 이루기에 더없이 적합했다. 급한 마음을 지닌 자라면 더 더욱 좋고.

"한 가지 요구를 들어주면 사라져 줄 용의가 있소만."

거지의 눈매가 꿈틀거렸다. 휘가 전음을 펼칠 정도의 고수라는 것이 그를 놀라게 한 듯했다. 당장 말투부터가 변했다.

"이보슈, 철없는 공자님! 개방의 행사를 방해할 생각이우?"

그래 봐야 별수없는 거지의 말투였지만.

"그리 어려운 부탁도 아니니 들어준다 해도 손해날 것은 없을 듯하오만, 또 혹시 압니까? 제가 도와줄 것이 있을지……."

중년 거지의 인상이 와락 구겨졌다. 비 오는 날 추적을 책임지게 된 것도 열받아 죽겠는데, 별 떨거지 같은 놈이 성질을 건드리고 있다. 하도 열받으니 기침이 나올 정도다.

"쿨룩, 쿨룩!"

"저런저런, 얻어먹는 것도 힘든데 몸까지 아파서야……. 쯔쯔쯔."

중년 거지는 혀까지 차대며 말하는 휘를 어이없는 눈으로 바라보았다.

'어디서 저런 똥물에 튀겨 죽일 놈이 튀어나와서는…….'

중년 거지야 무슨 생각을 하든 말든 휘는 태연히 입을 열었다.

"한 사람에 대한 것만 알면 되오. 그러면 비켜주는 것뿐이 아니라 도와줄 수도 있다, 이 말이오. 어떻소?"

그때였다. 어디선가 빗소리를 뚫고 가느다란 휘파람 소리가 들려왔다.

삐이이리리리……

순간 중년 거지의 눈빛이 가늘게 흔들렸다. 아마도 무언가 다급한 상황인 듯 목소리까지 급해졌다.

"나중에 이야기하자! 우선 비켜!"

휘가 한 걸음 옆으로 비켜서며 한마디.

"그럼 서로 돕자는 내 말을 승낙한 걸로 알겠소."

환장할 일이었지만 중년 거지 마두개는 휘의 말에 신경 쓸 정신이 없었다. 목표물이 사라진 것이다.

휘는 천천히 뒤돌아보았다. 그들이 없었다, 다섯 명의 무사. 그가 느낀 대로라면 그들은 휘파람 소리가 들리고 나서 움직였다. 그렇다면 어느 곳에서 무슨 일인가가 터졌고, 이들은 모두 그 일로 움직이고 있다는 말.

개방이 움직이고, 적어도 다섯 명의 일류고수가 뒤에서 움직일 정도의 일은 결코 흔한 일이 아니다. 과연 그 앞에는 또 누가 있을지…….

'낙양에서 뭔가 사건이 벌어졌다, 결코 작지 않은 일이…….'

염소아버지의 가족을 찾는 것과 유벽혜라는 이름에 대해 조사하는 것이 휘가 낙양에 온 이유였다. 그렇다고 나 몰라라 하기에는 돌아가는 판이 심상치가 않다.

'흠, 만상문을 정보 문파로 강호에 우뚝 세우겠다는 사람이 이런 큰일을 모르는 체할 수야 없지! 더구나 저들을 도와줄 기회가 생긴다면 일이 좀 더 잘 풀릴 것도 같은데…….'

휘의 눈이 번쩍 빛을 발했다. 그때,

"형님!"

마침 초평우가 휘를 불렀다. 위를 올려다보자 초평우가 다시 말했다.

"쫓을 겁니까?"

휘를 내려다보고 있던 초평우가 휘의 마음을 꿰뚫어 본 듯하다. 휘가 가볍게 고개를 끄덕였다. 그러자 씩 웃은 초평우가 자신의 도를 들고 계단을 내려온다, 물론 풍인강과 영등은 자동으로 따라오고.

빗줄기는 조금씩 가늘어지고 있었다. 강안루를 나오자 초평우가 앞장을 섰다. 그렇다고 초평우가 낙양의 지리를 잘 알아서가 아니었다. 그저 휘가 앞장을 서라니 영문도 모르고 앞장섰을 뿐이었다.

초평우의 뒤를 따라가던 휘가 말했다.

"개방의 제자가 보이거든 누구든 상관없으니 붙잡으십시오."

초평우가 흠칫하더니 고개를 끄덕였다. 뭔 뜻인지 알았다는 듯.

개방의 제자는 역시나 비가 와서인지, 아니면 지금 벌어지고 있는 일 때문인지 쉽게 보이지가 않았다. 하지만 비를 맞으면서도 끈질기게 찾아다닌 덕분에 초평우는 일각이 지날 때쯤 바삐 걸음을 옮기고 있는 열서너 살 정도의 새끼 거지를 한 명 붙잡을 수 있었다.

그의 허리에 한 개의 매듭이 달린 것이 보였다. 역시 개방의 제자다.

새끼 거지는 험악한 인상의 장한이 느닷없이 어깨를 붙잡자 대경하며 소리쳤다.

"무, 무슨 일입니까, 나으리들!"

어깨를 잡힌 채 부들거리는 새끼 거지를 바라보며 초평우가 물었다.

"한 가지만 대답해 주면 놓아주마."

새끼 거지는 초평우가 얼굴을 바짝 갖다 대자 점점 심하게 몸을 떨었다.

'느, 늑대다!'

그러자 휘가 넌지시 입을 열었다.

"놓아줄 뿐만 아니라 은자도 줄 수 있다. 하지만 말을 않는다면 지금 너를 붙잡은 분에게 너를 맡기는 수밖에."

역시 금전은 귀신도 부린다더니 틀린 말은 아닌 듯, 거지의 떨리던 눈이 금방 가라앉았다.

새끼 거지는 휘의 손바닥에 얹혀진 은자를 뚫어지게 바라봤다. 그로선 번쩍이는 은자를 놔두고 비 맞은 미친 늑대를 상대할 이유가 없었다.

"무슨 일인지 말씀을……."

휘가 말했다.

"조금 전 나는 왼쪽 이마에 큰 점이 있는 점박이거지와 이야기를 하던 중이었다. 그런데 나더러 도와달라 해놓곤 어디로 가버리지 뭐냐. 해서 그를 찾으려 한다. 만나야 도와주든 말든 할 것이 아니냐? 아! 그의 매듭은 네 개인데……."

"마두개 어르신 말씀이십니까요?"

새끼 거지는 자신이 아는 사람이라는 듯 신나서 소리치다가 휘가 그의 이름도 모르고 있다는 것에 이상한 생각이 들었는지 힐끔 휘를 올려다보았다. 그러자 휘가 빙그레 웃으며 고개를 끄덕였다.

"그는 마두개라고 이름을 부르면 별로 안 좋아 하던데……."

"헙! 아이고, 공자님! 마… 어르신에게 제가 마… 라고 했다고 이르시면 안 됩니다요?"

역시 말대가리라고 부르는 것을 좋아할 사람은 없다. 휘는 고개를 끄덕이며 걱정스런 표정을 지었다.

"그럼! 그래, 그는 어디에 있느냐? 빨리 가서 도와줘야 할 텐데."

새끼 거지가 살았다는 듯 손으로 북쪽을 가리켰다.

"서 학사의 서가장에 갔습니다요. 살벌한 싸움이 벌어졌는데 아무래도 심상치가 않다고 반오개 사형이 사람들을 데리고 오라 해서 가는 중입죠."

"여기서 얼마나 되지?"

"이리 쭉 가다가, 저기서 오른쪽으로 꺾어져서 쭉 올라가시면 됩니다요."

새끼 거지의 손가락질을 바라보고 있던 휘가 슬쩍 은자를 공중에 띄웠다.

"옜다. 이제 네 거다."

후닥닥, 잽싸게 은자를 낚아챈 새끼 거지가 고개를 돌렸을 때 이미 휘 일행은 십여 장 밖을 달려가고 있었다. 눈이 휘둥그레진 새끼거지는 문득 무슨 생각이 들었는지 고개를 갸우뚱거렸다.

"근데… 이상하네. 마두개 어른은 점박이라고 부르는 것을 더 싫어하던데… 에라, 모르겠다. 점박이든 말대가리든, 좌우간 땡잡았다. 우히히!!"

새끼 거지가 가리킨 북쪽으로 일각 이상을 빠르게 이동하던 중이었다. 앞서 가던 초평우가 뚱한 얼굴로 물었다.

"형님, 그 새끼거지의 말을 어떻게 믿고……."

휘가 대답했다.

"그 아이는 머리를 굴릴 정신이 없었을 겁니다. 그러니 믿을 수밖에요."

'늑대를 만난 아이가 무슨 성신이 있었겠습니까? 서기나 늑내를 물리쳐 주고 꿀을 던져 줬으니 거짓말할 이유가 없죠' 란 말은 굳이 하지 않았다. 초평우의 자존심도 생각해 줘야 하니까.

새끼 거지의 말은 못 믿어도 휘가 그렇다면 그런 것이다. 초평우는 모든 의문을 떨치고 눈을 빛냈다. 마침내 자신이 얼마나 발전했는지를 알아볼 수 있는 기회가 왔다. 물론 풍인강과의 비무로 어느 정도는 자신감이 붙었지만, 실전과 비무는 엄연히 다른 것이다.

힐끗 뒤를 돌아보자 눈두덩이 아직도 시퍼런 풍인강이 보였다. 조금 미안한 감도 들었지만 그동안 자신이 맞은 것에 비하면야…….

'자식, 한 대 맞았다고 삐치기는······.'

3

중간에 두어 번 물어보고서야 서 학사의 장원, 서가장을 찾을 수 있었다.

휘는 오십여 장 떨어진 곳에서 걸음을 멈춘 채 장원을 바라보았다. 가랑비 속에 여기저기서 움직이는 사람들이 보인다. 개방의 제자로 보이는 거지들이다. 한데 묘하게도 그들은 장원의 주위만 돌 뿐 안으로는 들어가지 않고 있다.

휘 일행이 다가가자 한 명의 거지가 빠르게 다가왔다.

"무슨 일인지는 모르나 지금 이 장원은 들어갈 수 없소."

거지의 말에 거두절미하고 휘가 차가운 목소리로 말했다.

"마두개는 어디 있소?"

청년 거지가 흠칫 어깨를 떨며 휘를 보고 물었다.

"부분타주님을 아시오?"

"아니까 묻는 게 아니오? 나중에 보자고 해놓고 얼굴도 안 비치면서 나보고 어떻게 도우란 것인지, 원."

순간 혀를 차듯 말하는 휘의 전신에서 강한 기운이 일며 빗방울이 튕겨 나가고, 그걸 본 청년 거지는 놀란 눈으로 휘를 바라봤다. 그러자 휘가 한 번 더 다그쳤다.

"어설픈 힘을 가진 놈들은 더 강한 힘에 꼼짝 못하는 법이다."

는 빼빼 아버지의 가르침대로.

"이러다 안에서 무슨 일이라도 나면 그대가 책임질 거요?!"

일갈에 주춤 물러서는 청년 거지는 본체만체, 휘는 안으로 걸어 들어 갔다. 청년 거지는 막을 생각도 못하고 휘의 등만 바라볼 뿐이다. 그사이 세 사람도 어깨를 펴고 휘의 뒤를 따라 장원으로 들어갔다.

뒤에서는 몰려든 거지들이 청년 거지에게 묻는 소리가 들린다.

"누구야? 누군데 살벌한 곳을 저리 당당히 들어가는 거야?"

"어… 부분타주님이 도움을 청했다나 봐."

휘의 입가에 씩 웃음이 걸렸다.

'역시 빼빼아버지의 가르침은 써먹을 만하다니까.'

안으로 들어가자 강한 기의 파동이 느껴진다. 생각대로 고수들의 싸움 이 벌어지고 있는 듯하다. 문득 휘의 눈이 번뜩였다.

'고수, 그것도 제법 대단한 고수가 두 명 있다!'

단숨에 외원을 통과해 안으로 들어갔다. 그러자 겉보기보다 넓은 정원 이 나오고, 그곳 한가운데에서는 한바탕 거센 살풍이 몰아치고 있었다. 경력이 부딪치며 강력한 기운들이 휘돌자 떨어지던 빗방울이 튕겨져 나 갈 정도였다.

여섯 명이 도검을 맞대고 한 치도 물러섬없이 격진을 빌이고 있고, 네 사람은 죽었는지 쓰러진 채 움직임이 없었다. 그리고 두 사람이 그들의 배후에 서서 상황을 지켜보고 있었다. 그들이 휘가 느꼈던 기운의 주인 들인 듯했다. 멀찍이 떨어져서 격전장을 바라보고 있는 마두개를 비롯한 세 명의 거지까지.

정원은 한 치 앞도 예측할 수 없는 혼돈 속이었다.

한데 어느 순간, 정원을 둘러보던 휘의 눈이 잠깐 놀라는 듯하더니 차 갑게 가라앉았다.

'저들은?'

한창 격전을 벌이고 있는 사람들, 그들 중에 휘가 전에 봤던 사람들이 보인 것이다.

네 명의 상인과 세 명의 무사, 한데 상인들로 보았던 자들이 무기를 들고 있다, 그것도 강력한 검기를 하얗게 뿜어내며.

초평우도 그들을 알아봤는지 눈을 휘둥그렇게 뜨고는 휘를 바라봤다.

"어? 형님! 저 사람들 배에서 봤던 사람들 같은데요?"

휘가 고개를 끄덕일 때였다. 한쪽에서 상황을 지켜보고 서 있던 마두개가 그제야 휘를 발견하고 입을 쩍 벌린다.

"당신! 왜 이곳에 온 거야? 죽고 싶어?"

그러나 휘는 그에게 일별도 주지 않고 격전장만 바라보았다. 그리고 한마디,

"두 명이 없군요."

급히 다가오던 마두개가 의아한 눈으로 휘를 보며 물었다.

"뭔 말이야? 두 명이 없다니?"

여전히 앞만 보는 휘.

"상인 복장을 한 사람은 모두 네 사람이었소. 한데 두 명이 안 보인단 말입니다."

"자네가 어찌 그걸?"

그러나 마두개의 의문은 젖혀둔 채 휘가 물었다.

"일단 상황을 알려주십시오. 그래야 돕든 말든 할 것이 아닙니까?"

"돕는다고?"

마두개가 어이없다는 표정을 짓자 휘가 싸늘한 눈빛으로 마두개를 직시했다. 천양의 기운을 끌어올린 채.

"지금 내가 장난하는 것으로 보입니까?"

"그, 그거야……."

마두개는 느닷없이 오금이 저려왔다. 한순간 눈이 마주치자, 마치 호랑이 앞의 토끼 신세가 된 듯 전신이 떨려온 것이다. 휘는 기운을 더욱 끌어올린 채 마두개를 몰아붙였다.

"시간이 그리 많습니까? 다 죽을 때까지 기다리자는 겁니까?"

더 이상 견딜 수가 없자 마두개는 다급히 입을 열었다, 자신의 말투가 변한 줄도 모르고.

"저들 중 상인의 복장을 한 사람들은 산동성 오룡회(五龍會)의 다섯 기둥 중 한 곳인 제남의 창천보(蒼天堡) 사람들이오. 그리고 그들을 상대하고 있는 사람들은 안휘성 삼양신문(三陽神門) 중 광양문(光陽門)의 사람들이오."

휘의 눈에서 기광이 번뜩였다. 역시 생각대로 보통 일이 아니었다.

오룡회나 삼양신문은 칠패에 속한 거대 세력이었다. 그런 거대 세력의 일원들이 낙양까지 와서 혈전을 벌이는 것이 어찌 보통 일이랴.

"저들이 왜 이렇게 멀리까지 와서 싸운단 말입니까?"

"자세히는 모르오. 다만 오룡회가 진행하고 있는 일을 삼양신문에서 방해하려 한다는 것만 알 뿐이오. 우리는 두 거대 세력의 싸움으로 하남 일대가 피의 소용돌이에 휘말릴까 봐서 저들의 씨움이 더 이상 빈지지 않게 막는 임무를 띠고 있소."

"장원의 사람들은 어떻게 됐습니까?"

"대부분 피신을 시키긴 했소만 죽은 사람도 몇 명 있소. 다행히 서 학사는 죽지 않았소. 그러나 부상이 심해서 산다고 해도 당분간은 거동을 하지 못할 것이오."

"오룡회가 하려는 일이 무엇인지 파악하는 것이 급선무일 것 같군요."

"조금 전에도 말했다시피 정확히는 모르오. 다만 서 학사가 고문의 전문가인지라, 혹 고문으로 된 무언가를 해석하기 위해서 서 학사를 데려가려 한 것이 아닌가 짐작할 뿐이오."

순간 휘의 눈에서 이채가 번뜩였다.

"고문… 고문이라……."

이마에서 식은땀을 흘리면서도 마두개는 말을 멈출 수가 없었다. 휘에게서 뿜어져 나오는 기운이 그의 정신을 짓누르고 있어 무슨 말이든 쏟아내야만 할 것 같은 기분인 것이다.

그렇게 마두개부터 상황을 듣고 있을 때였다.

"타앗!!"

한 소리 기합이 터지더니 팽팽하게 진행되던 격전장에서 변화가 일어났다.

한쪽에서 조용히 지켜만 보고 있던 광양문의 중년 무사, 양평위가 한 자루 도를 비껴 들고 격전장으로 뛰어든 것이다. 그러자 거의 동시에 창천보 쪽에서 상인 차림의 초로인, 장인성이 검을 뽑아 들고는 신형을 날리고 있었다.

"흥! 어딜!"

휘리링! 양평위가 크게 원을 그리며 도세를 넓혀가자 장인성이 검기가 뭉친 검첨으로 도세의 가운데를 찍어버렸다. 순간,

쾅!!

도기와 검기가 굉음과 함께 충돌했다.

주르륵 물러선 두 사람이 서로의 실력에 감탄할 시간도 없이 신형을 박찼다.

양평위가 먼저 번개처럼 도를 휘둘러 열십자로 갈라갔다. 뿌옇게 피어오른 도기가 빗방울을 튕겨내며 장인성에게 몰려간다. 순간 장인성의 검첨이 흔들렸다. 아지랑이 같은 검막이 형성되는가 싶더니 도기와 검기가 부딪치며 불꽃이 일었다.

파바바박!!

그때였다! 양평위의 입가로 슬쩍 미소가 떠오르더니 도가 슬쩍 미끄러지고, 검면을 따라 내려가던 도가 번갯불을 토해냈다.

"이런! 자전도(磁電刀)! 네놈이 자전귀도 양평위였구나!"

경악성이 장인성의 입에서 터졌다. 동시에 손을 비틀었다. 맹렬히 휘돌리는 검에서 세 겹의 검막이 일더니 번갯불을 튕겨낸다. 하지만 다 튕겨내지는 못한 듯, 한줄기 번개가 장인성의 어깨를 훑고 지나갔다.

"흡!"

짧은 신음을 흘린 장인성이 일 장 뒤로 물러섰다. 미처 상대를 제대로 파악하지 못한 데다 설마 양평위의 도법이 이 정도까지 강하리라고는 생각지 못한 장인성이었다.

잠깐 방심한 사이에 어깨에 일도를 내주었다. 치욕이었다. 명천검호(明天劍豪) 장인성이라는 이름에 먹칠을 해버렸다.

한데 자신이 물러서자 기회라는 듯 짓쳐든다. 감히!

"이놈!!"

장인성의 입에서 노호성이 터져 나왔다. 두 손으로 검을 움켜쥔 채 양평위를 노려보고 있던 장인성이 일 장 앞까지 쇄도한 그를 향해 천천히 검을 들어올렸다. 순간, 장인성의 검이 하얗게 빛나며 길게 늘어지는 듯 보이고, 쩍! 대기가 갈라지는 소리!

"검강이다!"

지켜보던 마두개의 입에서 경악의 탄성이 터지고,

떠덩!

"으음!"

검강과 부딪치며 훌쩍 뒤로 물러선 양평위의 표정이 일그러졌다. 어깨를 빼앗고 가벼운 내상을 입었다. 이득도 없고 손해도 없다.

"과연 명천검호 장인성……."

"네놈의 입에서 불리라고 있는 이름이 아니다, 이놈!"

"흐흐흐… 글쎄, 길고 짧은 건 대봐야 알겠지."

"건방진……!!"

장인성이 분노하며 검을 들어올리고, 맞선 양평위도 신중하니 도를 앞세우고 몸을 낮추었다.

한편, 한쪽에서 격전장을 바라만 보고 있던 휘는 상황이 점점 격렬해지자 마두개를 바라보며 물었다.

"어떻소? 당신이 나를 도와준다면 나도 당신을 도와줄 수 있소만."

"뭘 도와주고 돕는단 말이오?"

어리둥절한 마두개가 휘를 바라보며 물었다. 그러자 휘는 눈을 반개한 채 천천히, 또박또박 말했다, 새겨들으라는 듯.

"두 가지만 알아봐 주면 되오. 우선 하나는 이십수 년 전 낙양에 살았던 유벽혜라는 이름을 가진 이십대 여인에 대한 모든 정보, 그리고 다른 하나는 조한명이라는 한중에서 건너온 사십대 후반 정도의 남자. 어떻소? 개방의 정보망이라면 그리 어렵지는 않을 성싶은데."

멍한 표정의 마두개가 어이없다는 듯 입을 벌렸다.

"글쎄, 왜 내가 그 일을 해야 한단 말이오?"

휘가 씩 웃었다.

"당신들은 저들의 싸움을 말리고 싶다 하지 않았소? 내가 저들의 싸움을 말려주겠소. 당신들이 원하는 방식대로."

풀썩, 마두개가 아연한 표정으로 헛웃음을 지었다. 저들이 누군지나 제대로 알고 하는 말인지 어이가 없다. 그러다 보니 나오는 말도 네 맘대로 하라는 식이다.

"할 수 있으면 해보시오. 그리만 된다면야 까짓것 그 정도 수고는……."

마침내 마두개가 고개를 끄덕였다, 과정이야 어쨌든.

휘는 눈이 빠져라 격전장을 주시하고 있는 초평우와 풍인강을 바라보고는, 손가락으로 처음 들어올 때부터 지금까지 치열하게 싸우고 있는 사람들을 가리켰다.

"저 사람들하고는 붙어도 되지만……."

그리고는 눈을 돌려 장인성과 양평위를 향했다.

"저쪽의 두 사람은 피하세요. 저 두 사람은 제가 맡을 테니까."

"옙! 대형!'"

휘의 말에 초평우의 눈이 번들거린다. 풍인강의 표정은 더욱 싸늘해졌다. 마침내 대형의 허락이 떨어졌다, 싸워도 된다는 허락이.

멀뚱히 서 있던 영등은 휘가 두 사람에게만 싸우라고 하고 자신에게는 말이 없자, 좌우를 두리번거리다 마두개에게서 시선을 멈췄다.

"시주, 심심한데 우리도 한판할까요?'"

마두개가 뜨악한 표정으로 영등을 바라봤다, 뭐 이런 땡중이 있나 하는 눈빛으로. 그러다 장난기가 동했는지 입꼬리를 말아 올리며 말했다.

"크크크……. 우리 같은 거지는 개다리 내기라면 모를까, 미안하지만 스님하고 다투고 싶은 생각은 없소."

그 말에 영등이 커다란 선장 끝을 마두개에게로 향하며 작은 목소리로 속삭였다.

"그거 좋지요. 흐흐흐……."

마두개가 비에 젖은 머리를 쥐어뜯으며 오늘의 일진을 탓하고 있을 때였다.

저벅저벅, 휘는 장인성과 양평위의 격전장으로 걸음을 옮겼다. 그러자 팽팽한 긴장감이 감돌던 격전장에 미묘한 기류가 흐른다.

장인성은 양평위의 번갯불 번쩍이는 도세 사이로 하얗게 피어오른 검강을 찔러 넣다가 느닷없이 휘가 걸어오자 신경이 곤두섰다. 그 바람에 내력이 흔들리고, 결국 검강의 길이가 반 자는 줄어버렸다. 그나마 다행인 것은 양평위 역시 휘에게 신경 쓰느라 미처 장인성의 흔들림을 눈치채지 못했다는 것이다.

부슬부슬 내리는 비를 흘려내며 대치 중인 두 사람 사이로 걸어가는 휘의 표정은 산책을 나온 사람처럼 한가롭기만 하다. 하지만 장인성과 양평위는 결코 한가할 수가 없었다. 살을 에일 듯한 기세를 대하고도 태연하다는 것은 휘가 결코 평범한 자가 아니란 반증이었다. 그러니 휘가 어느 편을 드느냐에 따라 판세는 격변할 터.

마침내 휘가 두 사람의 이 장 앞에까지 다가가자 더는 참지 못하겠는지 양평위가 먼저 입을 열었다.

"그대는 누군가?"

휘가 걸음을 멈추고 양평위를 바라보며 입을 열었다.

"내가 누구냐가 중요한 것이오, 아니면 내가 왜 이 자리에 서 있느냐가 중요한 것이오?"

양평위의 이마에 꿈틀, 주름이 졌다.

"둘 다 말해 봐라!"

"둘 다……."

휘가 입가에 차가운 미소를 머금었다.

"미안하지만 나는 두 분과 한가롭게 이야기나 나누려고 나온 게 아니오. 나는 두 분을 두 분의 터전으로 돌려보내기 위해서 나왔소. 한데 두 분 다 어차피 말로 해서는 돌아서지 않을 것 같은데… 그렇다면 무인의 방식대로 해야 하지 않겠소?"

어이가 없는지 장인성이 입을 열었다.

"네가 감히 우리 두 사람의 싸움에 끼어들겠다는 것이냐?"

휘가 하얗게 웃었다.

"뭔가 오해를 한 것 같소. 나는 끼어들겠다는 것이 아니라 두 분을 집으로 돌려보내겠다고 했소."

그러면서 우수로 만양을 잡아갔다.

휘의 말에 황당한 표정을 짓고 있던 양평위가 노성을 질렀다.

"건방진 놈!"

츠르르르……

하지만 휘는 여전히 웃는 표정으로 만양을 잡아 뽑는다. 그리고,

"나는 말만 앞세우는 사람은 질색하는 성격이라 검으로 말하겠소."

말이 끝남과 동시에 휘가 양평위를 향해 한 걸음 내딛었다.

스윽, 빗물에 미끄러지듯 휘의 신형이 양평위에게 쇄도했다.

"감히, 어디서?!"

그제야 휘의 의도를 눈치챈 양평위가 휘를 향해 도의 끝을 돌렸다. 순간, 만양을 빼 든 휘의 신형이 부슬비 속으로 녹아들어 갔다.

단걸음에 일 장 빈의 간격이 줄어들었나.

양평위가 대경하며 허공을 열십자로 갈라간다. 찰나, 휘의 신형이 좌우로 갈라졌다. 비월신영이 녹아든 오보천환에 도가 허공만 베고 지나갔다. 그러자 굳어진 얼굴의 양평위가 이를 악물고 일순간에 십 도를 휘둘러 허공을 난자해 버렸다.

파바바바!!

그때였다. 내리던 빗줄기가 길게 갈라지고, 연붉은 번개가 소리없이 양평위의 머리 위로 떨어져 내린다!

"헛!"

놀랄 틈도 없이 양평위는 허공을 향해 도를 휘둘렀다.

쾅!!

"웃!"

단천락의 일격에 젖은 땅 위를 주르륵 미끄러져 가는 그의 얼굴이 하얗게 질려 있다. 양평위는 황급히 휘의 움직임을 쫓아 힘겹게 도를 들어 올렸다. 이격을 막기 위해서.

하지만 휘의 신형은 이미 그에게서 멀어져 있었다. 일수격돌의 탄력을 이용해서 장인성에게로 날아간 것이다.

빙글, 허공에서 한 바퀴 공중제비를 도는 사이 휘의 신형은 장인성의 코앞에 닥치고 있었다. 그리고 또다시 떨어져 내리는 만양의 연붉은 일격.

장인성은 찰나간에 벌어진 두 사람의 격돌을 보고 있다가 휘가 날아오자 대경하며 검을 찔러 넣었다. 비록 약해지긴 했지만 여전히 검강이 서려 있는 자신의 애검을.

콰광!!

만양과 장인성의 검강이 허공에서 부딪쳤다. 아연한 표정의 장인성이 눈을 부릅떴다. 예상보다 훨씬 강한 일검, 자신의 오십 년 내력이 폭풍을 만난 돛단배처럼 거세게 흔들렸다.

쿵, 쿵, 땅바닥에 두 개의 족적을 남기고 물러선 그의 눈에 하얗게 웃으며 만양을 치켜드는 휘가 보였다. 그는 자신도 모르게 물음을 던졌다.

"너는 누구냐?"

분명 황하를 건널 때 배에서 봤을 텐데도 묻고 있다.

그제야 휘는 알 수 있었다, 자신은 저들을 눈여겨봤지만 저들은 자신들을 별달리 눈여겨보지 않았다는 것을.

아마도 그저 백풍표국의 표사 정도로 생각한 듯하다.

휘가 만양의 검첨을 장인성에게로 향하며 대답했다.

"우선은 검부터. 무인이 검을 놔두고 입만 놀릴 수는 없지요."

그러고는 만양을 가볍게 흔들었다. 검첨에서 피어오른 붉은 아지랑이가 십여 줄기로 갈라졌다. 유성십삼검 중의 유성난산분!

십여 개의 검영이 바람에 흩날리듯 장인성의 전신으로 쏟아졌다. 그러자 눈을 부릅뜬 장인성이 불끈 검을 고쳐 잡았다.

명천검호 장인성, 산동의 십대검객 중 하나. 그는 어이없는 현실에 화내는 것조차 잊어버릴 지경이었다. 언제 자신이 이런 대접을 받아본 적이 있었던가? 자신에게 검부터 들이대며 이야기할 사람이 당금 강호에 얼마나 될 것인가? 그런데 이제 스물이 조금 넘어 보이는 젊은 놈이 검으로 이야기하자고 한다, 겁도 없이. 기가 찰 노릇이다.

한데 왜 화가 안 나는 걸까? 화는커녕 왜 흥분이 되는 거지? 뭐? 무인이 검을 놔두고 입만 놀릴 수는 없다고?

그도 천상 무인이었다, 그 말에 흥분되는 걸 보니.

"좋다! 타앗!"

장인성이 검에서 파란 검강이 쭉 뻗더니 부슬비가 내리는 허공에 검화를 피워 올렸다.

만양에서 갈라진 붉은 아지랑이가 검강과 부딪치자 산산이 부서진다.

부서진 아지랑이가 장인성의 검을 휘감는다. 휘감긴 장인성의 검이 시퍼런 몸부림을 쳐댄다.

휘리링!

휘돌리는 만양에 검강이 갇혀 버렸다.

유성회풍절(流星回風折)!

순간 휘의 입가에 가느다란 웃음이 떠오르더니, 만양에서 선홍빛 검강이 휘도는 검신을 따라 주욱 뻗어 나온다.

따다다다당!

"크읍!"

순간적인 십여 번의 부딪침, 장인성의 입에서 신음이 새어 나왔다.

주르륵 뒤로 물러서는 장인성의 손이 가늘게 떨리고 있다.

장인성이 물러서자 휘의 신형이 흔들, 서너 개의 환영이 생기는가 싶더니 사라져 버렸다.

그와 동시, 회심의 미소를 지으며 휘의 등을 노리고 도를 휘둘러 가던 양평위의 눈이 홉떠졌다. 분명 한시도 눈을 떼지 않았었다. 그런데 눈앞에서 사라졌다. 어디로?

그때였다. 허공에서 들리는 낭랑한 외침!

"비겁한 자에게 자비는 사치라고 하셨지!"

동시에 하늘을 수놓는 연붉은 검강!

양평위는 본능적으로 신형을 튕기며 허공을 향해 일도를 쳐갔다, 혼신의 힘을 모아. 자신의 자랑 자색 번개, 자전도강(紫電刀罡)을!

고오오…….

하늘이 붉은 선을 따라 갈라지고 있다. 최소한 장인성은 그렇게 느꼈다.

행여나 휘가 계속적인 공격을 해올까 봐, 물러서면서도 눈을 부릅뜨고 있던 차에 양평위가 비겁하게 기습 공격을 하는 것이 보였다. 갈등이 생겼다.

말을 해줘야 하나? 왜 내가 말을 해줘야 하지?

그래도 비겁한 짓은 싫었다. 해서 말을 해주려 했다. 한데 휘의 신형이 신기루처럼 스러지더니 사라져 버렸다.

순간 허공에서 들리는 음성, 놀라 허공을 바라보았다. 그리고 장인성은 볼 수 있었다, 하늘이 붉은 선을 따라 갈라지는 것을!

쩌적!!

먼저 자색 번개가 갈라졌다. 이어서 자색 도신이 갈라져 버렸다.

파지지지……. 콰광!! 쩡!

"꺼어억!"

끝내는 양평위의 이마가 갈라져 버렸다!

그것은 찰나간에 벌어진 일이었다. 누구도 예상치 못했던 일이었다. 심지어 휘 자신조차도 양평위 같은 고수가 등 뒤를 기습하자 화가 나서 십성의 내력으로 단천락을 펼쳤지만, 설마 도강이 서린 도마저 잘라 버리며 그의 이마가 갈라져 버릴 줄은 미처 생각을 못했으니.

"맙소사!"

검을 늘어뜨린 장인성의 입에서 허탈한 음성이 새어 나왔다.

자전귀도 양평위가 죽었다! 그것도 이마가 갈라져서!

정원에서 싸우던 사람들이 모두 싸움을 멈추고 뒤로 물러섰다.

오 장 허공에서 퍼져 나간 충격파에 손을 멈췄다가 양평위가 이마가 갈라진 채 허공에서 떨어져 내리자 자신들도 모르게 뒤로 물러서 버린 것이다.

그중에서도 광양문 사람들의 충격은 더욱 엄청났다. 양평위는 삼양신문의 중심축이라 할 수 있는 광양문의 팔수(八秀) 중 하나였다. 지난 바 이름은 장인성에게 뒤질지 몰라도 실력만큼은 뒤지지 않을 거라는 게 일반적인 평이었다.

그런 양평위가 이름도 모르는 이십대의 젊은이에게 무너졌으니…….

휘의 미간이 살짝 찌푸려졌다가 언제 그랬냐는 듯 평정을 되찾았다. 어차피 벌어진 일, 고민해 봐야 무슨 소용이 있을까.

장인성을 바라보았다. 그도 자신을 보고 있다, 어이없다는 눈빛으로.

휘가 나직한 목소리로 물었다.

"어찌하시겠습니까? 더 하시겠습니까? 아니면 물러가시겠습니까?"

장인성의 눈빛이 흔들렸다. 물러간다고 해서 자신들이 손해 볼 것은 없다. 일차 목적은 달성했으니까. 하지만 광양문의 나머지 무사들을 이대로 두고 간다는 것도 마음에 걸렸다. 아직 일이 마무리된 것이 아니니까.

일단은 휘를 떠봤다.

"저들은 우리의 적이네."

"그래서 죽이시겠단 말입니까?"

"할 수 있다면."

"저는 두 문파의 싸움을 말리러 나왔지, 누굴 죽이려고 나선 것이 아닙니다. 일이 좀 이상하게 되긴 했지만 말입니다."

'자신의 힘이 며칠 전보다 훨씬 세져서 실수로 죽였다' 라고는 말하지 않았다. 그랬다간 더 어이없어할 테니까. 그런데,

"형님의 공력이 며칠 전보다 훨씬 세진 것 같군. 그렇지, 풍가야?"

싸움이 멈춰 버린 바람에 못마땅한 표정을 짓고 있던 초평우가 한 소리 한다.

"둘. 만. 세졌지요!"

그러자 자신도 모르게 마음속에 찌꺼기처럼 남아 있던 불만이 풍인강의 입을 타고 흘러나왔다.

자신은 광양문의 무사와 비등하게 싸우는데 초평우는 창천보의 무사를 몰아치고 있었다. 그게 꼭 단약 때문인 것만 같다. 표를 안 내려 해도 사람이다 보니 조금은 약이 오른 풍인강이었다. 자신의 무공도 비약적인 발전을 했다는 걸 깨닫거나 하고서 하는 소린지…….

어색한 표정으로 장인성을 보며 휘가 말했다.

"어찌시겠습니까?"

장인성은 더 이상 고집을 피울 수는 없었다. 그랬다간 무슨 일이 벌어질지 아무도 모르니까. 양평위마저 일검에 죽었거늘…….

"좋네, 이만 물러가지."

장인성이 결정을 내리자 거친 숨을 몰아쉬고 있던 상인 차림의 젊은 자가 재빨리 두 명의 무사에게 눈짓을 했다. 두 명의 무사는 쓰러져 있는 동료를 한쪽으로 옮겨놓았다.

양평위마저 죽자, 죽을지 모른다는 불안감에 눈치만 보고 있던 광양문의 무사들도 재빨리 양평위에게 다가갔다. 양평위는 이미 숨이 끊어져 있었다, 이마에 가느다란 선이 그어진 채.

그걸 보자 광양문의 자귀단 삼대주 이대량은 가슴이 떨려왔다.

'세상에, 양 단주가 저리도 쉽게 죽다니!'

자신의 겉에 난 상처야 시간이 지나면 나을 것이니 별게없었다. 그러나 가슴속에 들어찬 조금 전의 광경은 잊혀지지 않을 것 같았다. 다른 사람은 등지고 있었으니 제대로 못 봤겠지만, 자신은 처음부터 끝까지 다보았다. 놀라는 바람에 동작이 굼떠져 어깨에 일검을 더 맞기까지 했을 정도다.

상관이 죽었으니 복수를 해야 한다. 하지만 그것도 어느 정도 차이가 적을 때 이야기다. 지금은 복수보다 훗날을 생각해야 할 때다. 이대량이 냉정히 생각한 결론은 그러했다.

이대량은 휘를 바라보았다. 보통의 체격이었다. 그러나 이대량의 눈에는 산악처럼 커 보인다. 휘를 향해 물었다.

"가도 되겠소?"

자신도 모르게 말이 떨려 나왔다. 그가 자신을 쳐다본다.

휘는 어쩌다가 양평위를 죽이기는 했지만 더 이상의 싸움은 무의미하다는 것을 잘 알고 있었다.

"언제든 오늘의 빚을 받고자 한다면 나를 찾아오시오. 비록 본의 아니게 죽이긴 했지만 회피할 생각은 없으니까."

휘의 말에 이대량은 미미하게 고개를 끄덕였다. 강호에서 무사가 칼맞고 죽는 것은 흔한 일이다. 빚이라 할 것도 없다, 물론 윗사람들은 그리 생각하지 않겠지만.

"이름이라도……."

그래서 이름을 물어봤다.

휘는 망설이지 않을 수 없었다. 개방의 제자들까지 있는 곳에서 본명을 밝히면 언제고 철혈성이 알게 된다. 그러면 자신이 고봉천의 제자라는 것까지 밝혀질 터, 아직은 때가 아니다. 일단은 염소아버지의 성을 썼다.

"내 이름은 조. 휘!"

이름을 머리 속에 집어넣은 이대량은 동료들과 함께 시신을 걸쳐 메고 담을 넘어갔다. 그때였다.

"자네가 어느 곳의 사람인지 말해 줄 수 있나?"

한쪽에서 담장을 넘어가는 이대량 등을 바라보던 장인성이 물어온다. 휘가 조용히 입가에 웃음을 지으며 말했다.

"만상문의 조휘요."

"만상문? 음, 조휘라……. 언제고 다시 만났으면 싶군."

처음 들어보는 문파였지만 그건 그리 문제가 아니었다. 그는 자기의 가슴을 뜨겁게 달군 젊은이가 새삼 크게 보였다. 그래서 언제고 다시 만나고 싶었다. 다시 만나 검으로 이야기를 나누고 싶었다.

하지만 그는 모르고 있었다. 아니, 누구도 모르고 있었다. 그날이 그리 멀지 않았다는 걸.

장인성의 인솔 하에 창천보의 사람들도 떠나갔다. 이제 정원에는 휘의 일행과 마두개를 비롯한 개방의 제자 세 사람만이 있을 뿐이었다.

휘는 고개를 돌려 마두개를 바라보다가 그의 이마에 그어진 시뻘건 선을 보고 웃음이 터지려는 것을 가까스로 참았다.

순간 휘에게 다가가던 마두개의 얼굴이 와락 일그러졌다.

마두개는 영등과 한바탕 드잡이질을 했다. 그것은 말 그대로 드잡이질이었다. 처음에는 타구봉으로 영등을 후려 패며 미안한 마음까지 들었던 그였다. 그러나 아무리 때려도 끄떡없는 영등, 게다가 휘둘러 오는 선장에서 이는 바람을 가르는 소리.

점차 마두개의 얼굴에 질린 기색이 실렸다. 영등은 열 대를 맞아도 끄떡없지만 자신은 한 대만 맞아도 골로 갈 상황인 것이다.

그렇게 계속된 구타 아닌 구타가 이어질 때였다. 양평위가 죽었단다! 자전귀도 양평위가!

'맙소사! 큰일났다!'

마두개는 놀라지 않을 수 없었다. 한데 그 바람에 빈틈을 보였다. 그리고 그 대가는 자지 않았다. 아니, 무참했다.

뻑!

영등의 선장이 그의 이마에 떨어졌다. 그나마 급히 가로막은 타구봉에 위력이 감소되어서 다행이었지 하마터면 양평위처럼 이마가 갈라질 뻔… 깨질 뻔했다.

한데 두 다리의 힘이 쭉 빠진 채 주저앉기 직전 또다시 무지막지한 선장이 떨어진다.

'이런! 미친 땡중!'

그때, 자신과 영등의 장난 같은 싸움을 킥킥대며 바라보던 반오개가 번개처럼 몸을 날려 자신 대신 영등의 선장을 막아냈다, 순전히 몸으로.

그리고 당연히, 반오개는 게거품을 물고 나자빠졌다. 그런데 선장을 거둔 미친 중이 다가와서 말한다. 조그맣게.

"개다리…… 내가 이겼소."

미치기 일보 직전에 장인성마저 떠나는 것이 보였다. 화가 난 마두개는 미친 중을 상대하느니 저 젊은 자를 상대하는 것이 나을 듯했다. 조금은 겁이 나더라도. 그래서 휘에게 걸어갔다. 그런데…….

웃어?

'씨팔, 왜 웃는 거야?'

휘는 웃음을 참고 마두개를 향해 어색한 표정으로 말했다.

"일이 좀 우습게 됐습니다."

'우습게 돼? 이게 우스운 일로 끝날 일 같나?'

마두개는 열이 뻗쳤다. 그러나 겉으로 표현할 수는 없었다. 상대는 양평위의 이마를 일검에 쪼개 버린 고수니까. 괜히 이마가 시큰거린다.

"어쩌자고, 후우… 일이 커졌소."

휘가 태연하게 말했다.

"나는 그들에게 일을 따지려거든 나를 찾아오라 했습니다. 그러니 개방이 신경 쓸 일이 아닙니다."

"그들이 공자를 어떻게 알고 찾는단 말이오?"

"못 찾으면 어쩔 수 없지요. 능력이 안 되면 빚 갚을 생각도 말아야 하지 않겠습니까?"

어이없는 표정으로 휘를 바라보던 마두개가 그제야 생각이 났다는 듯 물었다. 어쨌든 약속은 약속이니까.

"공자가 말한 사람을 언제까지 찾아야 하오?"

"그야 빠를수록 좋지요."

4

서가장에서 나온 휘 일행은 일단 객방을 잡기로 했다.

그들의 발걸음이 멈춘 곳은 낙양의 번화가에서 조금 떨어진 곳에 있는 운화객잔이었다.

그곳을 택한 이유는 단 한 가지였다. 운화(雲花), 구름꽃이라는 이름이 마음에 들어서였다.

네 사람은 운화객잔에 들어가서 두 번을 놀라야 했다.

주변의 어수선한 환경과는 다르게 객잔의 내부가 매우 깨끗하다는 데 한 번 놀라야 했고, 객잔의 주인이 엄청난 미모의 젊은 여인이라는 데 또 다시 놀라야 했다. 눈이 휘둥그레진 초평우가 한눈팔고 걸어가다 하마터면 이층에서 떨어질 뻔한 것도 순전히 그녀의 미모 때문이었다.

방을 잡고 객잔의 일층에 있는 주루로 나온 네 사람이 의자에 앉자마자 점소이가 달려왔다.

"뭐 드시겠습니까?"

휘는 점소이가 마음에 들었다. 다른 곳처럼 이것저것 주절거리지 않고 일단 손님에게 먼저 물어보는 태도는 다른 곳에서는 쉬 볼 수 없는 모습이었다.

"오리구이 두 마리하고 만두, 그리고 소채."

초평우도 고개를 끄덕이고 풍인강도 만족한 듯 고개를 끄덕였다. 오직 영등만이 뚱한 표정으로 가만히 있을 뿐. 그러자 점소이가 영등을 바라보며 입을 열었다.

"스님은?"

"나도… 만두."

영등은 불만이었지만 대놓고 오리구이를 추가하기는 좀 그랬다. 그래서 눈치를 보며 만두를 더 시켰다. 한데 점소이가 말한다, 슬며시 웃으며.

"고기를 꽉, 꽉, 넣은 특별 만두로 드립죠."

마침내 영등도 점소이가 마음에 들었는지 크게 고개를 끄덕이며 손가락 두 개를 치켜들었다.

"만두 특! 이인분 추가!!"

이미 뭐라 하기를 포기한 세 사람이었기에 마음대로 하라며 놔두었다. 점소이가 음식을 가져오자 개방에 탐문을 맡겨논 휘도 오랜만에 마음 편히 식사를 할 수 있었다. 그러나 그들의 즐거운 식사 시간은 이각을 넘길 수 없었다.

휘가 잘 구어진 오리구이의 다리를 잡고 지그시 깨물었을 때였다.

와장창!

한쪽에서 느닷없이 접시 깨지는 소리와 함께 고함 소리가 터져 나왔다.

"네놈이 나한테 이럴 수 있느냐?"

"홍! 그런 너는!"

휘는 눈살을 찌푸리며 고개를 돌려보았다. 엎어진 탁자를 가운데 두고 두 사람이 대치하고 있었다. 그런 그들의 옆에는 안절부절못하고 있는 한 여인이 보였다. 백설 같은 하얀 궁장에 화사한 얼굴, 옷 여기저기에 매달린 패옥에서 반사되는 빛이 눈을 부시게 한다. 바로 객잔의 주인이라는 여인이었다.

두 사람 중 비단 백의를 멋들어지게 차려입은 이십 중반 정도의 청년이 역시 비슷한 나이로 보이는 황삼청년을 향해 분노를 퍼붓고 있다.

"비화는 이미 나를 마음에 두고 있거늘, 감추경 네가 어찌 끼어든단 말이냐? 그러고도 네가 내 친구란 말이냐?"

백의청년의 일갈에 감추경이라 불린 청년이 비웃음을 지으며 말했다.

"흥! 조백여 네가 뭘 잘못 알았구나! 운 소저는 오래전부터 나와 사귀고 있었다!"

순간, 싸우는 두 청년 사이로 운화객잔의 주인 운비화가 나섰다.

"이러지 마세요. 두 분 다 제게는 친구와 같은 분이랍니다. 비화는 친구가 싸우는 것을 그리 좋아하지 않아요."

옥구슬이 옥쟁반 위를 굴러가는 듯한 참으로 고운 목소리였다.

조백여는 운비화가 나서자 뭔 소리냐는 듯 소리쳤다.

"비화! 나는 친구의 여인을 탐내는 친구를 둔 적이 없소!"

또다시 감추경이 말했다.

"나 역시 마찬가지다, 조백여!"

"아아!! 제발 이러지 마세요. 비화의 부탁도 못 들어주시면서 어찌 저를 생각해 준다고 하시나요."

처연한 그녀의 목소리에 두 사람은 넋이라도 나간 듯 어쩔 줄을 몰라했다.

"그, 그건……. 운 소저, 너무 슬퍼 마오."

"미, 미안하오. 그게 다 저 감추경 때문에……."

운비화가 슬픈 눈으로 두 사람을 바라보다가 눈물을 뚝 떨어뜨렸다. 그때였다. 휘가 앉아 있는 탁자 위로도 뭔가가 툭 떨어지는 소리가 들렸다. 그리고,

"쯔쯔쯔……. 침이나 닦으슈."

풍인강의 혀 차는 소리가 들려왔다.

휘는 고개를 돌려보았다. 초평우가 침이 흐르는 것도 잊은 채 오리 다리를 물고 있다가 운비화의 슬픈 목소리에 오리 다리를 떨어뜨린 것이

다. 한데 눈은 진작에 풀려 있던 것 같다. 순간 휘의 눈에 기광이 번뜩였다.

'역시 내 생각이 맞나?'

처음 그녀가 다투고 있는 두 청년을 바라보던 눈빛이 마음에 걸렸었다. 두 청년을 바라보던 눈빛, 그녀의 눈빛에선 한 점의 정도 느껴지지 않았던 것이다. 한마디로 무감정의 눈빛. 그런데 목소리에는 처연한 느낌이 그대로 묻어 있다. 진정 가슴을 떨리게 하는 목소리였다. 그래서 유심히 지켜보았다, 자신의 생각이 잘못됐나 해서.

그리고 조금 전, 그녀가 눈물을 흘렸다. 슬픈 눈빛을 하고. 하지만 휘는 전혀 슬픈 눈빛을 볼 수가 없었다. 눈물도 흐르고 목소리도 슬프게 느껴지지만, 눈동자가 한 점 흔들림도 없었으니 그게 어찌 슬픈 사람의 눈동자라 할 수 있을까.

문득 사부님의 말씀이 생각이 났다.

"세상에는 별의별 무공이 다 있단다. 그중에는 여인들이 남자의 혼을 지배하기 위해서 익히는 괴이편협한 무공이 있으니, 사람들은 그 무공을 미염공(迷艶功)이라 한단다. 잘못 걸리면 평생을 망치는 수가 있으니 조심해야 한다."

잘은 몰라도 눈은 마음의 창이라 했다. 그런데 눈에 감정이 없는 사람에게 어찌 마음에 감정이 있기를 기대할 수 있을까.

휘는 우수에다 천양의 기운을 담아 탁자를 쳤다.

탁!

흠칫, 초평우가 어깨를 떨더니 어리둥절한 표정을 지었다.

"어? 지금 무슨 일이……."

초평우가 정신을 차리자 휘의 눈이 운비화를 향했다. 찰나 휘의 눈과 운비화의 눈이 마주쳤다.

운비화의 눈에 묘한 광채가 스쳐 지나간다. 아마도 놀란 듯하다. 웃음을 짓는 듯, 입꼬리를 가볍게 말아 올린 그녀는 다시 조백여와 감추경을 바라보다가 신형을 돌렸다.

"대단한 공자를 뵙게 된 것 같군요."

그녀의 전음이 휘의 귓전을 파고들었다. 휘가 차가운 목소리로 대답했다.

"심심풀이로 하는 거라면 그만두시오."

"호호호! 그만두라면 그만두지요. 대신 공자가 술을 한잔 사서야 됩니다, 제 놀이를 방해한 벌로."

휘의 눈빛이 싸늘하게 굳어졌다.

"나는 당신의 장난을 받아줄 정도로 한가하지가 않소."

"누가 장난이라고 했나요? 나중에 방으로 찾아가겠어요."

"한 번 더 장난치면 내 손이 무정하다 원망을 하게 될 거요."

휘의 언신 치기운 반응에 운비화의 표정도 차츰 차갑게 식어갔다.

"흥! 그렇게 대단한 공자이신 줄 몰랐군요."

"나는 삼류무사의 아들이오. 대단할 것도 없소. 말장난은 여기까지요."

휘는 전음을 마치자마자 고개를 돌렸다. 그는 자기 잘난 맛에 사는 여인을 붙잡고 더 이상 왈가왈부하고 싶지 않았다. 그럴 시간이면 못다 한 식사를 마저 하는 게 나을 것 같았다.

하지만 운비화의 마음은 그렇지가 않았다. 여태껏 자신의 미모에 넘어오지 않은 남자가 없었다. 나이가 들었든 젊든, 잘생겼든 못생겼든. 물론 자신이 소녀미혼공을 펼치지 않아도. 그런데 처음으로 거부를 당한 것이다. 그녀는 이를 지그시 깨물었다.

'감히 나의 청을 거절하다니! 두고 보라지! 흥!'

그녀가 아무런 말도 없이 사뿐사뿐 걸어서 이층으로 올라가자 그제야 조백여와 감추경이 놀란 표정으로 그녀를 쳐다봤다.

"비화!"

"운비화 소저!"

계단을 올라가던 운비화가 뒤를 돌아보며 말했다, 냉정한 목소리로.

"미안해요. 오늘은 제가 몸이 안 좋군요. 그만 돌아가세요."

그녀의 축객령에 두 청년은 멍한 얼굴로 서로를 바라보았다. 그러다 어색했는지 고개를 돌리고 빠른 걸음으로 나가 버렸다.

"웃긴 사람들이군."

그들을 보며 초평우가 비웃듯 말을 하자 풍인강이 힐끔 초평우를 쳐다 봤다.

'자기는 침까지 흘리며 넋을 놓고 있었으면서.'

휘는 골똘히 생각에 잠겼다.

'누굴까? 누군데 미염공을 쓰는 걸까? 내공도 제법 강한 듯한데. 흠… 결국 무림의 여인이라는 말인데……. 나하곤 상관없는 일이지 뭐.'

그냥 그렇게 생각했다. 자신과는 상관없을 거라고. 하지만 세상은 항상 사람들이 바라는 대로 돌아가지 않는 법.

어쨌든 휘 일행이 식사를 마치고 방으로 돌아가려 일어서는데, 그때 주렴이 걷히며 반오개가 묘한 표정으로 휘에게 다가왔다.

"조 공자, 부분타주께서 급히 뵙자고 하십니다."

휘의 표정이 굳어졌다. 부분타주라면 마두개이다. 그가 자신을 보자 는 이유는 한 가지뿐.

'설마, 벌써?'

아무리 개방의 이목이 천하제일이라지만 헤어진 지 두 시진도 되지 않아서 자신이 원하는 사람들을 찾았단 말인가?

의문을 담은 휘의 시선에 반오개가 다급히 말을 덧붙였다, 힐끔 주위를 살피며.

"일이 이상하게 꼬였습니다. 공자께서 찾으시는 분과 관련된 일이 일어났습니다."

휘의 눈빛이 싸늘히 가라앉았다. 이들은 분명 자신이 맡긴 두 가지 중한 가지에 대한 소식을 알아낸 것이 확실하다.

휘가 물었다.

"누굽니까?"

"분타주께서 유벽혜라는 이름을 알고 있어서……."

반오개가 머뭇거리며 망설이자 휘는 고개를 끄덕였다.

"일단 갑시다."

반오개가 앞장서고 급히 계산을 치른 휘의 뒤를 세 사람이 따라갔다. 밖으로 나서자 반오개가 넌지시 물었다.

"운화객잔에는 무슨 볼일이 있으신지?"

"……?"

"그럼 모르고 그곳에 가셨습니까?"

당연히 모른다는 휘의 표정. 반오개가 어이없다는 듯 말했다.

"운화객잔은 낙양의 삼대명물 중 하나로 꼽히지요."

그러고는 힐끗 휘를 쳐다봤다. 여전히 모른다는 표정이다. 반오개가 이어서 말했다.

"낙양제일가인 운가장이 직접 경영하는 객잔입니다."

"그럼 주인이 운가장 사람?"

휘의 반응에 반오개는 고개를 끄덕였다.

"그렇습니다. 그것도 운가장의 둘째 딸, 설상화 운비화 소저가 직접 경영하는 곳이지요."

휘가 고개를 갸웃거리며 물었다.

"그게 놀라야 할 일입니까?"

"……."

반오개는 할 말이 없었다. 운가장의 딸이며 낙양제일화라 불리는 운비화가 직접 운영하는 객잔이라는데 놀라지 않는 사람이 없거늘, 도대체 이 인간은 무슨 생각을 가지고 있기에 눈만 멀뚱거리고 있을까.

5

말문이 닫힌 반오개가 빠르게 걸음만 옮기다 보니 어느덧 서문대로에 접어들었다.

서문대로에는 크고 작은 가게들이 줄지어 있었다. 반오개는 그중 그리 크지 않으면서도 깔끔한 서점으로 들어갔다. 그러자 곧바로 마두개가 그보다도 더 나이 먹어 보이는 거지 하나와 함께 나왔다. 서점을 나오던 마두개가 휘를 보더니 물었다.

"찾는 이름이 유벽혜라 했지요?"

"그렇습니다."

"거참, 별 우연이 다 있네."

구시렁거리던 마두개가 휘를 바라보았다.

"이 서점의 주인이 누군지 아시오?"

"……?"

마치 '내가 어떻게 알아?' 하는 눈빛으로 휘가 마두개를 뚫어져라 응시했다. 그러자 마두개가 옆의 빨간 코의 나이 먹은 거지를 바라보았다.

빨간 코의 나이 먹은 거지는 휘를 보며 킁, 콧소리를 내고는 카랑카랑한 목소리로 입을 열었다.

"이 서점의 주인 이름은 유정룡, 그는 나의 오랜 친구다."

휘의 눈빛이 깊게 가라앉았다. 유정룡, 유씨, 오직 그 하나만으로도 심상치가 않다.

휘의 표정을 예리한 눈빛으로 휘를 살피던 빨간 코의 거지가 다시 말했다.

"한데 그 친구가 사라졌다. 해서 이 말대가리더러 가서 알아보라고 했더니 그러더군."

그러니까 마두개가 서가장의 일을 대충 처리하고는 분타로 돌아갔을 때였다. 미처 보고도 다 하기 전에 홍비개가 다그쳤다. 한고점의 점원이 찾아와서 말하길, 누군가가 찾아왔는데 그들이 가고 난 후에 주인이 사라졌다는 것이다. 그 말을 듣고 마두개가 돌아서며 중얼거렸다.

"오늘은 사라진 유씨를 찾는 사람들이 왜 이리 많은 거유?"

"다른 유씨 말고 유정룡이 먼저 알아봐!"

"알았수! 거참, 유정룡이 그 양반 어디를 간 거야? 애두 아니구. 에휴……. 그럼 유벽혜는 나중에 알아봐야겠군."

"잠깐! 뭐야? 유벽혜?"

"예, 서가장에서 우리를 도와주었던 자가 이십수 년 전 낙양에 살았던 유벽혜라는 이름의 여인을 알아봐 달라고……."

"으음… 그자가 누구기에……. 일단 같이 가자! 너는 애들 보내서 그자 데려오라고 하고."

"예? 예. 참! 그런데……."

"뭐 해? 빨리 움직이지 않고! 친구에게 무슨 일 있으면 네가 책임질래?"

그러고는 고서점으로 달려온 것이다.

빠르게 말을 하던 빨간 코의 거지, 홍비개가 가느다란 눈으로 휘를 보며 물었다.

"어떻게 유벽혜라는 이름을 알지?"

휘도 굳은 표정으로 홍비개를 바라봤다.

"하던 말부터 해보시지요."

대답은 않고 말이나 다 하고 물으라는 말에 홍비개가 안면 근육을 씰룩였다. 옆에서 마두개는 두 사람을 힐끔거리다 무슨 생각이 들었는지 안색이 하얗게 질렸다

'씨불, 그러고 보니 하도 닦달하는 바람에 깜박 잊고 양평위가 저 젊은 놈에게 죽었다는 것도 이야기 못했는데……'

자칫 싸움이라도 벌어지면 큰일이다. 양평위가 죽었다는 말만 했지 친구에 대한 걱정으로 방방 뜨는 방정맞은 분타주에게 휘에 대한 이야기는 하지 않은 것이다.

다행히 홍비개는 더 이상 과욕(?)을 부리지 않았다.

"음. 좋아! 말하지! 유벽혜는 내 친구의 동생 이름이다!"

쿵!

휘는 놀란 눈으로 홍비개의 빨간 코 위에서 번뜩이고 있는 가느다란 눈을 바라보았다.

"그러니까 유정룡이란 분의 동생 이름이 유벽혜다, 그 말이십니까?"

"물론!"

"이십수 년 전에 사라진?"

"끙. 그렇다!"

"내가 알고자 한 유벽혜가 그 유벽혜라고 어찌 장담하십니까?"

휘가 몰아붙이듯 묻자 홍비개의 코가 더욱 빨개졌다. 순간, 홍비개의 한계를 눈치챈 마두개가 급히 전음을 보냈다.

"분타주님! 저자가 바로 양평위를 죽인 잡니다!"

뭔 헛소리냐는 듯 홍비개가 눈을 흘기며 마두개를 바라본다. 그러자 후닥닥 이어지는 말.

"저자가 자전귀도 양평위의 이마를 갈라 버렸다니깐요!"

홍비개의 눈이 차분히 가라앉았다, 그제야 마두개의 말뜻을 알아듣고서. 그런데 어찌 마두개의 안색은 더욱 창백해진다, 마치 백마의 얼굴처럼.

"너, 나중에 보자. 왜 이제야 그런 말을……. 나 죽으라고 그런 거지?"

미치고 펄쩍 뛸 일이다. 엉덩이에 불붙은 황소처럼 몰아칠 때는 언제고 이제 와서 모든 책임을 자신에게 뒤집어씌우려 하다니, 하지만 어찌겠는가, 힘이 없는 게 죄지.

'에이…… 씨버럴! 다른 분타로 가든지 해야지 원.'

찰나간에 안색을 정비한 홍비개가 휘를 보고 말했다.

"험! 낙양에서 거지 생활 오십 년이네. 그 정도도 모른다면 내 어찌 개방의 낙양 분타주 자릴 이십 년째 하고 있겠나."

어찌 말투부터가 마치 참기름이라도 바른 양 매끄럽게 굴러간다. 그러나 휘는 홍비개의 말투보다는 그 내용이 더 궁금했다.

"그럼 유정룡이라는 분의 행적은 지금 어떻게 됐습니까?"

"제자들을 총동원해서 찾고 있는 중이네. 곧 그림자라도 찾을 수 있을 것이네. 명색이 그래도 개방 아닌가?"

"한데, 그분이 사라질 이유라도 있습니까?"

"글쎄… 그 친구를 찾아왔다는 두 사람이 상인 차림이었다고는 하던데……. 장사 때문인 것 같지는 않다고 그러더군."

순간 휘의 눈이 번쩍 기광이 발했다.

'두 사람의 상인? 혹시?'

"혹시… 그 유정룡이라는 분이 고문에 대해서 아는 것이 있으신지?"

"고문? 허허허! 천하에 그를 놔두고 고문을 이야기하면 그가 섭섭해할 거네."

맙소사! 역시 그것 때문이었다. 그들은 둘로 갈라져 움직였다. 그러기에 서가장에서 서 학사를 데려가지 않고도 미련없이 돌아설 수 있었던 것이다. 그럼 과연 광양장의 사람들은 그냥 포기하고 돌아갔을까?

거기에 생각이 미친 휘가 싸늘한 표정으로 마두개에게 물었다.

"창천보 사람들이 지금 어디 있는지 아십니까?"

"그들은 왜? 그들은 그냥 돌아가지 않았소? 유정룡이 사라진 것은 그들이 서가장에 있을 때였거늘."

"두 사람이 없었습니다, 상인 차림의 두 사람이."

마두개의 눈이 휘둥그레졌다. 그도 휘가 두 명이 없다고 한 말을 들었던 것이다. 고문과 없어진 두 사람. 그럼 그들이?

"반오개!!"

"예! 부분타주!"

반오개는 마두개의 표정이 그리 좋지 않다는 것을 알고 재빨리 대답했다.

"장인성 일행을 빨리 알아봐! 비통을 날려서라도!"

"옙!"

부리나케 달려가는 반오개를 바라보며 휘는 깊이 생각에 잠겼다.

'대체 그 고문으로 적힌 것이 무엇이기에 오룡회의 기둥 중 하나라는 창천보가 이렇게 은밀히 움직이고 있는 걸까?'

아무래도 기다리고만 있기에는 돌아가는 형국이 심상치가 않았다.

휘가 마두개에게 물었다.

"그들이 움직인 방향이 어느 쪽입니까? 일단 뒤를 쫓아가죠."

마두개는 마다할 수가 없었다. 언제 타구봉을 휘두를지 모르는 홍비개의 곁을 벗어나기 위해서라도.

"따라오시오!"

6

장인성은 광양문의 이목을 따돌리기 위해 약속 장소를 동쪽이 아닌 남쪽으로 잡았었다. 광양문이 창천보의 일을 방해하려고 하는 이상, 결코 몇 사람만 보내지는 않았으리라는 추측 때문이었다.

하지만 그렇게 했음에도 광양문의 이목을 따돌리지는 못했다는 사실을 장인성은 용문석굴 근처의 약속 장소에 도착하고서야 알 수 있었다.

용문석굴에서 오 리가량 떨어진 곳에 있는 관제묘, 장인성이 약속한 사람들을 만나기로 했던 곳이었다. 그러나 관제묘에 남아 있는 것은 붉은 핏자국뿐, 사람의 그림자는 어디에도 없었다.

"이런! 어쩐지 놈들의 행동이 더 이상 없다 했더니!"

장인성이 입구의 핏자국을 바라보며 놀라 소리칠 때였다.

"장 숙부님, 비표가 있습니다!"

안으로 들어간 단호영의 외침이 들렸다. 비표라는 말에 장인성은 다급히 관제묘의 안쪽으로 들어갔다.

회색 벽에는 휘갈긴 낙서처럼 보이는 비표가 그려져 있었다. 상당히 다급했던 듯 급히 쓴 흔적이었다.

"동쪽, 놈들은 일곱 정도, 시각은… 유시 초쯤? 그리 오래되지는 않은 듯합니다."

단호영의 말에 한쪽에서 핏자국을 살피던 무사, 고진양이 급히 말을 이었다.

"피가 마른 정도를 봐서도 그리 오래되진 않았습니다. 잘해야 이각 정도."

"가자!"

장인성은 두 사람의 판단이 일치하자 일갈을 내지르며 신형을 날렸다.

양동 작전은 무난히 진행되었다. 게다가 양평위가 죽은 이상 놈들이 쉽게 움직이지 못하리라 생각했다. 그런데 그게 오판이었던 것 같다. 놈들은 자신들의 움직임을 놓치지 않았다. 두 사람이 몰래 유정룡을 찾아간 것까지 알아챘을 줄은 생각도 못했다, 멍청하게도!

하지만 장인성이 모르는 게 있었다.

광양문의 사람들은 두 사람이 유정룡을 찾아간 것을 모르고 있었다. 양평위를 지원하기 위해 낙양으로 들어오다가 우연히 남문으로 나가는 상인 중 한 사람의 정체를 자신들의 동료가 알아채기 전까지는.

어쨌든 광양문은 운이 좋았고, 창천보는 운이 나빴을 뿐이었다.

장인성을 따라 단호영과 고진양이 신형을 날린 지 반 시진 후, 관제묘에 홍비개와 마두개, 그리고 휘 일행이 들어섰다.

마두개는 핏자국을 살피더니 자신있게 소리쳤다.

"핏자국은 한 시진이 조금 못 되어 보입니다! 그 후에 누군가가 이곳을 들렀습니다. 아마 장인성 일행인 듯합니다."

홍비개는 마두개의 말을 들으며 비표를 자세히 살펴보았다.

"썩을, 그냥 어디로 언제 갔다고 속 시원히 써놓을 것이지, 같잖게 비표는 무슨……."

끌끌 혀를 차던 홍비개가 휘를 바라보았다.

"동쪽으로 갔군, 급하게 도망친 것 같네. 광양문의 놈들 일곱 놈이 달라붙었다는군."

휘는 새삼 개방의 힘을 실감할 수 있었다.

무공을 따지자면 초평우나 풍인강이라 해도 홍비개와 그리 차이가 나지 않는다. 하지만 개방의 힘은 그런 무력에 있는 것이 아니었다. 정보력과 추적술, 그것이 바로 진정한 개방의 힘이었다. 전부터 말은 들어 알고 있었지만, 이번에 마두개와 홍비개를 따라 장인성을 추적하며 확실히 깨닫게 된 휘였다.

마치 본래부터 알고 있었던 것처럼, 너무나 쉽게 창천보의 비표를 해석해 내는 홍비개를 바라보며 휘가 물었다.

"어느 정도나 걸리겠습니까?"

뜬금없는 질문이다. 그런데 홍비개는 아무렇지도 않게 대답한다.

"싸우면서 도망가면 아무래도 발걸음이 느릴 수밖에 없지. 게다가 장인성이 바로 쫓아갔으니 아마 대판 싸우고 있을 거네. 뭐, 그렇다면… 반시진 정도면 만날 수 있을 거네."

쫓는 사람은 흔적을 찾아가며 쫓아야 하기 때문에 더 느릴 수밖에 없다. 한데 홍비개는 오히려 시간을 단축해 밀한다. 하지만 휘는 조금도 외심치 않았다. 낙양 일대의 모든 개방제자들이 나선 이상, 그들의 행적은 개방의 손바닥 위에 놓여 있는 것과 같다는 것을 휘도 이제는 아는 것이다.

'흠! 대단하군. 아무래도 만상문이 가야 할 길을 새로 정립할 필요가 있겠는걸?'

휘와 홍비개를 비롯해 나머지 사람들은 그저 방향만 잡고 달리기만 하면 되었다. 그러면 중간중간에서 개방의 제자들이 튀어나와 창천보와 광양문이 어디를 지나쳤는지 알려준다.

수많은 인력과 비통이라는 개방비전의 연락 방법이 빚어낸, 오직 개방만이 가진 추적술의 위력이다.

그렇게 반 시진이 지나자, 창천보와 광양문이 싸우고 있는 곳을 코앞에 둘 수 있었다. 개방의 제자들이 발바닥에 땀나도록 뛰어다닌 덕분이었다.

옅은 구릉 위에서 바라보자 격전장이 확연히 눈에 들어온다.

창천보의 사람들은 여전히 장인성을 비롯해 다섯 명뿐이다. 그중 두 명은 부상이 심한 듯 주저앉아 있고, 세 명만이 악전고투를 하고 있다. 심지어 장인성마저 몇 군데 상처를 입은 듯 여기저기서 핏물이 새어 나오고 있다. 그나마 아직 시퍼렇게 피어오른 검기만이 쉽게는 꺾이지 않겠다는 그의 의지를 보여주고 있을 뿐이다.

그에 비해 광양문의 사람들은 쓰러진 다섯 명 외에도 멀쩡한 자가 십여 명이다. 그들은 굳이 피해를 감수하며 일찍 끝낼 필요성을 느끼지 못한 듯 천천히 장인성 등을 압박할 뿐 심하게 몰아치지는 않고 있다.

그리고 격전장의 한쪽 구석, 창천보의 고수들이 둘러싼 한가운데 한 사람이 오연한 자세로 앉아 있는 것이 보인다. 무공을 모르는 일반인임에도 살벌한 격전을 바라보는 그의 눈은 한 치의 흔들림도 없다. 아마 그가 바로 유정룡인 듯.

"저기 있군, 내 친구가. 홍! 창천보든 광양문이든 내 친구를 건드리는 놈들은 가만두지 않겠다!"

홍비개가 낮은 목소리로 분노에 찬 눈을 번뜩였다. 그러자 아무런 말도 하지 않고 격전장만 바라만 보던 휘가 천천히 걸음을 옮겼다. 그 뒤를 초평우와 풍인강이 자동으로 따라간다.

영등만이 그들을 멀뚱히 바라보다가 그 자리에 주저앉았다. 한마디 하는 것을 잊지 않고.

"부처를 모시는 사람이 어찌 살생하는 자리에 나서리!"

솔직한 심정은 잘못하면 칼 맞아 죽을까 봐 겁나서였지만, 말이라도……

휘가 나서자 홍비개의 눈이 빛났다.

양평위는 자신이 최선을 다한다 해도 어찌할 수 없는 고수였다. 마두개의 말대로라면 그런 양평위의 이마를 저 젊은 자가 일검에 갈랐다고 했다.

홍비개는 은근히 흥분되는 감정에 가슴이 두근거렸다. 누가 뭐래도 싸움 구경은 최고의 구경거리다. 더구나 관심이 가는 고수의 싸움이라면 더욱더 그러했다.

광양문의 취영검 목진태와 일 장의 거리에서 검을 겨누고 있던 장인성이 제일 먼저 휘를 발견했다. 순간 장인성의 눈이 기이하게 빛나더니,

"타앗!!"

검기가 뭉클거리는 검을 들어 일검을 내질렀다. 검강은 아니어도 그 위력은 결코 검강에 못지않았다.

목진태는 이미 몇 번의 격돌로 그 사실을 잘 알고 있었다. 신중히 검을 들어 장인성의 검을 휘감아갔다.

곧게 찌르는 것 같아도 순간적으로 수십 번의 변화가 일고 있다. 멋모르고 달려들다가는 일검에 심장이 갈가리 찢길 것이다. 다가오는 검기의 덩어리를 휘도는 검으로 하나하나 풀어나갔다.

휘리리링!

일순간에 검이 변화할 공간을 다 틀어막았다 싶은 순간, 혼신의 힘으로 상대의 검을 비껴 치며 거슬러 올라갔다. 한데 그때,

파앗!

당연히 물러서지 않고 맞상대할 거라 생각했던 장인성이 검을 잡아 빼

고는 뒤로 물러선다. 그 바람에 목진태가 펼친 회심의 일격은 애꿎은 허공만을 갈기갈기 찢으며 흐트러져 버렸다.

마음먹고 펼친 일격이 허공을 가르자 목진태가 한 소리 내질렀다.

"흥! 명천검호 장인성이 검을 겨누던 중에 물러서다니, 역시 소문이란 믿을 게 못 되는군!"

그러나 한순간에 목진태와의 거리를 이 장으로 벌린 장인성은 목진태는 본 척도 않고 한쪽을 향해 입을 열 뿐이다.

"조 공자, 또 보는군."

그제야 누군가가 다가서고 있다는 것을 눈치챈 목진태가 빙글 반쯤 돌아서며 소리쳤다.

"누구냐?"

목진태의 물음은 대꾸도 하지 않고 휘는 장인성만을 바라봤다.

"장 대협께 물어볼 것이 있습니다만."

"뭔가?"

묘한 광경이었다. 삼 장여 떨어진 곳에선 아직도 단호영과 고진양이 광양문의 무사들을 상대로 검을 휘두르고 있었다. 그런 와중에 나누고 있는 태연한 두 사람의 대화는 이질감마저 느껴질 정도였다.

특히 목진태는 공연히 속에서 불길이 솟고 있었다. 자신이 누구냐 물었는 데도 대꾸 한마디 없는 휘가 건방지게만 보이는 것이다.

"감히, 어린 놈이!?"

목진태가 분노에 찬 일갈을 지르자 휘는 조용히 고개를 돌렸다. 그리고 눈은 목진태를 바라보면서, 말은 장인성에게 했다.

"장 선배, 일단 상황을 정리하고 말씀을 나누도록 하죠."

기함할 일이었다. 취영검(醉影劍)이라 불리며 광양문 팔수 중에 하나인 자신이 언제 이런 경우를 당해본 일이 있었던가?

화가 치솟은 목진태가 휘를 향해 검을 겨누며 말했다.

"네놈의 사문이 어딘지 모르나 어른을 대신해서 가르침을 내리겠다!"

그때였다. 휘가 한 걸음 내딛으며 나직한 음성으로 말했다.

"나는 말만 앞세우는 사람은 질색이오. 무사는 검으로 말하는 법!"

스으……

나아가던 걸음 그대로 휘의 신형이 그대로 목진태를 덮쳐 갔다.

초평우도 달려간다. 싸움판을 향해서, 늑대의 함성을 지르며.

"우오옷!! 덤벼!!"

풍인강도 검을 빼 들고 신형을 날린다. 소리없이, 냉정한 눈을 더욱 차갑게 빛내며. 비록 초평우의 괴성 때문에 별무효과였지만.

홍비개의 눈이 번뜩였다. 말로만 들었던 무위를 직접 눈으로 확인할 기회를 놓치고 싶지 않았다.

장인성의 검을 쥔 손에 불끈 힘이 들어갔다. 일전에 얼핏 본 장면을 아직도 믿을 수 없었다. 한데……

목진태에게 다가가던 휘의 신형이 스르르 옆으로 흐른다. 찰나 믿을 수 없게도 휘의 신형이 눈앞에서 다섯으로 갈라진다, 한순간 머뭇거림도 없이.

"헛!"

목진태가 경악으로 눈을 크게 뜨더니, 검을 들어올려 허공에 칠검을 내치고는 급급히 물러선다.

휘가 물러서는 목진태를 향해 일권을 비틀어 때렸다. 일 장 허공을 격한 채!

우르르……

대기가 비틀리며 다섯 환영에서 일제히 권력이 쏟아졌다. 환영은 환영이되 환영이 아니었다. 갈지자로 휘둘러지는 목진태의 검기가 회오리치는 권력에 휘말려 힘을 쓰지 못하고 있었다. 결국 다섯 환영의 권력에도 힘이 실렸다는 말.

휘의 신형이 갈라지는 것을 본 홍비개가 기억을 더듬으며 고개를 갸웃거릴 때, 휘의 신형이 허공으로 쑥 솟아올랐다.

찰나, 연붉은 빛이 하늘에 무지개처럼 걸쳐지고, 유성낙화우!

붉은 꽃비가 하늘을 가득 메우고 쏟아진다!

콰아아!!!

목진태가 신형을 비틀며 하늘을 향해 검을 휘둘렀다.

따다다당!!

겹겹이 둘러진 검막에 꽃비가 튕겨 나간다. 비산하는 붉은 꽃잎이 허공을 화려하게 수놓는다.

혼신을 다한 방어였다. 그나마도 검막을 뚫고 들어오는 검화는 어쩔 수 없었다. 운에 맡길 뿐…….

자신의 성명절기 취영팔검 중 세 초식을 연달아 펼치고서야 겨우 낙화우의 권역에서 벗어난 목진태가 창백히 질린 얼굴로 휘를 바라보았다.

검화가 후비고 지나간 어깨와 왼팔에선 선혈이 배어 나오고 있건만 미처 고통을 느낄 시간도, 여유도 없었다. 두 눈 가득 들어찬 휘의 환영이 만 근의 힘으로 전신을 짓누르고 있었다. 천중무!

허공을 밟으며 휘의 신형이 걸음을 옮긴다. 한 걸음, 두 걸음. 천중무의 압력에 목진태의 안색이 창백하다 못해 입에서 피가 솟구쳤다. 그리고 끝내, 휘의 우수가 들리더니 삼 장을 격한 채 만양이 내질러졌다. 시뻘건 검강의 구슬을 쏟아내며! 유성탄천파!

콰르르릉! 쩌저정!!

"이이익!"

목진태가 이를 악물고 애검 추영을 들어 막았지만 역부족이었다. 부서져 나간 검날이 햇살에 반사되어 우박처럼 쏟아진다. 아연한 표정으로 몸을 피하려 비틀어봤다. 그러나 그의 다리는 땅에 박힌 듯 꿈쩍도 하지 않았다.

퍼퍼퍽!!

"크억!!"

자신의 부서진 검날이 전신을 파고들건만 그로서는 할 수 있는 일이 없었다.

눈을 내리깔고 자신의 몸에 파고든 검날을 바라보았다. 온몸에서 피가 솟구치고 있었다. 목진태는 힘들게 고개를 들어 휘를 응시했다.

"크흐, 흐으……. 너는… 누구… 냐?"

휘는 삼 장 떨어진 곳에 내려서서 조용히 목진태를 바라보았다.

스스로 펼치고도 놀랄 정도였다. 전과는 비교할 수 없는 위력, 영등사에서의 인연으로 전보다 배는 더 강해졌다. 유성십삼검만으로도 목진태 같은 고수를 쉽게 이길 수 있을 정도로.

문제는 너무 급작스런 발전으로 그 힘을 조절하기가 쉽지 않다는 것이다, 양평위를 죽였을 때처럼.

'젠장! 이거 이러다 삼양신문과 원수나 안 지면 다행이겠군.'

그나마 다행이었다. 비록 많은 검상을 입기는 했지만 목진태의 상태가 죽을 정도는 아니었다, 바로 치료만 한다면.

그런 목진태를 향해 휘가 말했다.

"나는 조휘! 언제든 오늘의 일을 따지겠다면 받아주겠소."

아연한 표정의 목진태를 놔두고는 장인성을 향해 돌아섰다. 휘가 자신을 향하자 장인성은 검을 잡은 손에 힘을 주었다.

어이가 없었다. 자신과 그리 차이가 나지 않는 목진태가 양평위에 이어 거꾸러졌다, 믿을 수 없게도. 게다가 저자가 찾아온 목적은 바로 자신에게 있었다. 장인성은 자존심이 상했지만 먼저 묻지 않을 수 없었다.

"그래, 무얼 알고 싶은 건가?"

휘가 되물었다. 유정룡을 향해 눈짓을 하며.

"저분이 유정룡이라는 분입니까?"

"그렇네. 한데 무슨 일로?"

"나는 저분에게 볼일이 있습니다. 잠시 양해를 구하고자 합니다."

"안 된다고 하면 검으로 이야기하자고 하겠지?"

장인성의 묘한 말투에 휘가 당연하다는 표정으로 고개를 끄덕였다.

"아마 그럴 겁니다."

그때다. 초평우와 풍인강이 달려간 곳에서 비명 소리가 터져 나왔다.

"커억!"

"우욱!!"

초평우는 신이나 있다.

휘두르는 도에서 광풍이 몰아칠 때마다 분분히 물러서는 삼양신문의 무사들을 보니 십 년 묵은 체증이 쑥 내려가는 기분인가 보다. 입에서 별 웃기지도 않는 기합 소리가 터져 나오고 있다.

"야호! 이야얍! 캬호!"

진정 미친 늑대가 따로 없었다.

그 옆에서는 풍인강이 덩달아서 미친 듯이 검을 휘두른다. 얼음을 지치듯 일 보 일 보 미끄러지며, 벼락처럼 내려치는 검에 신음을 토하며 물러서는 무사들을 평생 대적이라도 되는 양 밀어붙이고 있다.

그렇게 목진태가 쓰러진 싸움판은 양상이 이상하게 흐르고 있었다. 한 마리 미친 늑대가 휘두르는 폭풍의 도와 얼음덩이의 벼락같은 검광 속에서.

덕분에 단호영과 고진양은 한숨을 돌릴 수 있었다. 비록 표정은 더욱 굳어졌지만.

미친 늑대와 얼음덩이 같은 인간이 언제 자신들을 향해 도검을 들이댈지 모르는 데다, 언제 왔는지 개방의 거지들이 유정룡을 에워싸고 있었으니, 마음에 걸리는 바가 있는 그들로서는 안심할 수가 없었다.

초평우와 풍인강이 옆에 있고 홍비개까지 움직이자 휘는 유정룡의 안전을 더 이상 걱정하지 않아도 되었다. 그렇다면 이제 남은 것은 자신의 궁금함을 푸는 일뿐.

"저분께 묻기 전에 장 대협께 먼저 묻고 싶은 게 있습니다만."

"뭔가?"

"고문의 전문가가 왜 필요한 겁니까?"

순간 장인성의 표정이 싸늘히 굳어졌다.

"미안하네만 그 일은 말을 할 수가 없네."

당연히 그럴 줄 알았다는 듯 휘는 고개를 끄덕였다.

"하긴 이처럼 은밀히 움직일 때는 그럴 만한 이유가 있어서겠지요."

"이해한다니 고맙군."

"하나……."

휘가 깊게 가라앉은 목소리로 장인성에게 말했다.

"일단은 유정룡이라는 분의 의견을 먼저 들어봐야겠습니다."

장인성의 표정이 다시 굳어졌다. 휘의 말대로라면 자칫 자신들의 계획이 수포로 돌아갈 공산이 크다. 그렇다고 순순히 말해 줄 수도 없는 일, 진퇴양난이었다.

"오룡회와 적이 되겠다는 건가?"

하는 수 없이 오룡회의 이름을 꺼내 들었다. 순간 휘의 표정에서 싸늘한 한풍이 몰아쳤다.

"적어도 제가 본 장 대협의 입에서 나올 소리는 아닌 듯합니다만, 제가 잘못본 건가요?"

휘의 일갈에 장인성의 얼굴이 살짝 붉어졌다. 그 자신도 민망한 일이었다. 이름을 팔아 목적을 달성하려 하다니……. 하지만 어쩌랴, 일이 그만큼 중대한 일인 것을.

장인성이 대꾸를 못하고 있자 휘가 다시 말했다.

"장 대협의 본심이 아닐 거라 생각하겠습니다. 그만큼 일이 중대하다는 것이겠지요."

쪽집게 같은 놈.

장인성의 얼굴이 조금 더 붉어졌다. 휘의 음성은 더욱더 싸늘해지고.

"대답을 원한다면 말씀드리지요! 이미 저는 삼양신문을 적으로 삼다시피 했습니다. 거기에 오룡회를 더한다 해도 굳이 크게 달라질 상황이 아니란 말이지요."

어차피 이판사판인데 뭘 못 가리나? 라는 말.

장인성은 입만 벌린 채 고개를 내저었다. 당최 말로는 당할 수 없다는 것을 깨달은 것이다. 검도 검이지만 어째 입이 더 무서운 놈 같다는 생각뿐.

휘가 속으로 웃었다.

'강호의 노고수라고 해서 말싸움까지 센 법은 없지, 뭐.'

그래도 겉으로는 더욱 한기를 풀풀 날리며.

"어찌시겠습니까? 개방의 분타주님도 계시는데 누가 옳은지 한번 따져 보시겠습니까?"

개방까지 끌어들인 마지막 일격에 장인성은 입을 닫아야만 했다. 개방까지 본격적으로 개입한다면 그로서도 어찌할 수 없는 것이다.

휘도 더 이상의 말은 필요없다는 것을 알고 뒤돌아섰다.

유정룡은 홍비개를 비롯한 개방의 제자들이 둘러싼 채 보호하고 있었고, 광양문의 무사들은 목진태와 부상자들의 상처를 살피며 뒤로 멀찌감치 물러서 있었다. 그리고 단호영과 고진양은 어정쩡한 상태로 장인성의 눈치만 살피고 있었다.

정적마저 흐르는 장내를 바라보던 휘가 천천히 한가운데를 가로질러 걸어갔다.

휘가 유정룡에게 다가가자 개방의 제자들이 물결처럼 갈라지며 길을 비켜주었다. 비켜선 사이로 그가 보인다. 자신을 어떤 길로 내몰지 모르는 비밀을 간직한 그가, 오연한 자세를 흐트러뜨리지 않은 채.

한순간, 두 사람의 눈이 마주쳤다.

두근거리는 가슴. 왠지는 모른다. 그저 유정룡과 눈이 마주치자마자 심장의 박동이 빨라진다.

한 걸음, 두 걸음.

남몰래 크게 심호흡을 한 휘가 유정룡의 앞에 우뚝 멈춰 섰다.

털푸덕!

일단 마주 앉은 채 눈을 마주했다. 유정룡의 눈에서 기이하다는 빛이 어른거린다. 지그시 입술을 깨문 휘가 나직한 음성으로 물었다.

"유벽혜라는 이름을 아십니까?"

무조건 본론으로 들어갔다. 한마디만을 내뱉은 휘의 눈빛이 무저의 심해보다 더 깊게 가라앉았다. 하지만 더 깊은 곳에선 분출 직전의 화산이 이글거리며 숨 쉬고 있었다.

유정룡의 눈빛이 처음으로 흔들렸다. 피가 튀기는 전장에서도 한 점 미동을 않던 그의 눈빛이. 그리고 입술마저 가늘게 떨리더니,

"어떻게…… 그 이름을 아는가."

십 년간 닫혀 있던 입이 열린 듯했다. 가슴 저편에서 울려 나오는 유정룡의 목소리에는 온갖 감흥이 다 묻어 있었다.

휘가 다시 물었다.

"아십니까?"

유정룡이 미미하게 고개를 끄덕였다.

"내… 동생이네. 오래전에 잊혀진……."

떨리는 눈의 초점이 저 멀리 아득한 구름 너머를 향한다. 오랜 기억을 찾아서. 그 모습을 바라보던 휘가 천천히 몸을 일으키더니 한쪽에서 아직도 무언가 생각에 잠겨 있는 홍비개를 향해 말했다.

"분타주님, 이 근처에 조용히 이야기를 나눌 만한 곳이 없겠습니까?"

"음? 아! 조용한 곳 말인가?"

"예. 아무래도 이야기가 길어질지도 모르니 잠시 쉴 겸, 조용한 곳이 있었으면 합니다만."

홍비개가 잠시 생각하는 사이 마두개가 삐죽 고개를 내밀었다.

"저… 홍 사숙, 곡산에……."

"아! 맞아! 그곳이면 되겠군. 가세! 곡산에 자그마한 장원이 있는데, 마침 그곳의 주인이 나와 가까운 사이이니 방 하나쯤은 빌릴 수 있을 것이네."

장인성은 얼떨결에 휘와 개방의 사람들을 따라가야만 했다. 목숨까지 구함을 받은 데다, 당장 싸워봐야 이득 볼 것이 하나도 없으니 울며 겨자 먹기라고나 할까. 그나마도 유정룡에 대한 것은 유정룡 본인의 의사에 맡기겠다 하니 아직 한 가닥 희망은 남아 있었다.

4장
잊혀진 사랑, 이어지는 인연

1

휘와 유정룡 등이 홍비개의 친구가 산다는 장원에 도착한 것은 피 젖은 언덕을 떠난 지 이각이 흘러서였다.

도착해 보니 홍비개의 친구라는 말과는 조금 어긋난 감이 있었다. 친구리기보다는 원수라고 하는 것이 오히려 맞는 말일 듯했다. 물론 홍비개는 절대 그렇게 생각하지 않고 있지만.

"네놈이 무슨 낯짝으로 우리 집엘 다 왔냐?"

주인장이 홍비개를 보자마자 대뜸 한 소리였다. 그러자 홍비개 왈,

"흐흐흐. 이놈아, 고우나 미우나 그래도 늙으면 친구가 좋은 거여."

"흥! 틈만 나면 쳐들어와서 먹을 것 싹싹 긁어가는 놈이 친구냐, 웬수지!"

"쯔쯔쯔. 어찌 저리도 모를까. 에잉. 내가 그래도 네 친구라니까 도적놈들이 얼씬도 않는다는 걸 네놈이 알기나 하냐?"

"흥!! 도적놈들이 뭘 가져갈려도 네놈이 싹싹 긁어가서 가져갈 것이

없으니 안 오는 것이야! 이놈아!!"

사실 홍비개의 말도 맞았다. 개방의 낙양 분타주가 친구라는데 어떤 간 큰 도적이 얼씬이나 하겠는가. 그러나 주인장의 말도 틀린 것이 없었으니……. 한 번 올 때마다 도적놈이 가져가는 그 이상으로 손해를 끼치고 가니 아무리 친구라 해도 반가울 리가 없는 것이다.

어쨌든 그래도 친구라고 티격태격하면서도 방을 내주는 주인장이었다. 친구란 그런 것이었으니…….

휘와 유정룡이 주인에게 감사의 인사를 하고는 방으로 들어가자 초평우와 풍인강이 재빨리 방문을 틀어막았다. 그러더니 초평우가 광랑(狂狼)의 눈빛을 빛내며 말했다.

"방 안에는 아무도 들어갈 수 없소!"

기가 차지도 않는지 홍비개가 벙찐 표정으로 초평우를 노려보지만 홍비개의 눈빛으로 초평우의 기를 죽인다는 것은 애시당초 틀린 일이었다.

"내가 바로 유정룡의 친구라네, 이 사람아."

"나는 휘 형님의 동생이오."

"이 집에 데려온 것이 바로 나야, 나!"

"이 집의 주인도 안 들어가는데, 왜 객이 설치는 것이오?"

"……."

초평우가 는 것은 무공뿐이 아니었다. 휘를 따라다니더니 말도 많이 늘었다. 홍비개가 꼼짝하지 못할 정도로.

방에서는 마주 앉은 두 사람 사이에 기이한 감정의 물결이 흘렀다.

언덕에서 장원까지 단 이각의 시간이었지만 두 사람 사이에는 이십수 년의 시간이 쌓인 것처럼 느껴진 것이다.

그 오랜 세월을 참고 지냈건만 더는 참지 못하겠는지 유정룡이 먼저 입을 열었다.

"말해 보겠나? 어찌 내 동생의 이름을 알고 있는가?"

어찌 무저동에서의 일을 간단히 말할 수 있을까. 휘는 잠시 유정룡을 바라보다 천천히 입을 열었다.

"먼저 두어 가지 물어볼 것이 있습니다. 답해주시겠습니까?"

되묻는 휘의 얼굴을 뚫어지게 바라보던 유정룡은 휘의 의지가 꺾일 것 같지 않자 하는 수 없이 고개를 끄덕였다. 아쉬운 사람은 자신이었으니까.

"말해 보게. 내가 아는 한에서 답해주겠네."

"우선… 유벽혜란 이름을 가진 동생 분과 언제, 왜 헤어지셨습니까? 될 수 있는 한 자세히 알려주셨으면 합니다."

순간 유정룡의 얼굴 근육이 가늘게 떨렸다. 자신이 아는 바를 얻기 위해선 상대의 요구를 무시할 수는 없었다. 더구나 가슴을 울리는 이 묘한 감정. 회한, 분노, 슬픔, 그 모든 것이 뭉뚱그려진 표정이 유정룡의 얼굴에 떠올랐다.

사실 휘의 말을 먼저 듣고 싶었다. 그러나 휘가 변함없는 표정으로 바라만 보고 있자, 유정룡은 가느다란 한숨과 함께 머리 속에서 오랜 추억을 끄집어냈다.

"언제… 왜……. 후우. 이십칠 년 전인가? 벽혜가 열일곱 살 때였지. 그 아이가 한 사람을 만났다네. 운명… 그래, 운명이라고 하더군. 그 사람을 만난 것은……. 친구인 운가장의 딸과 함께 용문석굴에 놀러 갔다가 만난 사람이라고 했네. 처음에는 그러려니 했지. 사춘기의 처녀들이 다 그렇듯이 그 아이도 그런 것이라 생각했지. 더구나 나이도 훨씬 많다고 했으니까."

눈앞에 유벽혜가 있는 것마냥 유정룡의 눈빛이 아련해진다.

"그렇게 삼 년이 지난 어느 날, 벽혜가 상기된 얼굴로 날 찾아왔다네. 그 사람을 다시 만났는데 그 사람을 따라갈 생각이라 하더군. 아버지는 분명 절대적으로 반대를 할 테니 날더러 설득해 달라고 찾아온 걸세. 기가 차서 말도 안 나왔지만 벽혜의 성격을 생각하면 능히 그럴 수 있는 일이었지. 강하고, 고집 세고, 옳다고 생각하면 밀어붙이는 성격은 아버님이나 나조차 골치를 앓을 정도였으니까. 해서 이것저것 물어봤네. 어느 집 공자냐 했더니 무인이라 하더군. 나중에 만나기로 했는데 정말로 찾아왔다며 매우 흥분한 얼굴이었네. 한데 문제는, 그 사람이 집안의 일로 당분간 나올 수가 없으니 아예 자신이 그와 함께 가겠다는 것이었네. 그자도 그걸 원한다고 말이네. 아무리 무인들이 예법에 밝지 못하다지만 너무도 어이가 없는 일이었지. 더구나 벽혜 그 아이도 그렇지, 어른들에게 얼굴 한 번 보이지 않은 사람을 무조건 따라가겠다니… 그래서 나조차도 무조건 안 된다 했다네. 안 된다고 말도 되지 않는 소리 말고 얌전히 있으라고. 그냥 방을 나가더군. 조용히… 두말도 않고……."

유정룡은 입가에 자조적인 웃음을 지으며 설레설레 고개를 저었다.

"오라비인 나 역시 한 번 고집을 세우면 꺾이지 않는다는 걸 잘 아는 동생이었네. 그래서 포기한 줄 알았지. 당연히……. 그런데 닷새 후, 벽혜가 사라졌네. 편지 한 장 달랑 남겨놓고……. 허허허… 벽혜의 성격을 잘 안다던 내가 실수를 한 것이지. 더구나 여자가 사랑에 눈이 멀면 하늘조차 뒤집을 수 있다는 사실을 망각한 내 잘못이었지."

잠시 이야기를 멈추고 격정을 가라앉힌 유정룡이 허공을 바라본다. 문득 휘는 유정룡의 눈 속에 슬픔이 고인 것 같다는 생각이 들었다. 그러나 어떤 말도 할 수가 없었다.

"아버님의 진노를 잠재우기 위해서 나는 운가보로 달려갔다네. 벽혜의 친구를 만나기 위해서 말이야. 그리고 벽혜의 친구를 만나 그녀로부터 그 남자와 벽혜에 대한 이야기를 들을 수 있었네. 비록 짧은 몇 마디였지만. 그녀가 그러더군, 차가운 목소리로. '벽혜는 이제 내 친구가 아니에요! 감히 내가 마음에 둔 남자를 가로채 가다니!!' 그제야 어렴풋이 동생이 집안의 반대를 무릅쓰면서까지 그 남자를 따라 떠난 것을 이해할 수 있었네. 사랑은 쟁취하는 거라고 했던가? 벽혜와 벽혜의 친구는 그 남자를 동시에 마음에 두고 있었던 듯하네. 그러나 그자의 마음속에 있던 사람은 동생이었던 게지. 벽혜도 낙양제일가인 운가장의 여식과 경쟁한다는 것은 부담이 될 수밖에 없는 일이었을 테고……. 그렇게 벽혜가 떠나고 오 년 후, 장원에 도적이 들어 아버님을 비롯한 몇몇 가솔들이 죽거나 다쳤다네. 북경에 있던 내가 황급히 돌아왔을 때는 타다 남은 건물들과 친우가 백마사에 모셔놓은 아버님의 영정만이 남아 있었네. 그 후로도 벽혜의 소식은 여전히 알 길이 없었지… 이십수 년이 지난 지금까지……."

한 번 말문이 터진 유정룡의 입에선 느릿느릿 긴 이야기가 풀려 나왔다. 휘는 숨소리조차 죽이고 그의 이야기가 끝나기만을 기다리다가 그가 이야기를 끝맺고 고개를 자신에게 돌리자 그제야 입을 열었다.

"그 남자가 누군지 아십니까?"

"이름이 우양이라고 했던 걸로 기억하네. 정확히 알려고 운가장을 다시 찾아갔지만 동생의 친구 역시 시집을 간 터라 포기할 수밖에 없었네."

"어디 사는 사람인지도 모르셨나요?"

"포기했으니 굳이 물어볼 필요도 없었지. 다만… 섬서성 한중으로 갈 거라는 말을 했던 듯하네."

섬서성 한중? 휘의 눈이 번쩍였다.

"그럼 그 후로 찾아보지 않으셨단 말입니까?"

"밖에 있는 송가에게 부탁해서 찾아보기는 했네만, 우양이라는 이름을 어디에서도 찾을 수가 없었네."

아마 홍비개의 성이 송가인 듯했다. 휘가 다시 물었다.

"운가장의 딸이 시집간 곳은 아실 것이 아닙니까? 그곳에는 가보셨나
요?"

유정룡이 씁쓸한 표정을 지으며 입을 열었다.

"그녀가 시집을 간 곳은… 천검보라는 곳일세."

천검보! 그의 말대로 운가장의 딸이 천검보의 제법 높은 위치에 있는
집안에 시집을 갔다면 만나 이야기한다는 것이 거의 불가능했을 것이다.
만난다 해도 그녀가 자세히 안다는 보장도 없고, 더구나 그녀는 유벽혜
에게 한까지 품고 있지를 않던가.

휘는 눈을 감고 간단히 정리해 보았다.

유벽혜는 한 남자를 따라 떠났다. 그의 이름은 우양, 섬서성 한중에 사
는 걸로 추정된다. 그러나 개방의 정보력으로도 우양이라는 무인은 찾지
못했다. 별 볼일 없는 무인이라면 몰라도 운가장의 여식이 눈독을 들일
정도로 뛰어난 사람이라면 어디에서고 주머니 속의 송곳처럼 튀어나올
텐데도.

휘의 미간이 찡그려졌다. 확실한 것은 유벽혜라는 여인이 따라간 남자
의 이름이 우양이고, 간 곳이 섬서성 한중이라는 것뿐이다. 아니, 그마저
도 확실한 것인지 알 수가 없다.

답답한 마음에 휘가 고개를 저을 때였다. 유정룡이 나직하면서도 단호
한 목소리로 입을 열었다.

"이제 내가 물을 차례네, 공자."

휘의 어깨가 움찔 떨리는 듯하더니 서서히 미동조차 멈추어지고, 천천
히 뜨인 눈도 깊게 가라앉았다. 또다시 무저의 심해로 가라앉은 휘의 눈
에서 화산이 꿈틀거렸다.

"말씀하십시오."

유정룡이 그동안 참고 참았던 질문에 만 근 무게를 얹어 던졌다.

"자넨 벽혜와 어떤 사인가?"

쿵!

어떤 사이냐고? 유벽혜라는 여인과 난 어떤 사이지?

휘의 가슴에 격랑이 일었다. 금방이라도 산더미 같은 파도가 일 것만 같았다. 하지만, 하지만 아직은 모든 것을 눌러놔야만 했다.

"저는… 유벽혜라는 이름을 한 장의 찢어진 옷에서 보았습니다."

자신의 예상이 빗나갔다 생각했는지 유정룡의 눈 깊은 곳에서 실망감이 스쳐 지나간다. 휘는 그 눈빛을 놓치지 않았다. 그때, 문득 스치는 한 가지 생각.

―유정룡은 고문(古文)의 전문가이다.

그 말은 글을 해석하는 능력이 뛰어나다는 말, 그리고 어쩌면 감정까지도…….

'그렇다면 혹시?'

휘가 말했다.

"지금도 그 찢어진 옷을 제가 가지고 있습니다. 한 번 보시겠습니까?"

유정룡의 눈에서 다시금 빛이 살아났다. 지푸라기라도 잡고 싶은 심정이거늘, 뭘 보지 못할까?

"공자가 가지고 있다고? 어디 꺼내보게."

휘가 등 뒤에 걸친 작은 봇짐을 끌러 내려놓았다. 그리고 그 속에서 한 장의 피 묻은 천을 꺼내 들었다, 여인의 옷으로 보이는 천 조각을.

유정룡은 피 묻은 천을 보고 눈살을 찌푸리더니 천천히 옷을 펴는 휘의 손길을 따라 눈길을 옮겨갔다. 한데 어느 순간!

"잠깐!! 거기서 멈추게!"

느닷없이 손을 뻗은 유정룡이 소리쳤다. 그의 눈은 한곳에 고정이 되어 있었다, 한 점 미동도 없이. 그의 눈이 고정되어 있는 곳은 글자가 적혀 있는 부분이었다.

낙양 유벽혜.

가장 알아보기 힘든 글자가 적혀 있는 곳. 한데 유정룡은 다른 곳의 글자는 아랑곳하지 않고 그 다섯 글자만을 노려본다. 아니, 정확히는 끝에 쓰여진 혜(慧) 자를. 사시나무처럼 손을, 눈을, 어깨를 떨며!

휘는 유정룡이 동생의 이름을 보고 감정이 격해져 그런 것이라 생각했다. 하지만 그러한 유정룡의 행동이 결코 그 이유 때문이 아니라는 것을 휘가 아는 데는 그리 오랜 시간이 필요없었다.

휘가 말릴 사이도 없었다. 아니, 말릴 정신도 없었다. 유정룡이 떨리는 손으로 옷을 집어 들더니 중얼거린다.

"혜… 아… 야……. 오! 맙소사!"

부르르…….

휘의 어깨가 유정룡의 손만큼이나 떨렸다.

설마? 설마? 휘가 확신을 못한 채 떨고만 있을 때 또다시 유정룡의 말이 휘의 귀청을 강타했다.

"이건… 혜아가 쓴 거야! 혜아가!! 세상에!! 무슨 일이 있었기에……. 이 피……. 크읍!!"

끝내 유정룡의 눈에서 눈물이 솟구쳤다.

피 묻은 채 찢어진 옷! 그 옷에 쓰여진 동생의 이름! 그리고 그 글씨가 동생이 쓴 것임에야, 아무리 눈물이 메말랐다 한들 어찌 눈물이 솟지 않을까!

유정룡의 흐느낌을 아무 말 없이 바라만 보고 있던 휘가 차마 떨어지지 않는 입을 열어 물었다.

"어떻게… 어떻게 그것이 동생 분의 글씨라고… 확신하십니까?"

휘의 물음에 유정룡은 부들거리는 손으로 혜 자를 가리켰다.

"이… 글자의 필체는… 오직 혜아만이 쓰는 필체네……. 혜 자에 마음 심 변을 이렇게 쓰는 사람은 없네. 내려 삐친 곳에 두 점을 찍은 심 자, 오직… 혜아만이… 혜아만이 쓰는 글씨체야……. 어릴 적 돌아가신 어머니가 즐겨 쓰던 필체였다네……."

손가락으로 가리킨 글자에 대해 떨리는 목소리로 설명을 하던 유정룡은 무슨 생각이 들었는지 느닷없이 휙, 고개를 돌려 휘를 바라보았다.

"공자가… 어떻게 이걸 가지고 있는 건가?!"

휘는 대답을 할 수 없었다. 그도 들어서 알고 있다. 글씨라는 것은 그 사람의 얼굴만큼이나 확연해서, 그 사람이 쓴 글씨를 보면 그 사람의 됨됨이까지도 알 수 있을 정도라고 한다. 더구나 유정룡은 그러한 방면의 전문가이다. 그런 만큼 그의 판단은 결코 틀리지 않았을 것이다.

그럼… 그럼? 결국 그런 건가?

휘는 감정을 최대한 억누른 채 조용히 입을 열었다.

"그 옷은… 제 어머니가 입었던 옷입니다. 글씨 역시……."

유정룡이 눈을 부릅뜨더니 휘를 바라보았다. 믿을 수 없는 말을 들은 사람처럼 입을 쩍 벌리고 말을 잊었다. 그러자 휘가 천천히 얼굴로 손을 가져가더니, 스으윽― 매미 날개 같은 면구를 허물처럼 벗어버렸다. 순간 잘생겼다기보다는 아름답다고 해야 할 본 얼굴이 드러났다.

휘는 아무 말 없이 면구를 벗은 채 유정룡을 바라보았다.

유정룡의 찢어질 듯이 커진 눈이 거세게 떨리고 있는 것이 보인다.

그가 말한다, 덜덜 떨리는 목소리로.

"헤아야……."

휘는 질끈 눈을 감아버렸다. 자신의 얼굴이 아름답다는 말을 많이 들었기에, 어쩌면 어머니의 얼굴을 닮았을 거라 생각하고 면구를 벗었다. 한데 유정룡의 반응은 닮은 정도가 아니라 아예 어머니를 생각나게 할 정도인 것 같다.

결국 모든 게 확연히 드러났다.

그랬다. 그녀는, 상처 입고 무저동에 떨어져 죽어간 휘의 어머니는 유벽혜가 분명했다. 말도 못하고 손과 다리의 근맥까지 끊어져 처참하게 죽어간 휘의 어머니가 쓴 글씨는 바로 자신의 이름을 적은 것이었다.

대체 왜! 무슨 이유로!! 어머니는 무저동에 떨어져야만 했단 말인가?!

자신도 모르게 눈물이 주르륵 흘러내렸다. 입을 열어 물어볼 것이 많은데 입이 열리지 않는다. 두 손을 움켜쥐고 이를 악물었다.

그리고 혼신의 힘으로 마음을 가다듬은 다음 입을 열었다.

"제가… 어머니를 많이 닮았습니까?"

휘의 슬픔으로 억눌린 물음에 유정룡은 멍한 표정으로 고개를 끄덕였다.

"닮았냐고? 허. 허. 닮았네, 닮았어. 꼭, 판에 박은 듯이 닮았어. 믿을 수 없을 정도로……. 말해 주겠나? 뭐라도 좋으니……."

휘는 천천히 몸을 일으켰다. 그리고 유정룡을 향해 몸을 수그렸다. 유정룡도 말을 잊고 휘를 바라볼 뿐이었다. 영원히 잃어버린 줄 알았던 동생의 아들이 올리는 인사였다. 그 마음을 어찌 입을 열어 표현할 수 있을까. 이십수 년을 기다린 인사거늘.

천천히 몸을 일으킨 휘가 말을 잊고 격정에 휩싸여 있는 유정룡을 바라보았다.

"외… 숙부……."

"그, 그, 그래……. 내가, 내가 네 외숙부다."

"저는 휘라 합니다. 성은… 진조여, 해서 진조여휘라 합니다."

유정룡의 눈에 의아한 빛이 떠올랐다. 그가 예상한 성씨가 아니었으니 어쩌면 당연한 반응이었다.

휘는 유정룡의 반응을 보고는 천천히 무저동에서 보낸 세월에 대한 이야기를 시작했다. 그러나 어머니가 참혹한 상처를 입고 무저동으로 내려왔다는 이야기는 하지 않았다. 그건 유정룡에게 너무 참혹한 이야기였기에.

단지 죄수 아닌 죄수로 갇혀 휘를 낳고 죽은 이야기, 세 아버지가 핏덩이를 키우며 우여곡절을 겪은 이야기, 무저동을 나와서 사부님을 만나 가족처럼 사랑받고 지내온 이야기들을 뭉뚱그려 이야기해 주었다.

유정룡은 휘가 어머니에 대해 이야기할 때는 분노에 떨다가, 휘가 태어난 상황을 이야기할 때는 안쓰러운 마음에 휘의 손을 꽉 움켜쥐었다. 그러다 세 아버지에 대한 이야기를 할 때는 글썽이며 웃음을 보이기도 했고, 사부님이 자신을 지키기 위해 팔을 스스로 잘랐다는 이야기할 때는 고마움에 어쩔 줄을 몰라 하셨다.

휘와 유정룡의 이야기는 근 한 시진이 지나서야 대충 끝을 맺을 수 있었다. 두 사람은 더 많은 이야기를 하고 싶었지만 목이 메어 더 이상 이야기를 할 수 없었다.

휘는 자신이 혈육을 만나 이렇게까지 감정이 격해질 줄은 생각도 못했었다. 품에 안겨 마음껏 울고 싶은 마음을 다스리느라 온몸이 떨려올 정도였다.

두 사람의 긴 이야기가 끝나고, 잠시 서로의 격앙된 마음이 정리가 되었을 때쯤, 밖에서 가벼운 헛기침 소리가 들렸다.

"험! 험! 정룡, 식사나 하고 이야기를 나누지 그러나?"

아무래도 방 안의 분위기가 심상치 않음을 느낀 홍비개가 참다 참다 더 이상은 참지 못하고 한 소리 했다. 그러자 곧바로 이어지는 장원 주인의 노호성.

"먹을 거 없어!!"

노을이 서산을 붉게 물들일 무렵, 휘가 건네준 열 냥짜리 금원보를 희희낙락 거머쥔 장원 주인이 홍비개에게 소리쳤다.

"먹고 싶은 것! 다 잡아 먹어!!"

한 소리 내지른 장원 주인의 허락 하에 돼지 두 마리, 닭 다섯 마리를 잡아 식사를 마친 후 휘와 장인성, 그리고 유정룡과 홍비개가 마주 앉았다.

"어찌하시겠습니까, 외숙부?"

휘의 말에 유정룡이 침중한 표정으로 입을 열었다.

"나는 약속을 했다. 그런 만큼 나는 이분을 따라갈 생각이다. 이분이 내민 글의 원본을 보고 싶기도 하고 말이다."

학자의 탐구욕이련가. 무리한 일인 줄 알면서도 유정룡은 장인성을 따라가겠다고 했다. 그제야 식사도 하는 둥 마는 둥 하고는 내심 마음을 졸이고 있던 장인성의 표정에 웃음이 떠올랐다.

"고맙소이다, 유 학사!"

그러자 휘가 굳은 얼굴로 유정룡에게 말했다.

"외숙부께서 정 가시겠다면 누가 말릴 수 있겠습니까. 하나… 장 대협."

"말씀해 보시게, 조 공자."

"외숙부님께 무슨 일이 있어서는 절대 안 된다는 점, 잘 아시리라 믿겠습니다."

나직한 휘의 말에 장인성은 등골이 섬뜩해짐을 느꼈다. 사실 유정룡이 창천보에 가서 고문을 다 해독한 다음에 무슨 일이 있을지는 아무도 알수 없는 일이었다. 장인성조차도 보(堡)에서 유정룡을 그냥 보낼 거라고는 생각하지 않으니까.

그러나 이제는 그래서는 안 된다. 유정룡이 평범한 가게 주인일 때와지금은 그 상황이 천양지차다. 그 사실을 누구보다도 장인성이 절실히 느끼고 있었다. 지난 바 능력을 짐작조차 할 수 없는 휘가 뒤에 있는 이상, 제아무리 창천보라 해도 유정룡을 폐기처분해서는 안 된다는 것을.

물론 보의 수뇌부들은 어떤 생각을 가질지 모르지만 그건 차후의 일이었다.

장인성의 고개가 무겁게 끄덕여졌다.

"알겠네. 유 학사님에 대한 일은 나 장인성의 이름을 걸고 안전을 보장하겠네. 하나 그 역시 창천보와 관계된 일에 한정될 뿐이네. 만일 나중에라도 다른 곳에서 손을 쓴다면 나로서도 그것까지는 어쩔 수가 없네."

"그건 저도 잘 압니다. 지금 제 마음 같아선 가지 않으셨으면 합니다만, 외숙부께서 약속을 하신 이상 어쩔 수 없는 일이겠지요. 다만 장 대협께서 최선을 다해주시길 바랄 뿐입니다. 뭐, 홍비개 선배께서도 가만있지는 않으실 테니 걱정은 조금 덜합니다만."

"커흑!"

느긋이 이사이에 낀 고기를 혀로 밀어내 씹고 있던 홍비개가 혀를 깨물어 버렸다. 휘를 쏘아보는 눈길에 뭔 소리냐는 눈빛이 가득하다. 그러든 말든 휘는 태연히 홍비개를 바라보며 말했다.

"친구 좋다는 게 뭐겠습니까? 안 그렇습니까? 송. 선. 배. 님!"

"그, 그거야… 그렇지."

명색이 의리에 죽고 의리에 산다는 개방의 제자다. 배덕한 친구로 낙인적한 거지에게 어떤 거지가 밥을 챙겨줄 것인가? 홍비개로선 정말 어쩔 수가 없었다, 굶어 죽지 않기 위해서라도 눈물을 머금고 고개를 끄덕일 수밖에.

단 한 마디 말로 홍비개에게 창천보 감시 임무와 유정룡의 안전을 떠맡긴 휘가 빙그레 웃으며 유정룡에게 말했다.

"다녀오시거든 송 선배님께 푸짐하게 한턱내시면 됩니다, 외숙부."

결국 유정룡은 장인성을 따라 떠나갔다.

유정룡의 안전을 생각한다면 휘도 따라갔어야 했지만 휘는 따라가지 않았다. 다시 낙양으로 돌아가던 중 궁금했는지 초평우가 물었다.

"형님, 외숙부님이 위험한 길을 가시는데 괜찮겠습니까? 광양문이 가만있을까요? 일이 끝난 뒤에 창천보에서 그냥 보내주겠습니까?"

우르르. 한꺼번에 세 가지 질문을 던진 초평우를 바라보며 풍인강이 놀랐다는 듯 말했다.

"세 가지 질문을 한 번에 하는 늑대를 보게 되다니……."

"…끄윽!"

휘도 한마디 하고 싶었지만 아무래도 말이 길어질 것 같아 참아야만 했다.

―세상에! 농담하는 얼음덩이라니!

대신 초평우에게 왜 그래야 했는지를 설명해 줬다.

"광양문에서 장인성 대협을 추적하는 무리가 더 있을 거라 생각하십니까?"

"글쎄요… 아닐 것 같은데……."

"그럼 장 대협이 우리가 같이 가는 걸 좋아할까요?"

"그건… 좋아하지 않을까요?"

초평우의 미적거리는 말에 풍인강이 툭, 한마디를 던졌다.

"뒤통수에다 칼을 매달고 다니길 좋아한다면야 그러겠죠!"

휘가 웃음을 지으며 마지막 물음을 던졌다.

"과연 외숙부님이 우리와 같이 가는 게 안전할까요? 아니면 우리와 멀리 떨어져 있는 게 더 안전할까요?"

"……."

초평우가 대답은 하지 않고 풍인강의 눈치를 먼저 봤다. 벌써 두 번이나 말싸움에서 제압당한 그였다. 아무래도 신경이 쓰일 수밖에.

피식 웃음을 지으며 휘가 말했다.

"가까이 있는 주먹이 멀리 있는 법보다 더 무섭다 하지요. 그러나 힘이 있는 자들은 가까이에서 볼 수 있는 상대는 두려워하지 않습니다. 언제든지 계획만 잘 세운다면 제거할 수 있으니까 말입니다. 하지만 멀리 떨어져 있으면서도 강력한 힘이 있어 자신에게 해를 입힐 수 있는 상대는 알게 모르게 껄끄러울 수밖에 없는 법이지요. 초 형, 장 대협은 어렴풋이나마 저를 압니다. 그는 절대로 외숙부가 잘못되기를 바라지 않을 겁니다."

휘가 나직이 말을 맺으며 초평우를 바라보았다. 왠지 몰라도 초평우는 오싹한 기분이 들었다. 그때 휘가 다시 한마디를 덧붙였다.

"창천보가 피에 잠기는 것을 원치 않는 이상……."

끝내 풍인강의 어깨마저 가늘게 떨렸다. 두 사람은 어렴풋이 휘의 마음을 짐작할 수 있었다. 빙하처럼 얼어붙은 눈빛, 그 깊은 곳에서 가늘게 떨리고 있는 안타까움을.

휘는 그 누구보다 유정룡을 따라가고 싶었던 것이다. 그것이 유정룡에게 도움이 된다고 생각했다면 말이다.

2

낙양에 들어가자마자 한고점으로 향했다.

비록 점원이 한 명밖에 없는 서점이었지만, 휘에게는 외숙부가 이십여 년을 살아온 곳이었다. 일단은 한 번이라도 둘러보고 싶은 마음이 든 휘였다. 그리고 점원에게 전해줘야 할 것도 있고.

한고점(恨古店).

왠지 한스럽게 들리는 서점 이름이었다. 그래선지 더 정감이 가는 이름이기도 했다.

휘가 서점 안으로 들어가자 마흔 가까이 되어 보이는 작달막한 중년인이 시무룩한 표정으로 힘없이 걸어 나왔다.

"오늘은 장사 않는구만요, 공자님."

"왜요? 유 학사님이 안 계셔서요?"

휘의 말에 중년인이 놀란 얼굴로 올려다보았다.

"어떻게……?"

"외숙부께서 그러시더군요. 방씨 성을 가진 점원에게 모든 것을 맡겨도 된다고 말입니다."

"예?"

"아! 유정룡이란 분이 제 외숙부 되십니다. 가만있거라…… 어디다 두었지?"

주섬주섬 품속에서 한 장의 서신을 꺼내 든 휘가 빙긋 웃으며 손을 내밀었다. 멍하니 휘를 바라보던 방윤이 서신을 건네받고는 읽어보더니 눈을 휘둥그렇게 떴다.

"유 학사님의 조카 분?"

"예, 제가 바로 진조여휘입니다."

한고점의 내부는 생각보다 그리 넓지 않았다. 아무래도 고서만을 취급하다 보니 굳이 큰 건물이 필요없었고, 또 고서란 것이 그 특성상 사람의 손이 많이 타봐야 좋을 것이 없다는 것이 방윤의 설명이었다.

마치 주인을 대하듯 대해주면서도 결코 자신의 일을 소홀치 않는 방윤의 일 처리에 휘는 은근히 방윤이 마음에 들었다. 외숙부가 왜 방윤에게 가게를 맡겨도 된다고 했는지 이해할 수 있을 것 같았다.

그렇게 한고점에서 닷새를 지냈다. 남이 보기엔 아무 일도 않고 어슬렁거린 듯 보이지만 휘는 닷새간 그 어느 때보다도 많은 생각을 했다.

한고점의 책자들은 거의 대부분이 고서들이었다. 그중에 반 이상이 현재 휘의 지식으로는 읽을 수조차 없는 책들이었다. 그것이 휘에게 커다란 충격을 던져 주었고, 또한 휘로 하여금 생각에 잠기게 한 첫 번째 이유였다.

'배워야 한다! 배워야만이 보다 더 큰 강을 내 안에 흐르게 할 수 있다! 그래야만이 큰 강이 모인 바다라는 것을 내 안에 담을 수 있다!'

무공이 없으면서도 한 점 흔들림이 없던 유정룡, 일개 점원이면서도 치밀한 일 처리에다 자신은 읽기조차 못하는 고서를 줄줄 풀어내는 방윤, 그리고 수많은 지혜와 옛 선인의 깨달음이 적힌 고서를 대하고 나서야 휘는 자신이 정저지와(井底之蛙)가 아닌가 생각이 들었던 것이다. 그저 힘만 세고 잔머리만 굴릴 줄 아는 그런……

두 번째는 앞으로 나아갈 길을 정리하고자 함이었다.

당장 한중으로 갈 것인가, 아니면 부친에 대한 정보를 더 얻은 다음 한중으로 갈 것인가를 결정해야 한다.

하고자 하는 일이 먼저인가, 아니면 뿌리를 찾는 일이 먼저인가. 휘로선 두 가지다 소홀히 할 수 없는 중요한 일이었다.

그렇다면 더 좋은 방법은?

홀로 고뇌를 하던 휘의 입가에 작은 미소가 빙그레 떠오른 것은 닷새가 지나는 날, 석양이 그 어느 때보다 더 붉게 타오르다 서산머리를 재로 만들며 넘어가던 저녁 무렵이었다.

"한 가지 한 가지 해야겠지? 후후후… 어차피 만 선배님께 한중의 일을 맡긴 이상 내가 굳이 서두를 필요는 없을 터!"

휘가 벌떡 일어섰다.

"좋아! 무저동의 아버지들이나 사부님도 내가 어머니의 일을 알아내는 것을 바랄 것이다! 그래야 마음에 낀 구름을 걷어내고 청천 하늘 아래에서 떳떳이 내 일을 할 수 있을 테니까."

일단은 배울 수 있는 데까지 배워보자. 그러고 나서 두 번째 일을 하는 거다. 생부를 찾는 일, 아니, 어머니의 과거를 찾는 일을.

'나에게 아버지는 무저동의 세 아버지뿐이다! 그건 누가 뭐래도 변하지 않는다!'

한데… 젠장! 가슴에 구멍이라도 뚫렸나? 왜 이렇게 속이 아리지?

날이 밝자마자 초평우를 불러 백풍표국을 통해 하나의 서찰을 한중으로 보냈다. 자신이 당장 한중으로 갈 수 없는 이상 만시량의 힘에 의지할 수밖에 없었다. 서찰에 적은 것은 단 두 가지뿐.

철혈성의 유성비월객 고봉천의 현 상황을 시시각각으로 살펴보라는 것, 하나.

또 다른 하나는 철군명의 탄생에 대한 모든 것. 언제 어머니의 자궁을 빠져나왔는지부터 현재는 어디에서 잠을 자는지까지. 하지만 유벽혜에 대한 것은 굳이 적지를 않았다. 그것만큼은 자신이 직접 해야 할 일이었기에.

　한고점에 머무른 지 한 달.
　"끙! 끙!"
　뒤 마려운 소리가 한고점 뒤채에서 들려온다. 초평우였다. 한 권의 책을 들고 고개를 처박은 초평우의 이마에선 땀이 흘러내리고 있다. 뚝뚝 흘러내리는 땀방울이 책을 적실 정도였다. 더는 못 봐주겠는지 풍인강이 검을 휘두르다 말고 한마디 했다.
　"늑대가 글 읽는다고 호랑이 되는 줄 아슈?"
　초평우가 풍인강을 째려봤다.
　"흥! 그러는 너는? 밤잠 안 자고 책 보는 놈이 누구더라?!"
　흠칫, 풍인강의 검첨이 파르르 떨렸다.
　"어떻게… 아셨수?"
　"영등 스님이 뒷간 갔다 오면서 봤다더라! 달빛 아래서 검 대신 책 들고 있는 너를. 뭐? 일검에 달빛을 자르는 월영일단천을 익힌다고? 나중에 보여줄 테니 훔쳐보면 안 된다고? 에라이!!"
　"책으로… 달빛을 자르면 안 된다는 법 있수?"
　풍인강이 하늘을 올려다보며 싸늘히 말했다. 한데 오늘따라 하늘은 왜 이리 파랄까. 구름 한 점 없이. 햇빛이 비추니까 얼굴이 더 빨갛게 보이는 것 같잖아?
　'그놈의 땡추! 봤으면 자기만 알 것이지…….'
　두 사람이 티격태격하고 있는 그때, 자신의 방에 들어박힌 채 불경을 읽던 영등은 거칠게 불경을 내려놓으며 귀를 후벼댔다.
　"아미타……. 씨불! 어떤 중생이 감히 내 욕을 하는 거여? 귀 간지러워 죽겠네."

그렇게 한고점에 틀어박힌 지 한 달 만에 네 명은 제법 문자를 쓸 정도가 되었다. 단 한 달간이었지만 무공이라면 사족을 못 쓰는 사람들이 느닷없이 책과 씨름하더니, 나중에는 하루에 수십 권씩의 책을 읽어댄 것이다. 한 달이 흘렀으니 족히 수백 권의 책을 독파했을 터였다.

그렇다고 이들이 책만 읽은 것은 아니었다. 어찌 무공광들이 책만 파고 살 수 있을 것인가. 아무리 휘를 따라 책을 읽고 있다 하지만, 그들은 천상 무인이었다. 하루라도 비무를 하지 않으면 온몸에 종기가 돋아 돌아버릴 사람들이 바로 이들이었으니……

그들은 틈만 나면 골치 아픈 머리를 비무로 식혔고, 그래도 양이 안 차면 휘에게 덤벼들었다. 그러다 이틀간은 누운 채 책만 봐야 했지만, 또다시 움직일 만하면 휘에게 덤벼들었다.

하지만 세 사람이 미처 모르고 있는 것이 있었다, 그 모든 것이 바로 휘가 나름대로 생각한 계획이란 것을.

책을 읽으면 아무리 성질 급한 사람이라도 성정이 누그러질 수밖에 없다. 게다가 좋은 책 속에는 깨달음의 길로 갈 수 있는 열쇠가 하나쯤은 들어 있을 거라는 것이 휘의 생각이었다.

보다 고요해진 마음에 미친 듯한 수련, 거기에 나름대로 책 속에서 얻은 그 무엇. 그 모든 것이 합쳐지고도 아무것도 얻지 못한다면, 보다 더 상승의 무공을 익힐 생각을 포기해야 할 것이다.

그런데 역시나, 한 달이 지나자 휘의 생각대로 세 사람의 무공에 변화가 보이기 시작했다.

초평우의 폭풍 같기만 하던 도가 보다 부드러워졌다.

풍인강의 쾌검 일색이던 검이 보다 느려졌다.

영등의 무식한 신체 자랑이 이제는 외공으로서 완벽한 틀을 잡아가고 있었다. 하지만 세 사람은 미처 자신들의 변화를 눈치채지 못한 채 그저 그러려니 할 뿐이었다.

그러나 그 누구보다도 큰 성취를 얻은 사람은 바로 휘 자신이었다.

천양과 지음의 기운에다 바람의 기운조차 어느 정도는 마음대로 통제할 수 있게 되었고, 영등사에서 얻은 인연도 완전히 자신의 것으로 만들었다. 그리고 마침내, 삼령문의 그 누구도 삼신주의 힘을 빌리지 않고는 도달하지 못했던 여화(餘和)의 단계에 올라섰다.

그렇게 한고점에 머무른 지 한 달 보름이 되던 날 아침, 내실의 탁자를 중심으로 네 사람이 둘러앉았다. 백풍표국을 통해 한중에서 한 통의 서신이 온 것이다.

식구 중 방윤만이 단골손님이 왔다며 서점에 나가 있었다. 그 두 명의 단골손님들은 이삼 일에 한 번씩 오는데, 사가는 책은 많지 않으나 자신의 말을 열심히 들어주며 자신이 권하는 책은 꼭 산다고 한다. 가끔씩 한고점의 식구들에 대해서—특히 휘에 대해서—묻는 게 이상하긴 하지만, 어쨌든 그 손님들 덕분에 요즘 돈 걱정을 덜 하는 편이라 하니 휘로서도 그들이 고마울 따름이었다.

'언제고 만나면 고맙다고 인사라도 해야겠군.'

휘는 두 명의 단골에게 고마움을 느끼며 손에 들린 서신을 보였다.

엊그제 홍비개가 전해온 소식에 의하면 유정룡은 두어 달은 더 있어야 올 것 같다고 한다. 아무래도 창천보의 일이 생각보다 쉽지 않은 듯했다.

그리고 홍비개가 설쳐 대는 바람에 개방의 총타에서도 유정룡의 일을 눈여겨보고 있다고 한다. 그렇다면 유정룡의 안전은 걱정하지 않아도 될 성싶었다. 당금 강호에서 개방을 건드릴 만큼 간이 부은 문파는 그리 많지 않으니까. 물론 대부분이 귀찮아서이긴 하지만.

한중에서의 첫 번째 서신은 보름 전에 왔다.

만시량의 투덜거림이었다. 이런 저런 이야기를 적어놓았지만 결국 하고 싶은 말은 한 가지.

늙은이에게 다 맡겨놓고 돌아다니까 신나냐? 언제 올 거냐?

돈이 아까울 정도였다.

그리고 오늘 아침, 마침내 두 번째 서신이 왔다. 첫 번째 서신에서 손해 본 것쯤은 아무것도 아니란 생각이 들 정도로 선물을 한 아름 담은 서신이.

서신을 펴보는 휘의 입가에 어린 웃음이 진해진다.

철혈성에 아이들을 심어놨다. 그중에 한 놈이 재수가 좋아서 고봉천이 있는 상무원 근처에 자리를 잡았다. 아! 그리고 네가 알아보라던 철군명에 대한 것은 지금 상황이 조금 묘하게 되었다.

철군명이 안 보이거든? 한데 철혈성에 들어간 아이들의 말에 의하면 철군명이 어딘가로 무공을 배우러 떠났다고 하더라. 그리고 철운성이 공식적으로 철군명이 철혈성의 모든 지위에서 떠났다고 공표했다.

서신을 보던 휘의 눈에서 뇌전이 번쩍였다.

'철군명이 무공을 배우러 떠났다고? 그 마공……. 혹시 신비의 세력으로? 가만, 그런데 모든 지위를 떠났다고? 그럼 후계자 서열까지 포기했다는 말!'

휘의 입가로 하얀 웃음이 걸렸다.

'좋아! 그렇게 됐단 말이지? 재밌게 됐군. 미끼가 제대로 움직이고 있어!'

휘의 웃음을 본 초평우가 몸이 근질근질한지 기대감이 잔뜩 든 눈으로 휘가 말하기를 기다렸다. 그리고 휘는 초평우의 기대를 저버리지 않았다. 굳이 많은 말이 필요치 않았다.

"일단 천검보를 먼저 가봐야겠습니다!"

한마디면 됐다. 세 사람에겐 휘의 말이 곧 법이었으니까.

5장
그리워하는 여인, 분노하는 여인

1

초여름의 한낮 햇살에 담장은 넝쿨로 뒤덮여 푸르름을 더해만 가고, 정원의 백일홍에는 연분홍 꽃봉오리가 맺혀 아가씨의 가슴을 붉게 물들이기 시작한다.

연연은 검끝에 걸려 있는 백일홍 꽃봉오리를 물끄러미 바라보다 한숨을 내쉬며 검을 내렸다.

"하아……."

오빠를 만나면 자랑하기 위해서 열심히 검을 익히고는 있는데, 언제 올지 모르는 오빠를 생각하니 그저 한숨만 쏟아진다.

"백일홍이 지기 전에 안 오기만 해봐!"

빽, 소리도 질러보고 애꿎은 검끝으로 땅바닥도 긁어봤다.

"쳇! 뭐가 좋다고!"

그냥 긁어댔는데 휘(輝) 자가 쓰였다. 지울까 말까. 발로 확! 검으로 쓱쓱?

잠시 머뭇거리며 휘 자를 바라보던 연연이 주위를 살펴본다. 그러더니 슬쩍, 휘 옆에다 한 글자를 더 썼다.

애(愛).

"큭! 히히! 헤……."

멋쩍은 웃음을 흘리는 연연의 볼이 발그레하게 달아올랐다. 그렇게 한참을 바라보던 연연의 눈에 언뜻 이슬이 맺혔다.

"치이… 연연이 이렇게 기다리는데 연락도 없고… 오기만 해봐!"

쓱, 소매로 눈을 훔친 연연이 슬며시 주저앉아 손가락으로 두 글자를 따라 내려갔다. 지금 어디쯤 있을까? 뭐 하고 있을까? 가만! 혹시 딴 여자하고 같이 다니는 거 아냐? 강호에는 예쁜 여자들이 많다던데…….

얼마나 있었을까, 홀린 듯 바닥만 쳐다보고 있을 때였다.

"연연아! 뭐 하니?"

안채에서 어머니가 부르신다. 후닥닥 손으로 글자를 문지른 연연은 옷자락에 손을 문지르고 안채로 뛰어갔다. 흘깃 돌아보자 문드러진 두 글자가 보인다. 괜히 문지른 것 같다. 그냥 놔둘걸. 오빠하고 연연이 사이도 저렇게 사라지면 안 되는데. 만일 그렇게 되면 어떡하지? 에이, 설마…….

안채로 들어가자 어머니가 손을 내밀었다. 어머니의 손에는 한 벌의 연녹색 치마가 들려 있었다.

"웬 옷이야?"

"풋! 네가 경장만 입고 다니니 남들이 보면 남자애라고 놀리게 생겨서 엄마가 만들었다. 무슨 여자애가 치마 입을 생각을 안 하니?"

"피이, 치마 입고 어떻게 검을 익혀?"

엎었다 뒤집었다, 치마를 살펴보던 연연이 빙그레 웃었다.

"근데, 이쁘긴 이쁘네. 헤헤……."

물끄러미 연연의 하는 짓을 바라보던 청화가 연연의 두 손을 꼭 잡았다. 그리고 넌지시 물었다.

"너, 휘아 보고 싶지?"

"…응."

"만일… 만일 말이다. 휘아가 강호에서 여자를 사귀었으면 어떡할 거니?"

"……."

연연의 얼굴이 굳어졌다. 그럴지도 모른다고 생각은 해봤었다. 하지만 직접 다른 사람에게 말을 들으니 대답이 안 나온다.

'정말 그러면…… 가만 안 둘 거야!'

정청화는 안타까운 눈으로 연연을 바라보았다. 대답을 못하고 흔들리고 있다. 자신도 여자이니 연연의 마음을 모를 수가 없다. 단순히 남매간으로 지내기에는 연연의 마음이 너무 기울어져 있다.

혹시라도 휘가 연연을 남매간으로만 생각한다면……. 연연이 어떻게 그 아픔을 감당할까. 청화는 그것이 못내 걱정이 되었다.

"휘아는 연연이를 사랑한단다. 그건 우리 연연이도 잘 알 거야."

연연이 고개를 끄덕인다. 그 말만으로도 입가에 웃음이 맺히는 연연이었다. 청화는 마음을 굳게 먹고 입을 열었다.

"엄마도 휘아가 좋단다. 내 아들 같거든."

"……."

"우리 연연이도 휘아를 친오빠처럼 사랑하거라."

연연이의 고개가 푹 숙여졌다. 어머니의 말은 휘 오빠를 친오빠처럼 남매로 생각하라는 것이다. 그 이유를 연연이도 잘 안다. 하지만… 하지만…….

'싫어, 엄마. 연연이는 오빠를 사랑한단 말이야! 오빠가 안 오면 연연

이가 찾으러 갈 거야! 찾아서 물어볼 거야! 나를…….'

연연이가 금방이라도 눈물을 흘릴 것 같자 정청화는 말을 돌렸다.

"그런데 우리 연연이, 매듭은 몇 개 묶었니?"

"음? 어떻게 알았어?

"훗! 엄마가 말해 줬는데 모를까 봐?'

"백열두 개……. 아빠가 철혈무각에서 가져다준 무공을 익히느라 그
것밖에 못 묶었어. 근데… 천 개를 언제 묶지, 엄마?'

"거봐. 천 개 묶는 게 쉬운 줄 아니? 기다림이란 것도 다 그런 거야."

"천 개를 묶으면 정말 오빠가 돌아올까? 와야 하는데……."

다시 시무룩해진 연연을 보며 정청화가 빙그레 웃었다. 이럴 땐 영락
없는 어린아이다.

"일단 묶으면서 기다려 보렴. 틀림없이 올 거야."

"…알았어."

연연은 입을 삐죽이다가 무슨 생각이 났는지 눈을 빛내며 말했다.

"근데 엄마, 누가 우리 상무원을 자꾸 쳐다봐. 내가 혼내줄까?"

"뭐? 안 돼! 네가 무슨 힘이 있다고. 엄마가 아버지에게 말해 보마. 걱
정 말고 모른 체해라."

그날 저녁 정청화는 고봉천에게 연연이가 봤다는 사람에 대해 말해 줬
다. 그러자 고봉천의 표정이 심각하게 굳어졌다.

"일단 놔둡시다. 그자가 뭘 염탐하러 왔는지 몰라도 아직 그 이유를
모르니 말이오."

"알았어요. 연연이에게도 그리 일러는 놨어요."

"만일 또 나타나면 나에게 말하라 하시구려. 내가 한 번 알아보겠소.
종가 놈이 심심해 죽으려 하던데 그놈 좀 굴려 먹지 뭐."

"원, 당신두……. 당신이 심심한 게 아니구요?"

"나야 뭐…… 험! 오늘 음식이 좀 짰나? 왜 이리 목이 마르지?"
"풉!"

2

남문 밖 관운묘에 네 사람이 나타나자 거지들의 눈동자가 모두 그들에게로 향했다. 거지들 대부분은 휘 일행을 알고 있었다.

비록 홍비개의 입단속으로 아직 외부로는 퍼지지 않았지만, 휘가 양평위를 일검에 가른 것은 개방의 거지들 사이에선 신화처럼 구전되고 있는 이야기였다. 그렇기에 휘를 바라보는 거지들의 눈빛은 별의별 색채를 다띠고 있었다. 호기심, 두려움, 경이.

그리고 그중에는 누운 채 게슴츠레한 눈으로 바라보다 꽁지가 빠지게 도망가 버린 마두개의 질린 눈빛도 끼어 있었다.

"씨버럴! 저 미친 땡추가 뭐 먹을 게 있다고 여기까지 온 거야?!"

그는 아직도 영등과의 내기에서 빚진 개 다리 하나를 갚지 않은 것이다.

개방도들 사이를 가로지른 휘는 머뭇거리지 않고 홍비개의 거처로 갔다. 마침 반오개가 안에서 나오다가 휘를 보고는 반갑게 아는 체를 한다.

"엇? 조 공자님!"

"오랜만이오."

"어쩐 일로……?"

"홍비개 선배님은?"

"안에 계십니다. 들어가시지요."

하지만 굳이 휘가 안으로 들어갈 필요는 없었다. 휘의 목소리가 들리자 홍비개가 직접 나온 것이다.

"왔나? 그렇지 않아도 자네에게 전할 말이 있었는데 잘됐군."

전할 말? 휘의 눈이 번뜩였다. 홍비개가 휘를 찾을 일은 두 가지다. 그 중 유정룡에 대한 일은 이틀 전에 들었으니 그건 아닐 것이다. 그렇다면……

"찾으셨습니까?"

"엉뚱한 곳에 있는 바람에 애는 좀 먹었네만, 그래도 우리가 누군가? 우허허허!!"

자화자찬에 허풍스런 웃음을 흘리는 홍비개를 바라보며 휘가 말했다.

"그 일을 보고 나면 일단 낙양을 떠날 생각입니다."

"떠난다? 낙양을?"

"예, 알아볼 것이 있어서요."

"흠, 서운하구먼. 정도 많이 들었는데……"

서운하긴, 시원하겠지! 귀찮게 하던 놈이 사라져 주는데. 하지만…

"정 그러시면 한 가지 부탁만 더 들어주십시오."

'읔! 가려거든 미련없이 그냥 가지, 부탁은 무슨……'

"개방의 정보력은 천하제일이 아닙니까? 개방의 힘이라면 그리 어렵지는 않을 것입니다."

헤벌쭉. 홍비개의 입이 귀밑까지 찢어졌다.

"그럼! 정보력이라면야 당연 개방이지!"

"그렇다면 용혈궁에 대한 정보도 상당할 거라 생각합니다. 안 그렇습니까?"

"어? 무, 물론… 이지."

"용혈궁에 아는 사람이 있습니다. 모용서하라고. 그녀의 현 상황에 대한 것 좀 알아봐 주십시오, 뭐든지 간에."

"모용서하? 아! 느닷없이 나타난 광룡의 손녀 말인가?"

홍비개의 휘를 바라보는 눈이 묘하게 빛난다, 호기심이 가득 담긴 채.

"예, 그녀와 약속한 것이 있어서요."

약속까지? 홍비개의 머리가 빠르게 돌아갔다, 너무 빨라서 어지러울 정도로.

"나중에 그 보답은 충분히 하겠습니다."

휘의 마지막 말에 홍비개가 눈을 빛내며 말했다.

"하. 하. 하! 의리 하면 개방 아닌가? 내 어찌 친구 조카의 부탁을 거절하겠는가? 걱정 말게! 내 힘껏 알아보지!"

빠르게 돌아가던 머리가 서서히 정리되기 시작했다, 조금 엉뚱한 방향으로.

'우흐흐……. 자고로 힘센 친구는 많을수록 좋은 법이지! 더구나 광룡의 손녀와 그렇고 그런 사이라면야……. 어쩐지 엄청 세다 했더니…….'

휘도 그런 홍비개가 그리 싫지만은 않았다.

'흠! 꼭 어떤 양반처럼 장담하기를 좋아하는군. 더구나 단순한 것도 그렇고.'

문득 공이연이 생각나는 휘였다. 그러고 보니 언제고 한 번 만나보기! 만나봐야 할 사람이었다. 두 가지 요구할 것도 남아 있는 데다, 만시량이 넌지시 말해 준 신영문의 실체를 직접 확인해 보고도 싶은 것이다.

'…딸은 다 나았나 모르겠군.'

휘가 어떤 생각을 하고 있는지 모르는 홍비개는 열심히 자신이 알아낸 사실을 말했다.

"조한명은 운가장에 있네. 십수 년 전부터 운가장의 약초상을 맡고 있다고 하더군. 제법 인정을 받았는지 운가장에서의 위치도 대상두 중 하나라고 하네. 운가장이 십대상두에 대한 정보 제공을 꺼리는 바람에 어려움을 겪기는 했지만 아무리 운가장이라 해도 감히 개방의 요구를 거절할 수는 없지 않겠나? 우허허!"

한바탕 너털웃음을 터뜨린 홍비개가 좌우를 훑어봤다.

"한데… 말대가리 이놈, 어디를 갔지?"

마두개를 찾아 두리번거리는 홍비개를 보다 못해 반오개가 넌지시 입을 열었다.

"좀 전에 부리나케 어디를 가시던데요?"

"응? 그래? 거지새끼가 바쁠 일이 뭐가 있다고……. 허. 험!"

자신이 말을 하고도 그 뜻이 조금은 이상하게 느껴졌는지 헛기침을 한두 번 내뱉은 홍비개의 눈알이 반오개를 향해 팽그르르 돌아갔다.

"그럼 반쪽 까마귀, 네가 조 공자를 운가장으로 안내해 드려라."

"예? 예, 그럽죠."

'제길! 좋게 말하면 어디가 덧나나? 반쪽 까마귀가 뭐야? 반쪽 까마귀가!'

"송 선배님, 그럼 나중에 뵙겠습니다."

"음, 그래. 잘 가게나. 모용 소저에 대해서는 내 힘이 닿는 대로 알아봄세."

"감사합니다. 그럼."

가볍게 허리를 숙여 인사를 한 휘가 뒤돌아섰을 때였다. 왠지 옆구리 한쪽이 빈 느낌이 든다. 휘의 느낌을 귀신같이 알아챈 초평우가 넌지시 입을 열었다.

"영등 스님을 찾으십니까? 뭣 때문인지는 몰라도 오자마자 꽤나 바쁘게 돌아다니고 있던데요?"

눈을 돌리니 저만치서 개방 제자를 붙잡고 뭔가를 묻고 있다. 이 사람 저 사람 물어보더니 답을 못 얻었는지 고개를 흔들어대며 중얼거린다.

"허! 그 시주, 어디를 간 걸까? 아미타……. 가만! 씨불! 도망 간 것

아녀?"

부르르……. 영등의 승포가 바람도 없건만 거세게 펄럭였다.

"나중에 잡히면!! 두 마리다!! 요 놈의 말대가리 시주!"

뭔지 몰라도 상당히 심각한 얼굴로 눈을 빛내는 영등을 초평우가 불렀다.

"갑시다! 뭐 하십니까?"

재빨리 얼굴 표정을 정리한 영등.

"허허허! 부처님의 가르침을 설법하다 보니 벌써 갈 때가 됐군요. 아미타불!"

'지랄! 설법하는 데 두 마리가 왜 나오냐? 땡추야!'

초평우가 어이없는 표정으로 영등을 바라보았다. 하지만 영등의 철판신공은 여전히 그 위력을 발휘하고 있었으니…….

"낙양이 그래도 살기는 괜찮은가 봅니다. 개방의 시주들께서 살이 제법 오른 걸 보니 말입니다. 허허허…….."

속으로야……

'낙양의 개들은 이놈들이 다 잡아먹은 것 같군. 쩝…….'

그랬지만 겉으로야 표현할 수는 없는 일이었다.

관운묘 뒤쪽에서 열렬히 손을 흔드는 마두개의 환송을 받으며 휘 일행은 개방의 낙양 분타를 떠나갔다, 아까운 듯 자꾸 뒤돌아보는 영등의 승포를 잡아끌고서.

"아, 띠불……. 간다니까요. 예, 간다고요."

멀리서 그 광경을 지켜보는 두 사람이 있었다. 등에 각진 보따리를 짊어진 두 명의 노인이었다. 두 사람은 무엇 때문인지 티격태격하며 말다툼을 하고 있었다.

“이거 어떻게 할래?”

“뭘?”

“무겁게 계속 지고 다닐 수는 없잖아.”

“어차피 변장을 하려면 완벽해야 돼. 그렇지 않으면 저 귀신같은 놈이 눈치챌지 모르니까. 책 보따리를 지고 있으니까 꼭 장사꾼 같잖아?”

“그럼 가벼운 걸로 바꾸면 안 될까?”

“이 책을 사느라 얼마를 쏟아 부었는데…….”

“그러게 누가 그렇게 많이 사래?”

“그럼 어떻게 하냐? 책에 쓰여진 글자가 요상해서 반도 모르니 아는 체라도 하려면 다 사야지.”

“씨발, 맨날 닦아도 줄지가 않네.”

“왜? 나는 부드러워서 좋기만 하고만. 깨끗하게 닦이기도 하고.”

땅딸막한 흑의노인의 말에 백의를 입은 빨간 눈알의 노인이 고개를 끄덕였다.

“그건… 그래, 부드럽기야 하지……. 어? 간다.”

“놓치면 안 돼. 어떻게든 놈의 약점을 알아야 해.”

“그냥 유정룡인가, 그놈을 납치하자니까.”

“저놈은 지랄 맞은 놈이라 누구 목숨으로 위협해 봤자 꿈쩍도 안 하는 거 너도 알잖아!”

흑살지주가 부르르 떨며 말하자 귀혼유사는 빨간 눈알을 들어 하늘을 올려다봤다.

“하긴… 그런데 언제까지 따라다녀야 하나……. 돌아가서 련주에게 맞기는 싫고……. 내 나이가 몇인데…….”

왠지 인생이 허무하게 느껴진다. 젠장! 그냥 확 도망가서 숨어 살어?

운가장(雲家莊).

낙양 서문대로의 한가운데 삼만 평 대지에 거대하게 누워 있는 장원의 위용은 가히 그들이 왜 낙양제일가라 불리는지를 실감케 해주었다.

낙양대부(洛陽大富) 운주열. 당금 운가장의 장주이며 하남의 상권을 쥐고 흔드는 천하십대거부 중의 한 사람. 그에겐 두 부인 사이에 세 명의 아들과 한 명의 딸이 있었다.

세 아들 중 둘은 명문 중의 명문이라는 화산과 무당에 적(籍)을 둔 정식 제자였고, 그의 딸은 낙양삼화 중의 하나로 불렸으니, 설상화(雪上花) 운비화, 그녀가 바로 운주열이 애지중지하는 운가장의 딸이었다.

휘가 반오개의 안내로 운가장에 도착하자 장원의 정문을 지키던 수문위사가 먼저 그들을 반겼다.

"반오개, 자네가 무슨 일인가?"

아마도 반오개를 아는 듯 다분히 짜증이 배인 말투가 섞여 있었다.

"흥! 오늘은 구걸하러 온 것이 아니니 걱정 마시오. 험! 혹시 조하명 대인께선 안에 계시오?"

"흥! 개방에서 조 대인은 무슨 일로 찾는 건가?"

"그야 찾는 분이 있으니 찾는 것 아니오?"

수문위사의 눈이 그제야 휘 일행을 훑어가다 잔뜩 힘을 주고 있는 초평우의 눈과 마주치자 흠칫, 어깨를 떨었다.

'눈깔 한 번 겁나게 무섭게 생겼네!'

수문위사가 초평우를 향해 조심스럽게 물었다.

"조 대인은 무슨 일로……?"

초평우가 여전히 눈에 힘을 주고 말했다.

"내가 아니라 우리 형님께서 찾으시는 거요."

겁나는 눈깔의 형님? 수문위사가 바짝 긴장한 표정으로 휘를 바라보았다. 한데 의외로 그저 좀 잘생긴 서생처럼 생겼다. 비록 옆구리에 검인지 도인지 모를 무기를 차긴 했지만.

"험! 무슨……?"

그가 미처 말을 맺기도 전이었다. 장원의 안에서 날카로운 물음이 들려왔다.

"뉘신데 조 상두(商頭)를 찾으시는 겁니까?"

물음이 끝남과 동시에 한 사람의 모습이 보였다. 이제 이십대 중반 정도로 보이는 황의의 청년이었다. 수문위사가 그를 보더니 절도있게 허리를 숙이며 외쳤다.

"삼가 이공자를 뵈오이다!"

그러나 황의청년은 수문위사의 인사는 본 체도 않고 휘 일행만을 흥미로운 눈으로 바라볼 뿐이다.

휘가 천천히 손을 올리며 포권을 취했다. 이공자라면 운가장의 둘째를 말함일 터.

조한명을 생각해서라도 아무렇게나 상대할 자가 아니었다.

"조휘라 하오. 조 대인의 아버님에 대한 소식을 가지고 왔소. 계시다면 만나뵈었으면 하오."

조용한 음성에는 힘이 실려 있었다. 황의청년 운강현도 그걸 느꼈는지 가볍게 미간이 찌푸렸다.

'개방의 소개로 온 데다 하나같이 범상한 자들이 아니다!'

운강현이 휘 일행을 본 첫 느낌이었다. 하지만 자신이 누구던가? 무조건 '예, 그러시지요' 할 수는 없는 일이 아닌가?

"상두 분들에 대한 일은 전적으로 그분들의 뜻에 달렸소! 일단은 그분들의 허락이 있어야 하오!"

왠지 자신도 모르게 목소리에 힘이 들어가고, 이마저 지그시 물려진
다. 왜?

운강현이 자신의 변화에 당황할 틈도 없이 휘가 말했다.

"그럼 일단 그분께 뜻이나 전달해 주시오."

"음, 알았소. 배삼! 조 상두께 손님이 오셨다고 전해주게!"

"예! 이공자!"

수문위사가 안으로 부리나케 들어가자 운강현은 휘 일행을 향해 손짓
했다.

"일단 안으로 들어가 기다리시오. 운가장이 손님을 밖에 세워뒀다는
말은 듣고 싶지 않으니까 말이오."

운가장은 밖에서 보기보다 훨씬 넓었다. 수십 채의 고루거각(高樓巨
閣)들이 들어선 내원은 그 너머의 담장이 어디까지 뻗어 있는지 보이지
않을 지경이었다.

휘 일행이 운강현을 따라간 곳은 내원과 외원이 맞닿아 있는 곳에 지
어진 명빈전(名賓殿)이었다. 그곳은 운가장을 찾아온 빈객(賓客)들 중에
서도 이름있는 자가 아니면 내어주지 않는 곳으로, 그만큼 운강현이 휘
일행을 조심스럽게 대한다는 뜻과도 같았다.

사실 운강현이 직접 손님을 안내한다는 것만 해도 매우 예외적인 일이
었다. 그러다 보니 많은 사람들이 흘낏거리며 휘 일행을 주시했다. 그리
고 그중에는 잠시 본가에 들렀던 운가의 꽃, 설상화 운비화도 포함되어
있었다.

내원을 나오다가 휘 일행을 본 운비화의 눈이 반짝였다. 멀리서 볼 때
설마 했었다. 하지만 그녀의 기억이 틀리지 않다면, 저들은 분명 운화객
잔에서 자신을 망신 주었던 휘라는 자의 일행이 분명했다. 물론 망신을

당했다는 것은 그녀 자신만의 생각이었지만.

'응? 저자가 웬일로 본가를……?'

어쨌든 흥미로운 일이었다. 그리고 그녀는 결코 흥미로운 일을 보고도 그냥 지나칠 정도로 무신경한 여인이 아니었다. 더구나 휘가 관계된 일이라면 더욱더 그러고 싶지가 않았다.

운강현이 명빈전을 나와 자신이 있는 쪽으로 다가오자 운비화가 먼저 입을 열었다.

"오라버니, 저자들이 누구기에 명빈전으로 데려간 거죠?"

"음? 언제 왔지? 아! 저들? 조 상두를 찾아왔다는데 아무래도 심상치 않은 자들 같아서……. 왜? 관심있느냐?"

"쳇! 관심은. 전에 한 번 본 자들이라 물어본 것뿐이에요."

별것 아니라는 투로 말하며 돌아서는 운비화의 눈가로 기이한 광채가 스쳐 지나갔다.

"그래? 그럼 나는 아버님께 가봐야겠다. 떠나기 전에 인사는 차리고 떠나야지."

그러나 그러려니 하며 내원으로 발길을 옮기던 운강현은 미처 그녀의 눈빛을 볼 수 없었다.

휘는 멀리서 운강현과 이야기를 나누는 여인을 보며 가볍게 눈살을 찌푸렸다. 분명 그녀였다, 일전에 보았던 운비화라는 여인.

그녀가 운가장의 딸인 이상 운가장에 있다는 것은 어쩌면 당연한 일이었다. 한데 왠지 껄끄러운 느낌이 가슴을 간질인다, 꼭 무슨 일이라도 일어날 것처럼.

휘가 명빈전에서 기다린 지 일각이 지나갈 무렵, 조한명으로부터 만나겠다는 전갈을 가지고 사람이 찾아왔다.

굳이 개인적인 일에 사람을 대동할 필요는 없었기에, 휘는 혼자서 전 갈을 전해온 사람을 따라 장원의 동쪽에 있는 조한명의 거처로 향했다.

조한명의 거처로 들어가자 은은히 풍기는 약초 냄새가 휘를 반겨주었 다. 운가장의 약초상을 책임지고 있다고 하더니 집 안에까지 약초 냄새 가 배인 듯했다.

십여 장 길이의 회랑을 통과하자 문 열린 방이 보였다. 그리고 그 방 의 탁자 앞에는 한 명의 장년인이 몇 가지 약초를 탁자에 놓아둔 채 생각 에 잠겨 있었다. 꼬장꼬장하게 생긴 염소수염의 장년인은 언뜻 보면 염 소아버지와 많이 닮아 보였다.

휘가 들어가고 방문이 닫히자, 더 이상 초조함을 감추지 못한 그가 몸 을 일으켰다. 그러나 역시 오랫동안 상계에 몸을 담아서인지 쉽게 말문 을 열지 않고 휘를 바라보기만 할 뿐이다. 하는 수 없이 휘가 먼저 입을 열었다.

"조휘라 합니다."

"조한명이오."

조한명의 눈을 바라보며 휘가 천천히 나직한 목소리로 입을 열었다.

"조동인이란 분을 아십니까?"

조한명의 전신이 부르르 떨렸다. 어찌 모를 건가. 삼십수 년을 보지 못한 아버지의 이름이거늘.

"내… 아버님의 함자가 바로 동 자 인 자를 쓰시오."

"한중 서문로에 사셨던 걸로 압니다만."

"이십여 년 전 낙양으로 이사를 왔소. 한데 어찌 나에 대해 그리 잘 아 시오? 그리고 아버님의 함자는 어떻게……?"

휘가 조한명의 눈을 똑바로 보며 말했다.

"그분은… 제 선친이셨습니다."

조한명의 눈이 크게 떠졌다, 믿을 수 없다는 듯이.

"무슨……? 설마 그분이……?"

"오해는 하지 마십시오. 그분께선 제 세 아버지 중의 한 분이셨으니까요."

조한명의 눈이 휘둥그레졌다.

"세 아버지?"

"친아버지는 아니지만 태어나면서부터 아버지라 부르며 자랐으니 분명 아버지는 아버지이지요."

조한명의 그제야 휘의 말을 이해할 수 있었다. 세상이 험하다 보니 양부를 두는 일은 흔하고도 흔한 일이었다. 그러니 휘가 자신의 아버지를 아버지라 부른다 한들 별다르게 생각할 것도 없었다. 한데 선친?

조한명의 두 눈이 거세게 흔들렸다.

"돌아… 가셨소?"

"육 년 전에……."

"어떻게… 그간 소식 한 번도 없다가……."

휘는 조한명의 흥분이 가라앉길 기다렸다.

한참의 시간이 지나고, 조한명의 어깨가 잦아들자 천천히 무저동의 일을 이야기하기 시작했다. 다른 사람이라면 몰라도 염소아버지의 친아들인 조한명은 들을 자격이 있다 생각한 것이다.

그러나 처음부터 한 가지는 말하지 않았다. 염소아버지의 다리가 잘린 이야기는 빼버린 것이다. 지금에 와서 굳이 마음 아픈 이야기를 할 필요는 없다는 생각에서였다.

휘의 입에서 나오는 이야기는 아무리 험한 세상에서 별의별 일을 다 보고 살아왔다는 조한명이라도 믿기 힘든 이야기였다. 하지만 믿지 않을 수도 없었으니, 눈앞에 있는 휘가 바로 그곳에서 십수 년을 살아왔다 하지를 않는가 말이다.

조한명의 입에서 절로 안타까운 탄성이 터져 나왔다.

"하아! 참으로 힘들게 살아왔구려."

"말씀을 놓으십시오."

휘가 고개를 숙이며 하는 말에 조한명의 표정이 어색하게 변했다. 동기야 어쨌든 같은 아버지를 둔 사이였다. 그렇다면 아우라 불러야 마땅한 일. 그러나 느닷없이 생긴 아우가 마냥 편할 수만은 없는 조한명이었던 것이다.

"흠, 흠. 그럼 말 놓겠네."

어색하기야 휘도 마찬가지였다. 그러나 염소아버지에게 한중의 가족들을 친가족처럼 대하겠다고 한 이상 어색하게만 대할 수는 없었다.

"그분들은 제 가족인걸요?"

그 말에 환하게 웃던 염소아버지의 얼굴을 어찌 잊으랴.

그 후로 짧지 않은 시간을 보내며 많은 이야기가 오갔다. 두 사람이 시간 가는 줄 모르고 이야기를 나누며 소동인에 대한 추억을 곱씹고 있을 때였다. 밖에서 누군가가 방문을 두들겼다.

"아버지! 백여입니다. 들어가도 되겠습니까? 손님이 오셨다면서요?"

"들어오너라."

방문이 열리고 스물대여섯 살 정도의 청년이 들어섰다. 그를 보던 휘의 눈에 이채가 떠올랐다.

조한명이 청년을 향해 말했다.

"인사드려라. 네 숙부이시다."

"예?"

의아함과 놀람이 범벅된 조백여의 눈이 휘를 향했다. 나이는 자신과 비슷해 보이는 자다. 한데 자신의 숙부라 한다.

'가만? 나에게 숙부라 할 만한 사람이 있던가? 더구나 저렇게 젊은 숙부가?'

아무리 생각해도 기억에 없다. 그렇다면 느닷없이 하늘에서 떨어진 숙부? 어쨌든 아버지의 말이니 불만이 있더라도 일단은 따를 수밖에.

"뭐 하느냐?"

조한명의 재촉에 조백여는 더듬거리며 인사를 했다.

"예. 합니다, 해요. 수, 숙부께 백여가 인사… 드립니다."

'뭐, 나중에 둘만 만나서 따져 보면 되겠지. 어디서 난데없이 나타나서는 숙부가 뭐야? 숙부가!'

억지로 인사를 하며 혼자서 북 치고 장구 치고 나름대로 계산을 끝냈을 때였다. 휘가 조용한 목소리로 물었다.

'버릇은 처음부터 잘 잡아야 한다!'는 빼빼아버지의 가르침에 따라 자연스럽게 하대를 하면서.

"운비화와는 잘되고 있나?"

컥!

조백여의 안색이 뭐 씹은 것처럼 일그러졌다.

운비화와의 일은 아버지도 모르는 일이다. 물론 알 수도 있지만 지금껏 한 번도 그 일에 대해선 말을 꺼내지 않았으니 일단은 모른다는 쪽에 무게를 둘 수밖에 없었다. 한데 저 젊은 숙부가 어떻게 그 일을 알고 있단 말인가!

조한명은 휘가 하는 말을 듣고서 조백여를 바라보았다. 아들의 표정을 보니 휘의 말이 그냥 하는 말은 아닌 듯 보인다.

"정말이냐, 비화 아가씨와 사귀고 있다는 게?"

"저… 그게… 사귄다기보다는……."

"이놈아! 올라갈 나무를 보고 올라가랬다. 네가 어찌……. 쯔쯔……."

"아.버.지!!"

조백여가 있는 대로 인상을 쓰며 조한명에게 대들 듯이 소리칠 때다. 휘가 차갑게 물음을 던졌다.

"그녀에 대해 얼마나 알고 있지?"

휘의 물음에 조백여의 인상이 와락 일그러졌다. 자신이 하늘처럼 떠받드는 운비화에 대한 이야기를 반말로 물어대는 휘에 대해 인상이 좋을 수가 없는 조백여였다.

하지만 휘의 표정이 점점 차갑게 변하고 알 수 없는 기운이 온몸을 휘감아오자, 조백여는 창백한 안색으로 자신도 모르게 입을 열었다.

"모르는데요."

"그녀가 지닌 무공에 대해선?"

휘가 본 조백여는 제법 적지 않은 무공을 배운 듯했다. 그러니 운비화가 지닌 무공에 대해서 잘 알 거라 생각했다. 하지만 잔뜩 표정을 일그러뜨리며 고개를 젓는 모습을 보니 조백여도 자세히는 모르고 있었던 것 같다.

"그녀가 능히 일류고수란 것은 알고 있나?"

"엥? 일류고수요?"

황당한 일이라도 당한 사람처럼 눈이 휘둥그레졌다. 휘가 다시 물었다.

"그녀의 사부가 누군가?"

"강호오선자 중 한 분이신 염화선자(炎花善子)요."

"염화선자라……. 그렇다면 운비화가 미염공을 익히고 있다는 것은 알고 있나?"

젠장! 온통 모르는 것투성이다!

조백여는 자신이 한심하기 짝이 없었다. 죽고 못살 정도로 사랑한다 생각했거늘, 자신이 그녀에 대해서 아는 게 하나도 없다니.

그러다 문득 이곳으로 오면서 보았던 광경이 떠올랐다.

"혹시 비화 소저를 잘 아십니까? 수, 숙… 부?"

"운화객잔에서 처음 봤네."

윽! 그런 주제에 어디서……. 가만? 그럼 조금 전에 비화가 왜?

"조금 전에 명빈전에 가던데… 정말 모르는… 사입니까?"

순간 휘의 눈이 이채를 발했다. 명빈전에 그녀가 갈 일이 뭐가 있을까?

"다른 사람을 만나러 갔겠지. 그곳에 내 일행만 있는 것은 아닐 테니까."

일단은 부정을 해봤다. 한데 조백여가 고개를 갸웃거리며 다시 말한다.

"명빈전에는 지금 몇 사람 없습니다. 들어올 때 들은 말로는 숙부의 일행 분들이 그곳에 있다 들었는데, 비화 소저가 간 곳이 바로 그분들이 있다는 방인 듯했습니다만……."

순간 휘의 눈 깊은 곳에서 차가운 빛이 번쩍 스치고 지나갔다.

초평우는 운비화가 찾아오자 헤벌어진 입을 다물지 못했다. 운화객잔에서 미염공으로 자신을 빈사(?) 상태로 만들었던 것은 벌써 까마득한 옛날 일처럼 잊어버린 듯.

"아! 그러니까 조 공자님은 조 상두님을 만나러 가셨다구요?"

"그, 그렇소, 운 소저!"

"아쉽군요. 하아……. 그분이 오셨다기에 한 번 뵈려고 했더니……."

운비화의 가벼운 탄식에 박하 향 같은 시원한 향기가 입에서 뿜어져 나오는 듯하다. 그러자 초평우의 눈이 반쯤 풀어졌다.

"조금만 기다리시면 곧 오실 거요. 그건 그렇고 참으로 아름답소이다, 운 소저."

컥! 차마 살이 떨려서라도 더 이상은 못 보겠는지 풍인강이 한마디 했다.

"초 형님! 침!"

후룩, 떨어지기 직전 재빨리 빨아들인 초평우가 풍인강을 노려봤다.

'무식한 놈! 그렇다고 아름다운 여인 앞에서 망신을 주다니!'

가슴속으로 풍인강에 대한 원한(?)을 삭인 초평우가 헛기침을 하며 나직이 말했다.

"험! 험! 아름다운 소저만 보면 왜 이런지……."

풍인강의 얼음보다도 더 차갑던 표정이 한순간에 녹아내렸다, 하도 어이가 없어서.

늑대에 대한 새로운 발견이었다. 꽃을 좋아하는 늑대!

눈을 돌리자 영등이 멀뚱거리며 초평우를 바라보고 있는 것이 보인다. 그도 같은 생각인 듯했다. 그래서 물어봤다.

"영등 스님, 사람이 어찌 저럴 수가 있을까요?"

영등이 말했다.

"그러게 말이오. 한 송이 연화 같구려. 아미타……. 불여우가 속세에 내려…… 아니, 그건 아니고……. 구미호가 환생…… 그것도 아닌가? 아무튼 정말 귀신같이 아름다운……."

환장하고 미칠 노릇이다.

풍인강은 자신이 제정신이 아닌 것만 같았다. 자신만이 아름다움을 못 알아보는, 어디(?)가 고장난 남자가 아닌가 생각이 들 정도였다.

그래서 운비화를 다시 보았다. 하지만 여전히 별다른 감정이 들지 않는다. 슬슬 고민이 고개를 든다.

'음…… 의원에게 가봐야 하나?'

그때, 문득 들려오는 초평우의 넋이 반쯤 빠진 듯한 목소리.

"진정 운 소저의 아름다움은 능히 휘 형님에 비견될 만하오이다."

쿵!!

'아! 그거였군!'

풍인강은 그제야 왜 자신이 운비화를 보고도 흔들리지 않았는지를 이해할 수 있었다. 운비화는 결코, 휘 대형보다 아름답지… 아니, 잘생긴 얼굴이 아니었던 것이다. 한데 초평우의 말에 어이없는 표정을 지닌 사람이 한 명 더 있었다.

운비화는 어이가 없다 못해 웃음이 나올 지경이었다.

뭐라? 휘 형님에 비견될 만큼 아름다워?

"호호호!! 참 재미있는 표현이군요. 지금껏 저에 대해 많은 표현을 들어봤지만 초 공자 같은 표현은 처음이에요. 하지만 좀 그렇군요. 왜 하필 남자와 비교하시는 건가요?"

"나는 여태껏 휘 형님만큼 아름다운 사람을 본 적이 없으니까 그렇소."

"초 형님!"

아무래도 도를 넘어선다 생각이 든 풍인강이 초평우를 불렀다. 휘가 자신을 아름답다느니 예쁘다느니 한 사람을 어떻게 했는지 잘 아는 풍인강으로선 또다시 한 마리 늑대가 타작을 당하는 모습은 보고 싶지 않았다. 하지만 넋이 빠진 초평우는 여전히 운비화만을 바라볼 뿐이었다.

"그래요? 흥! 제가 볼 때는 그렇게까진 보이지 않던데……. 그저 좀

잘생긴 꽁생원이랄까?'

한데 운비화가 휘에 대해 약간 비꼬는 투로 말을 하자 순식간에 초평우의 안색이 굳어졌다.

"형님에 대해서는 아무리 운 소저라도 그리 말해선 안 되오!"

"흥! 그 작자가 뭐 그리 대단하다고."

순간, 굳어졌던 초평우의 안색에 싸늘한 기운마저 서린다.

"한 번 더 형님에 대해 그리 말하면……."

"왜요? 치기라도 하겠다는 말인가요?"

운비화의 말투도 점점 싸늘해져 갔다. 언제 화기애애, 살이 떨릴 정도로 간드러졌는지 모를 정도다. 곁에서 지켜보던 풍인강이 놀란 표정으로 두 사람을 번갈아 봤다.

'뭐야? 도대체.'

그러나 풍인강의 놀람은 결코 운화에 비교할 바가 아니었다.

초평우가 자신의 염화소녀공에 넘어온 줄만 알았던 운비화였다. 그런데 자세히 보니 그게 아니다. 초평우는 정말로 자신의 미모를 보고 넋을 잃었을 뿐, 염화소녀공에 영향을 받은 것이 아니었던 것이다.

'뭐야? 이 사람들! 휘라는 그 사람도 그렇고…….'

십여 년에 걸쳐 익힌 염화소녀공이었다. 누구도 그녀의 눈에서 벗어나지를 못했었다. 한데 그것이 모두 공염불이었다는 듯 아무런 영향이 없다, 자존심이 상할 정도로.

입술을 지그시 깨문 운비화가 휙 뒤돌아섰다. 새파란 한광이 두 눈에서 서리서리 뻗어 나오고 있었다. 그녀가 막 문고리를 잡고 방문을 열었을 때였다.

덜컹!

두 눈이 가늘게 떨렸다. 그녀의 앞 일 장 너머에 그가 있었다. 조휘라고 했던가?

"흥! 대단한 동생 분들을 두셨더군요."

조백여의 말을 듣고 명빈전으로 돌아오던 휘는 운비화가 방에서 나오며 비꼬듯 말하자 차갑게 내뱉었다.

"전에 말했지만 나는 낭자와 더 이상 이야기할 것이 없소."

"오호호호!! 참으로 잘난 형에 잘난 동생들이군요. 내가 시비라도 걸면 나를 어떻게 하기라도 하겠단 말인가요?"

정말 정이 안 가는 여자다.

"필요하다면, 못할 것도 없지!"

느닷없이 한풍이 몰아쳤다.

휘의 뒤를 따라왔던 조백여는 묘하게 흘러가는 상황에 몸이 굳어버렸다. 그러던 차에 터진 운비화의 한마디.

"조 공자! 이 사람이 조 공자의 부친을 찾아왔다면서 나에게 이리 무례해도 되나요?"

"그, 그게……."

조백여는 이러지도 저러지도 못하고 휘와 운비화를 번갈아 바라봤다. 그러자 휘가 나직하면서도, 지나가던 바람조차 가라앉을 정도로 무겁게 입을 열었다.

"나와의 일에 백여의 가족을 끌어들이지 마시오."

"흥! 부탁은 보다 정중히 해야 하는 것이 아니던가요?"

"이건 부탁이 아니오. 그대를 위해서 하는 말이오."

"나를 위해서라고? 우리 운가장이 그리 만만해 보이던가요?"

운화가 입술을 깨물며 반문할 때였다. 휘가 오른쪽을 보며 말했다.

"당신은 어찌 생각하시오?"

휘가 바라본 곳, 그곳에는 어느새 왔는지 운강현이 미간을 찌푸리고

서 있었다. 운강현을 본 운비화가 소리쳤다.

"오라버니! 저 사람이 본 장을 우습게 보는데 가만있을 건가요?"

"조용해라!"

운강현이 느닷없이 싸늘하게 말하자 운비화의 눈이 크게 뜨였다.

"오라버니……?"

"너는 어째 갈수록 일만 만든단 말이냐?"

운비화에게 한차례 소리친 운강현이 운비화의 반응은 보지도 않고 휘를 바라보았다.

"백여의 가족은 우리 운가장의 사람이오. 그러니 당신과 동생의 일로 백여의 가족을 어찌할 사람은 없소. 하나! 당신이 내 동생인 화아를 다그치는 것 또한 용납할 수 없소."

휘는 조용히 운강현의 눈을 직시했다.

"잘못을 했는데도 그 당사자가 힘있는 자이니 그냥 모른 체해야 한다 생각하시오? 당신은 조금 생각이 다를 줄 알았는데……."

운강현의 눈이 순간적으로 흔들렸다. 가볍게 상기된 얼굴에는 부끄러운 빛마저 떠올랐다. 그러나 그 역시 힘있는 가문에서 자란 자. 온전한 잘잘못을 따지기에는 그의 환경이 너무 한쪽으로 치우쳐 있었다.

"내 동생이 비록 멋대로 살긴 하지만 그리 큰 잘못은 저질렀다 생각하지 않소."

"사람의 마음을 가지고 논 것은 잘못이 아니다, 이 말이오? 좋소. 그럼 당신 동생에게 묻겠소!"

휘가 운비화를 바라보며 물었다.

"단 한 번이라도 백여를 사랑한다는 마음을 가져 본 적이 있소?"

운비화가 곧바로 냉랭하게 답했다.

"나는 그런 적 없어요!"

순간 조백여의 눈이 거세게 흔들렸다. 조백여가 운비화에게 외치듯 말했다.

"그럼… 나에게 했던 행동은 뭡니까, 비화! 나를 좋아한다 했지 않소? 설마… 감추경을 사랑한 거요?"

"흥! 나는 누구도 사랑한 적이 없어요! 감히 일개 상두의 아들이 나를 사랑할 자격이라도 있단 말인가요? 호호호!!"

"……."

주위가 조용해졌다. 조백여는 말을 잊고 눈만 찢어져라 크게 떴다.

'자격이 있냐고? 사랑에도 자격이 있어야 한단 말인가? 아니야! 아니야! 거짓이야! 혹시? 숙부 때문에?'

운비화의 뜻밖의 말에 운강현의 얼굴이 더욱 붉어졌다. 그러자 조용히 조백여와 운비화를 바라보던 휘가 운강현에게 고개를 돌리고 입을 열었다.

"운 소저의 말 한마디가 한 사람의 젊은이를 절망의 구렁텅이에 빠뜨렸소. 아니, 어쩌면 두 사람, 그 이상일 수도. 어떻소. 그래도 잘못이라 하지 않을 것이오?"

그때였다. 휘의 말에 조백여가 튀어나왔다.

"아냐! 그게 아니야! 비화는… 비화는 숙부, 당신 때문에 화가 나서 거짓말을 하고 있는 것이야!"

휘가 더욱 싸늘해진 표정으로 운강현을 바라보았다.

"거기다 숙질간의 믿음조차 갈라 버렸소. 운 공자, 내가 어찌하길 바라시오?"

말을 못하고 얼굴만 붉히고 있는 운강현의 앞으로 운비화가 걸어왔다.

"오라버니! 이래서 사람을 쓸 때는 가려 써야 한다니까요. 제대로 배우지도 못한 자를 상두의 자리에 놓으니 이런 자까지 동생이랍시고 나타나서……."

"거기까지!"

서릿발 같은 휘의 목소리가 운비화의 말을 잘라 버렸다. 그러나 쉽게 기가 죽을 운비화가 아니었다. 오히려 목소리는 더욱 커져만 간다.

"네까짓 게 뭔데? 감히 천한 것들이……. 조 상두! 저 사람이 정말 당신 동생인가요?!"

뒤늦게 도착한 조한명이 안절부절못하고 운비화와 휘를 번갈아 보았다.

"운, 운 아가씨… 그게…… 저 사람은……."

조한명이 더듬거리자 운비화의 목소리가 더욱 커졌다.

"묻잖요!? 저 사람, 누구죠?"

조한명이 질끈 눈을 감고 푸들거리는 입술을 열었다.

"저… 사람은 저 사람은 저와… 아무런……."

"오! 아무런 관계도 아니다, 그 말인가요?"

"그, 그게……."

"깐깐깐! 알고 보니 사기꾼이었군! 사기꾼 따위가 감히!"

운비화의 말에 조한명이 형제의 정조차 포기하려 한다. 그것은 곧 염소아버지를 슬프게 하는 일! 휘의 눈에 차가운 불길이 일었다.

"염소아버지의 가족이 바로 내 가족인데 뭐. 걱정 마!"

"경고는 한 번이면 족하다!"

차가운 일갈, 휘의 신형이 죽 미끄러졌다.

"헛!"

운강현이 다급성과 동시에 신형을 날리고, 득의한 표정을 짓고 있던 운비화는 대경한 표정으로 소매를 휘저으며 옆으로 튕기듯이 몸을 날렸다. 하나… 휘의 신형이 흔들리는 것처럼 느껴진 순간, 소맷자락의 그림자 사이를 뚫고 하얀 손 하나가 비친다. 찰나!

"커억!"

숨 막히는 비음이 운비화의 목을 비집고 터져 나왔다.

목덜미가 잡힌 운비화의 몸이 허공에 매달리자 정적이 장내를 집어삼켰다.

뭐가 어떻게 되는지도 모르는 사이에 벌어진 일이었다. 휘와 이 장의 간격을 두고 멈춰 선 운강현의 눈이 놀라움으로 부릅떠졌다.

거의 동시에 움직였다. 거리는 자신이 더 가까웠다. 한데도 자신이 어찌할 사이도 없이 동생의 목이 휘의 왼손에 붙잡혀 버렸다. 아무리 방심했다고 해도, 동생 역시 자신 못지않은 무공을 지녔거늘.

운강현이 두 주먹을 움켜쥐며 신음 섞인 일성을 토해냈다.

"동생을… 놔주시오!"

조한명도 부들거리며 부끄러워 차마 떨어지지 않는 입을 열었다.

"휘… 아우……."

휘는 운강현과 조한명의 말에 대꾸도 하지 않고 운비화만을 바라보았다. 차갑게 굳은 두 눈에서는 서릿발 같은 한광이 흘러나왔다.

"천하다 했나?"

휘의 눈이 천천히 운강현을 향했다.

"어찌 생각하시오. 내가 당신의 동생을 죽일 수 있을 것 같소, 죽이지 못할 것 같소?"

운강현이 창백한 얼굴로 휘와 눈을 마주쳤다. 한 점 흔들림없는 휘의 두 눈은 무저의 늪처럼 침잠되어 있었다. 빨려 들어가면 다시는 빠져나오지 못할 것만 같은 눈빛.

운강현은 이를 악물었다.

'죽일 수 없다. 죽여선 안 된다' 라고 말하고 싶지만 그러면 죽일지도 모른다. 그렇다고, '죽일 수 있다' 고 말하면 또한 당연하다는 듯 죽일지도 모른다.

'저자의 눈빛은 모든 것을 자신의 맘대로 할 수 있는 자만이 가질 수 있는 눈빛이다. 맙소사! 잘못 건드렸다! 비화야! 너는 어쩌자고……'

운강현이 대답을 못하고 머뭇거릴 때였다. 한 소리 날카로운 일성이 내원 쪽에서 터져 나왔다.

"누가 감히 내 제자를 핍박한단 말이냐?!"

여인이었다. 백색 궁장을 입은 중년의 여인이 한 마리 새처럼 날아오고 있었다.

그녀를 바라보는 운강현의 눈에서 한 가닥 희망이 떠올랐다. 운비화의 사부인 염화선자가 나선 이상 휘라 해도 어쩔 수 없을 것이라 생각이 든 것이다. 그만큼 염화선자라는 이름에는 무게가 있었다. 게다가 그녀의 뒤를 따라 호장무사들이 줄줄이 달려오고 있다.

운강현은 내심 안도의 한숨을 내쉬며 휘를 바라보았다.

"이제 그만……!"

운강현은 말을 하다 말고 눈살을 찌푸렸다. 휘가 웃고 있었다, 차가운 눈으로. 여전히 한 점 흔들림 없이 운비화의 목을 움켜쥔 채.

"해보자 이건가?"

휘의 눈이 운비화에게 향하자 운비화가 입꼬리를 비틀어 비웃음을 짓는다.

휘가 하얀 웃음을 지으며 말했다.

"오는 사람 마다 않고 가는 사람 붙잡지 않는 것이 내 성격이지. 후후후……"

웃음이 끝나기도 전 염화선자 유능하가 지척으로 다가왔다. 그러나 그녀는 휘에게 뭐라 하기도 전에 늑대가 먼저 맞이해야 했다.

"나하고 먼저 놀아보자고! 형님은 바쁘시거든!"

콰아!!

초평우의 대도가 폭풍처럼 유능하의 전신을 쓸어간다.

느닷없는 공격에 유능하의 신형이 허공에 누비며 세 바퀴를 맴돌고, 겨우겨우 초평우의 도를 피해 내려선 유능하의 얼굴에 어이없는 빛이 가득 떠올랐다.

"대체 네놈들은 누구냐?"

무식하게 휘둘러지는 도에서 이는 기운은 강호의 고수로 이름을 날리는 자신이라도 함부로 대할 수 없는 위력이 있었다.

비록 약하긴 하나, 일류고수라 할 수 있는 제자가 이들의 손에 잡혔다는 말을 듣고 상대가 범상치 않은 고수들일 거라 생각은 했지만, 막상 보니 젊은 자들이라 얕보는 마음도 없지 않았다. 한데 늑대 같은 인상을 한 자의 일도를 받아보니 생각이 달라졌다.

자신보다 위는 아니지만 이자들은 강한 자들이다!

유능하는 대답하지 않고 여전히 광랑의 눈빛으로 쳐다보는 초평우를 싸늘하게 직시했다.

"건방진! 본녀가 그리도 우습게 보인단 말이냐?"

초평우가 풍인강을 향해 물었다.

"풍가야, 네가 웃었냐?"

"……?"

"저 여자가 묻잖아, 우습냐고."

대답은 영등이 했다.

"우습냐고 했지 웃었냐고는 안 했소, 초 시주. 아미타불!"

유능하의 얼굴이 붉게 달아올랐다. 자신이 언제 이런 꼴을 당해본 적이 있던가? 화가 머리 꼭대기까지 솟을 일이었다.

"이놈들이!!"

"이놈들은 우리가 맡겠습니다, 유 여협!"

유능하가 엉뚱한 사람들하고 말다툼을 하자 호장무사들을 이끌고 온 중년인이 앞으로 나섰다. 그러자 뜻밖에도 휘가 손에 잡혀 있던 운비화를 운강현에게로 던졌다.

"풀 수 있으면 풀어보시오. 하나 제대로 못 풀 거라면 아예 손을 대지 않는 것이 좋을 것이오."

엉겁결에 운비화를 받아 든 운강현은 휘가 포기한 것이라 생각했었다. 한데 그게 아닌 것 같다.

동생을 바라보았다. 축 늘어진 동생의 얼굴이 여전히 일그러져 있다. 단순한 정신적 충격에 의해서 그런 것이 아니다.

'혈을 제압당했다!'

분명 평범한 제혈법은 아닐 것이다, 휘가 자신있게 말하는 것으로 봐서는. 그렇다면 힘부로 손을 댈 수도 없는 일.

고개를 들어 휘를 바라보았다. 유능화를 향해 걸어가는 휘의 표정은 여전히 변함이 없다.

운비화를 운강현에게 내던진 휘가 유능하에게 다가가며 말했다.

"자식을 잘못 가르친 데는 부모의 책임도 크다 했소. 하니 제자를 잘못 가르친 당신도 책임을 면할 수는 없다 해야 할 것."

"그럼 네가 감히 나에게 죄를 묻기라도 하겠단 말이냐?"

"못할 것도 없지!"

터벅! 터벅!

한 걸음, 한 걸음 태연히 내딛는 걸음 소리가 묘한 울림으로 사람들의 고막을 두드린다. 마치 가슴을 찍어대는 것 같은 울림.

걸음이 더해질수록 유능하의 안색이 서서히 변해가고, 두 눈에 서린 빛이 가소로움, 의혹, 경악으로 바뀌어진다.

"뭐, 뭐야?"

끝내 그녀의 입에서 떨리는 음성이 새어 나왔다. 순간!

쩌적! 쩌저적!

휘가 걸어간 자리의 청석이 하나둘 거미줄처럼 갈라지며 산산이 쪼개어진다. 대지를 밟고 펼쳐진 천중무!

가공할 광경에 사람들의 입이 쩍 벌어질 때였다. 휘의 신형이 주욱 앞으로 나아갔다, 유능하를 향해서!

"헉!!"

당황한 유능하가 대경하며 뒤로 물러서며 쌍수를 어지럽게 휘둘렀다. 자신의 절기인 만화신수(萬花散手). 허공 가득히 수영이 만발하게 피어난다.

일순간, 이 장 허공으로 날아오른 휘가 허공에 대고 무겁게 좌수 일권을 내질렀다.

천붕(天崩)!

부서진다! 허공을 메워 버릴 것 같던 수영이 바닥의 청석처럼 산산이 부서져 사라진다. 동시에 터진 신음!

"커억!!"

눈을 부릅뜨며 주저앉은 유능하의 입에서 피분수가 뿜어져 나왔다.

단 일 권이었다. 일 권에 염화선자 유능하가 무너져 버렸다. 하지만 경악할 시간마저도 없었다. 휘의 신형이 무너지는 유능하에게로 떨어져 내리는 것이다.

호장무사단을 이끌고 온 중년인이 검을 빼어 들고 휘를 향해 달려들었다. 다른 자들도 일제히 무기를 빼어 들었다.

초평우와 풍인강이 휘에게 달려드는 자들의 앞을 가로막았다.

쩌정! 콰광!

분분히 물러서는 무사들을 뛰어넘어 몇몇 무사가 휘에게 달려들었다. 하지만 이미 휘의 신형은 유능하의 면전에 다다라 있었다.

호장무사들의 수장인 육호평은 필생의 공력을 다해 검을 내질렀다. 상대는 염화선자 유능하를 일패도지시킨 자, 공력을 아낄 여유가 없다.

유능하에게 다가가던 휘의 신형이 빙글 돌아섰다. 육호평의 검이 눈앞에 보인다. 시퍼런 검기가 넘실거린다. 일순간, 좌수를 들어 검지로 육호평의 검면을 찍어버렸다.

쾅!

손가락이 때린 소리라고는 믿을 수 없는 굉음!

"크윽!"

육호평이 신음을 흘리며 옆으로 일 장을 튕겨 나갔다. 일그러진 눈, 잘게 떨리는 어깨. 손아귀는 찢어졌는지 검을 쥔 손에서는 핏방울이 점점이 떨어지고 있었다. 놓치지 않은 것이 다행일 징도다.

이를 악문 육호평이 휘를 바라보았다.

"당신은 누구요?"

그의 입에서 존대어가 자연스럽게 흘러나왔다.

강호는 강자존의 세계. 누구도 육호평의 존대를 이상하게 생각하지 않았다. 상대는 염화선자 유능하와 태정검(泰征劍) 육호평을 일권 일지에 물리친 사람이니까.

"나는, 조휘!"

간단하게 이름을 밝힌 휘가 초평우 쪽을 바라보았다.

호장무사들과 신나게 싸우던 초평우와 풍인강은 호장무사들이 물러서

버리자 아쉽다는 표정으로 입맛을 다시고 있었다.

"좀 더 싸우자니까?"

"십 초만 더 합시다!"

그런 두 사람을 한심하다는 눈으로 보고 있는 영등.

"두 시주는 쓸데없는 일에 왜 힘을 빼려 하시오, 배 꺼지게. 아미타불! 그런데 언제 밥 먹으러 가는 거요? 고기 좀 꽉꽉 채운 만두 파는 데 없나?"

속으로 쓴웃음을 지은 휘가 육호평과 유능하를 보며 말했다.

"더 하겠다면 얼마든지 받아주겠소. 하나… 각오를 해야 할 것이오, 나 역시 검을 쓸 테니까."

육호평이 일그러진 표정을 가다듬고 말했다.

"정녕 운가장과 척을 지겠단 말이오?"

"내가 먼저 행하지 않았소. 안 그렇소?"

휘가 운강현을 바라보며 물었다.

사실이 그러했다. 더구나 상대는 너무 강하다. 유능화와 육호평까지 당한 마당. 하지만 자신은 운가장의 이공자다. 순순히 숙일 수는 없는 일. 운강현이 침중한 표정으로 말했다.

"내 동생의 혈을 풀어준다면 없던 일로 하겠소."

"없던 일로 한다?"

그때였다.

"조 상두의 일까지 없던 일로 할 뿐만 아니라 내 딸의 일에 대해서는 내가 사과를 하지!"

"아버님!"

"장주님을 뵈오!"

운강현이 놀라며 뒤돌아섰다. 모여 있던 사람들이 모두 고개를 숙였다.

초로의 노인이 십여 명에게 둘러싸인 채 걸어오고 있었다. 운가장의 장주이며 천하십대거부 중 한 사람이라는 운주열이었다.

그리 크지 않은 키에 약간은 마른 듯한 모습, 나직하면서도 힘이 들어 있는 음성에는 오랜 상인의 관록이 배어 있었다. 그를 보는 휘의 눈에 이채가 서렸다.

'고수? 뜻밖이군. 운가장이 단순한 상인 가문만은 아닌 것 같군.'

그랬다. 운주열의 전신에서 풍기는 기운은 그저 상인의 관록만이 아니다. 자신을 알리려는 기운, 무림고수의 기운이 서려 있다.

"어떻소, 조 공자? 그 정도면 화를 풀고 이야기를 나눠볼 만할 거라 생각하는데."

운주열의 말에 휘의 표정도 풀어졌다. 사실 휘도 더 이상 상황을 악화시킬 생각은 없었다. 그랬다간 아무래도 조한명에게 해가 미칠 건 불 보듯 뻔하니까.

한데 운주열의 말을 돕는답시고 운주열의 옆에 서 있던 문사 차림의 노인이 입을 연다.

"운가장과 적이 되어서 뭐가 좋겠소? 또 사실 운가장과 적이 되면 공자께서도 그리 편안할 수만은 없을 것이오."

위협인가? 심사가 뒤틀린 휘가 무심한 음성으로 말했다.

"글쎄요. 내가 불편할지 운가장이 불편할지는 모르는 일."

노인의 미간을 찌푸리며 한마디 더 하려 하자 재빨리 나선 초평우가 휘를 보며 넌지시 말했다.

"형님, 삼양신문하고도 한바탕할지 모르는데 귀찮은 일은 피해 가시는 게……."

풍인강도 나직이 한마디 했다.

"살인에 미친놈들이라면 저번처럼 열 놈이든 스무 놈이든 죽여도 상관이 없지만, 아무래도 이 사람들은……."

초평우가 고개를 끄덕였다.

"풍가 말이 맞습니다. 양평위나 목진태를 베어버린 것하곤 상황이 또 다릅니다. 귀마련의 오사라면 그때처럼 엉덩이에 꽃이나 박아서 쫓아버린다지만… 용혈궁이나 창천보의 일도 그래서 그냥 매듭지은 것 아닙니까."

죽이 척척 잘도 맞는다. 두 사람의 말이 갈수록 점입가경으로 치닫자 휘마저 웃음이 나올 지경이다. 하는 수 없이 휘가 두 사람의 입을 닫아야 했다.

"알았습니다. 저라고 사람 죽이는 것을 좋아할 리 있겠습니까? 화가 나다 보니까 그런 것이지요."

사람들이 멍하니 세 사람의 입만 바라보고 있다가 휘가 고개를 끄덕이자 그제야 자신들도 모르게 숨을 크게 내쉬었다. 그러다 무슨 생각을 했는지 다시 얼굴이 창백하게 굳어졌다.

화가 나면 칠패의 어디라도 상관하지 않는 데다, 수십 명의 사람들을 죽일 수도 있다는 말?

믿을 수 없는 말이었지만, 유능하와 육호평이 단숨에 무너진 것을 보면 믿지 않을 수도 없는 일이다.

침착하니 듣고만 있던 운주열이 눈을 빛내며 물었다.

"정말… 인가?"

"뭐가 말입니까?"

"저 두 사람이 한 말 말일세."

"대충은……."

끝내 운주열의 눈빛도 파르르 떨렸다.

'딸내미 때문에 하마터면 큰일날 뻔했군!'

그가 본 휘는 자신이나 호장무사들로서는 어찌할 수 없는 고수. 하나 딸이 많이 다쳤다면 어떻게든 가만있지 않았을 것이다. 아무리 피해가 많이 난다 해도. 그러나 다행히도 딸은 혈만 제압당했을 뿐 별다른 부상은 보이지 않았다.

그래도 운가장의 자존심이 있기에 망설이던 차였다. 한데 두 사람의 말대로라면 운가장의 이름 정도로는 눈도 깜박이지 않을 터.

운주열은 안으로는 무공을 감춘 고수였지만 또한 노련한 상인이기도 했다. 그의 머리 속에서 번개처럼 득실이 계산되어졌다. 그리고,

"들어갑시다! 차나 한잔 마시며 이야기를 나누도록 하지요, 조 공자!"

계산은 한쪽으로 급격히 기울어진 채 끝이 났다.

운주열은 휘 일행은 내원으로 초대했다. 사양할까 했지만 조한명 부자를 생각하면 확실히 짚고 넘어가야 했기에 휘는 운주열의 청을 받아들였다.

안으로 들어가던 중 운강현이 군은 얼굴로 휘에게 물었다.

"동생의 혈은……?"

"이공자가 풀어주시오."

"예?"

"그냥 혈만 짚었을 뿐이오. 거골(巨骨)과 천주(天柱)만 풀면 되오."

"……!"

'그, 그럼… 속였단 말?'

어이가 없었지만 한편으론 다행이기도 했다. 극히 위험한 사혈을 피해서 제압한 것이 고맙기도 했다. 운화는 누가 뭐래도 자신의 사랑하는 여동생이었으니까.

안으로 들어가자 시비들이 바쁘게 차를 내왔다. 아름다운 시비들이 자주 보이면서 초평우의 입이 서서히 벌어지자 풍인강은 자신의 생각을 확신할 수가 있었다.

늑대는 미인에게 약하다! 꽃을 좋아하는 늑대!

운주열은 휘와 이야기를 나누다 두 번 놀랐다.

하나는 그의 입에서 나오는 이름들이 하나같이 강호의 고수들이라는 것이었고, 다른 하나는 젊은 무인치고 지닌 바 학문이 상당한 수준이란 것이었다. 하지만 그가 모르는 것이 있었다, 휘의 학문이라는 것이 근래 한 달 반 동안 한고점의 책을 미친 듯이 파고든 덕분이란 것을.

운주열이 차를 한 모금 마시더니 먼저 입을 열었다.

"어쨌든 내 딸이 잘못했으니 아비 된 자로서 사과를 하겠소."

휘 역시 더 이상의 싸움은 무의미하다는 것을 모를 리 없다. 사과를 한다면 받아주면 그뿐.

"저도 지나친 점이 있었습니다. 젊다 보니 참을성이 없었던 듯싶습니다."

서로 간에 사과를 하다 보니 언제 싸웠냐는 듯 분위기가 바뀌어간다. 운주열이 기분 좋은 목소리로 물었다.

"그래, 조 상두와는 형제간이시라고?"

"친형제는 아니나 친형제나 다름이 없습니다."

운주열의 눈빛에 이채가 스친다.

"흠, 조 공자의 나이에 그러한 무공을 익히셨다니… 사문을 알아도 되겠소이까?"

"죄송합니다. 사문의 명이 있어서……."

아직은 때가 아니다. 삼령문도, 고봉천도. 다만……

"하나 저와 인연이 있는 문파가 하나 있습니다. 만상문이라고……."

"호! 만상문이라."

"아직 강호에 활동은 많지 않으나 정보를 취급하는 곳과 비슷합니다. 장주께 나중에라도 도움이 될지 모르겠습니다. 아! 아직은 대놓고 활동할 정도가 아니니 군이 다른 분께는 말씀드리지 않으셨으면 합니다."

휘의 말에 운주열의 눈에서 열기가 솟았다.

상인에게 정보는 필수다. 더구나 휘 같은 고수가 속한 곳이라면 정보를 떠나서 인연을 맺고 싶은 것이 상인들의 마음. 운주열이라고 해서 예외는 아니었다. 아무리 운가장이 낙양제일이라지만, 언제, 어느 때, 어떤 일을 당할지 모르니까. 게다가 비밀스럽다면야 금상첨화!

"허허허! 조 상두와 형제면 우리 운가장과는 뗄레야 뗄 수 없는 사이가 아니겠소? 운가장의 도움이 필요하면 언제든 말씀하시구려."

휘의 입가에도 가벼운 웃음이 걸렸다.

"무슨 말씀을. 형님을 봐서라도 제가 어찌 운가장의 일을 소홀히 할 수 있겠습니까? 혹여라도 필요한 일이 있으시면 불러주십시오."

"어부가 있겠소! 허허허!"

두 사람의 웃음이 더욱 짙어졌다. 누가 늑이고 누가 실일지는 모른다. 하나 현재로선 두 사람 다 득이라 할 수 있었다.

운가장은 암암리에 휘와 같은 고수가 속해 있는 문파와 인연을 맺을 수 있게 되었고, 휘는 조한명의 안위를 걱정할 필요가 없는 데다, 만상문은 강호에 나서기도 전에 튼튼하고 실속있는 거래처 하나를 잡은 것이다.

한 시진에 걸쳐 이런 저런 이야기를 나눈 후, 휘가 방을 나서자 운가장의 총관 운주문이 운주열에게 물었다.

"너무 쉽게 대한 것이 아닐는지요?"

"쉽게 대했다고? 주문, 내 등을 한 번 봐라. 아직도 식은땀이 다 마르지 않았으니까."

"예?"

"그는 고수다. 그것도 그저 그런 고수가 아니라 절정의 고수. 내 오십수 년을 살아오며 저자만한 고수를 본 것은 손으로 꼽을 정도다. 군이 최근에 본 자라면 천검보의 벽혈검전주 곽당 정도……. 아니지, 곽당이라도 염화선자와 태정검을 저리 간단히 제압할 수 없다. 후우……. 그러고 보니 내가 잘못 판단한 건지도……."

"역시 그럼……."

"내 생각보다 더 고수인지 모르겠다. 음… 게다가 아직 젊으니……. 어이구, 어리석은 것! 보물도 몰라보고는 진흙탕에 내던지고 침까지 뱉다니!"

하지만 그 시각, 내원의 별채에선 앙칼진 목소리가 대기를 차갑게 얼리며 터져 나오고 있었다.

"뭐야? 아버님께서 그놈을 그냥 보냈다고?"

"예, 아가씨."

시비는 차마 장주님이 극진히 대접까지 하고 보냈다는 말은 하지 못했다. 불난 데 기름을 부을 수는 없는 일이니까.

운비화는 눈꼬리에서 줄기줄기 불길을 흘리며 방 안을 서성였다.

"말도 안 돼! 딸을 그 지경까지 몰아간 놈을 그냥 보내다니! 도대체 아버님은 무슨 생각으로……. 안 되겠다! 내가 아버님을 만나야……."

운비화가 참을 수 없는지 다급히 방문으로 나가려는데, 방문이 열리며 운강현이 들어섰다.

"안 된다!"

운비화는 잘게 떨리는 눈을 들어 운강현을 바라보았다.

"오라버니! 안 된다니요?"

"아버님께서 금족령을 내리셨다. 화가 단단히 나신 것 같으니 오늘은 그냥 있거라, 며칠만 참으면 될 테니."

"무슨 말씀이세요! 제가 당한 것을 못 보셨나요? 어찌 오라버니까지……."

운강현이 안타까운 눈으로 동생을 바라보았다. 어머니가 돌아가신 후 불쌍해서 한없이 귀엽게만 키운 아이였다. 그러다 보니 성격이 편협한 면이 없지 않았다. 한데 오늘 보니 그 정도가 지나칠 정도였다. 운강현은 고개를 저으며, 마치 해서는 안 될 말을 하는 것처럼 나직이, 조심스럽게 말문을 열었다.

"네가 비연 누님의 일을 안다면 자중해야 할 것이다."

순간 운비화의 표정이 창백하게 굳어지자, 운강현은 동생이 자신의 말을 이해했을 거라 생각하고는 뒤돌아섰다.

십 년 전, 누이인 운비연이 아버지의 뜻을 거스르고 일개 낙척서생과 사랑에 빠졌을 때, 분노한 아버지는 누이를 내쳤었다. 아비의 뜻을 따르지 않는 딸은 소용이 없다고. 누이는 그 후로 다시는 운가상으로 돌아올 수 없었다. 그리고 결국 그 사건으로 운가장의 꽃은 한 송이만이 남게 된 것이다.

운강현이 방을 나가자 운비화는 이를 악물었다. 그녀도 언니에 대한 이야기를 들었다. 하지만 그녀는 자신이 언니였던 운비연과는 다르다고 생각했다. 아버지가 어찌 자신을 내치랴!

─편협한 사고를 가진 사람은 자신이 특별한 존재라고 생각하느니…….

'흥! 아버지라도 나를 말릴 수는 없어! 두고 보라지, 어떻게 해서든 그

놈을 내 앞에 무릎 꿇리고 말 거야!!'

"소화야! 가서 구상이 좀 데려와!"

4

휘가 운가장을 나서자 조한명이 따라 나왔다.

"그만 들어가세요."

"미안하네. 할 말이 없구먼."

"원 별말씀을. 형제간에 그게 무슨 말이에요, 상황이 그리된 것을."

운비화의 협박 아닌 협박에 못 이겨 휘를 부정한 자신의 입을 꿰매 버리고 싶은 조한명이었다. 삼십여 년 만에 아버지의 소식을 들고 온 아우를 부정하다니, 참으로 살아온 세월이 한심할 뿐이었다. 그런데도 나이 어린 아우는 아무렇지도 않다는 듯 말하고 있지를 않은가 말이다. 누가 형이고 누가 동생인지……

"언제든… 지날 때는 꼭 찾아오게, 아우."

"그럼요! 단 한 분 형님이 사시는 곳인데 당연히 와야죠."

"고맙네……"

6장
만인의 피를 뒤집어쓸 운명

1

낙양을 떠나 남쪽으로 길을 잡은 휘 일행의 발걸음에는 거칠 것이 없었다. 비록 운비화와의 일로 소란이 일기는 했지만 휘의 마음은 시원하기만 했다.

염소아비지의 소원도 들어드렸고, 형제가 생겼다. 거기다 만상문외 영업(?)에 막대한 부를 간직한 운가장을 끌어들였으니, 이번 운가장 방문으로 얻은 이익이 적지 않은 것이다.

물론 걸리는 점이 아예 없는 것은 아니었다. 운주열이 만만치 않은 사람이라는 것도 그렇고, 운비화가 결코 그냥 물러서지만은 않을 거라는 점 또한 그러했다. 그러나 휘는 조금도 걱정없다는 듯 태평할 뿐이었다. 줄곧 생각에 잠겨 있던 초평우가 넌지시 물어봤다.

"형님, 운가장주를 어떻게 보셨습니까?"

휘가 즉각 대답했다.

"힘센 늙은 너구리!"

풍인강이 말없이 고개를 끄덕였다.

'언제고 한번 붙어봐야지!'

영등은……

'너구리는 노란내 나는데…….'

고기 생각뿐이었다. 중이 맞는지…….

초평우가 다시 물었다.

"운비화가 그냥 물러날까요?"

"벌써 움직였습니다. 조금 귀찮기는 하겠지만 일일이 상대할 수도 없지 않겠습니까?"

휘의 말에 초평우가 눈을 크게 뜨더니 뭔가를 깨달았는지 뒤를 돌아보았다. 순간 저만치서 누군가가 급급히 몸을 숨기는 것이 보였다.

"쫓아버릴까요?"

"놔두세요. 쫓아버린다고 그만둘 여자도 아니고, 일일이 상대해 봐야 우리만 피곤하니까."

―끊고 맺음을 확실히 해야 남들이 얕보지 않는다!

"나중에 결정적일 때, 그녀에게 자신이 무엇을 잘못했는지 확. 실. 히. 가르쳐 줄 생각입니다."

휘의 입가에 떠오른 하얀 웃음이 보이자 초평우는 자신도 모르게 어깨를 떨었다.

부르르…….

'건드려선 안 될 사람을 건드리고 있다는 것을 운비화는 알고나 있는지……. 얼굴만 이쁘면 뭐 하나? 쯔쯔쯔…….'

하지만 초평우는 모르고 있었다, 자신이 바로 그런 여자만 보면 정신이 흐물흐물 녹아버린다는 걸.

멀리 떨어져서 휘 일행의 뒤를 밟던 구상은 느닷없이 목표물 중 하나가 고개를 돌리자 대경하며 재빨리 몸을 숨겼다.

소문으로 들은 대로라면 강호의 고수들이라 했다. 염화선자와 태정검 육호평을 묵사발 낸 자들이라 하니, 아마 고수 중에서도 절정의 고수들일 것이다. 자신 같은 건달패는 감히 쳐다볼 수도 없을 만큼의 고수들.

'왜 저들을 추적해 달라고 한 거지? 씨발! 이러다 저자들에게 죽는 거 아녀? 겁나 죽겠네! 그렇다고 그냥 돌아갈 수도 없고……. 그랬다간 그년에게 맞아 죽을 텐데.'

한데 다행히도 그자는 자신을 못 본 것 같다. 아니, 자신이 쫓는 것도 모르는 것 같다. 다시 고개를 돌리더니 여전히 똑같은 걸음걸이로 걸어가고 있다.

구상은 안도의 한숨을 내쉬고 다시 뒤를 밟기 시작했다. 될 수 있는 한 눈을 마주치지 않으려 노력하면서.

그렇게 얼마나 걸었을까, 흠칫 놀란 구상의 걸음이 늦춰졌다. 고개를 숙이다시피 하고 걷다 보니 자신도 모르는 사이 목표물과의 거리가 십여 장으로 줄어들어 있었나. 미처 목표물들이 그늘에 앉는 것을 보지 못한 바람에 그리된 것이었다.

'더 이상의 접근은 위험하다.'

"후우! 드럽게 덥네!"

걸음을 늦추고 자신도 바로 옆의 나무 그늘 아래에 자연스럽게 주저앉았다. 슬쩍 눈을 돌려 바라보았다. 목표물들은 자신에 대해 아무런 신경도 쓰지 않고 있었다. 그때, 문득 목표물들의 대화 소리가 들려온다.

구상은 귀를 쫑긋 세우고 그들의 대화에 모든 신경을 곤두세웠다. 잘하면 더 이상의 추적을 할 필요가 없을지도 모르니까. 그리고 목표물들은 그의 기대에 부응이라도 하듯 자신에게는 아주 중요한 이야기를 나누고 있었다.

'기특한 놈들!'

"초 형, 천검보로 가려면 얼마나 더 가야 합니까?"

휘의 물음에 초평우가 답했다.

"글쎄요. 제 생각이 맞다면 빨리 간다 해도 엿새는 가야 할 겁니다. 천리가 넘는 길이니까요."

구상은 고개를 숙인 채 비웃음을 흘렸다.

'흥! 뭐? 천 리? 이놈들아, 천오백 리가 다 될 거다. 흐흐흐……. 어쨌든 고맙다! 내 일을 덜어줘서.'

어리석은 놈들이 엉덩이를 털더니 다시 걷는 것이 보인다. 하지만 구상은 일어날 생각이 없었다. 사갈 같은 운비화가 원하던 정보를 얻어낸 이상, 굳이 빨리 달려가서 몸만 피곤하게 만들 필요가 뭐가 있을까. 자빠진 김에 쉬어 간다 하지를 않던가. 천천히 간다고 해서 뭐라 할 사람도 없는데.

"안 따라오는데요?"

초평우의 말에 휘가 빙긋 웃었다. 원하는 정보를 얻었으니 따라올 리가 없다. 죽으려 작정했다면 몰라도.

휘가 아무런 말도 없이 웃기만 하자 초평우가 근심이 가득한 표정으로 말했다.

"운비화가 천검보에다 무슨 수작을 부리지 않을까요?"

"하겠죠."

천검보에는 운비화의 고모가 있으니 분명 그럴 것이다.

"귀찮지 않을까요?"

무공이나 말만 는 것이 아니라 간도 많이 부었다. 칠패의 하나인 천검보를 상대할지도 모르는데 귀찮다는 정도로 생각하다니.

휘의 웃음이 짙어졌다.

"어차피 조용히 들어갔다 조용히 나오기는 힘든 일 아닙니까? 그렇다면 단골 하나 더 잡는 셈치고 이 기회에 천검보와도 친해져 보죠, 뭐."

그래도 역시…… 간은 휘가 더 부은 것 같다.

2

숭산(崇山).

준극봉을 중심으로 동쪽에 태실봉과 서쪽에 소실봉이 우뚝 솟아 동서 백오십 리에 걸쳐 있는 중악(中岳) 숭산.

북위 효문제가 발타 선사를 위해 지은 지 삼십여 년 후, 선종의 시조 달마가 구 년 면벽으로 깨달음을 얻은 소림사가 있는 곳. 달마 이후, 소림은 팔백여 년을 무림의 태산북두로 그 자리를 지켜왔었다. 그 오랜 세월 온갖 수난 속에 수많은 지까들이 갈라지니, 소림의 역사는 중원의 흥망과 같이 흘러왔다는 말도 그리 틀린 말은 아니었다. 적어도 팔십여 년 전까지는…….

*　　　*　　　*

휘이이잉!

숭산을 머리에 이고 있는 등봉현 서쪽, 쭉 뻗은 넓은 관도를 먼지바람을 등에 지고 황야의 무법자처럼 걸어가는 네 남자가 있었다.

먼길을 걸어온 듯 그들의 머리에는 뿌연 황사가 자욱하게 내려앉아 있었다. 먼지를 뒤집어쓴 네 사람 중 늘대 얼굴의 청년이 옆을 바라보았다.

"등봉현입니다. 형님, 좀 쉬었다 가시죠?"

"그럽시다. 먼지바람 속을 너무 걸었더니 입이 텁텁하군요."

잘생긴 청년의 말에 싸늘한 안색의 청년이 멀리 북동쪽을 바라보며 물었다.

"초 형님, 저기가 그 유명한 소림사가 있다는 숭산입니까?"

늘대얼굴 초평우가 고개를 끄덕였다.

"음, 맞네. 그런데 말이야, 다른 사람에게는 묻지 말게."

"…왜요?"

초평우가 풍인강의 얼음같이 싸늘한 얼굴을 직시했다.

"나까지 도매금으로 무식하단 말은 듣고 싶지 않거든! 세상에 강호인이라는 사람이 등봉현에 와서 저기가 숭산이냐고 물으면 다른 사람이 뭐라 할 것 같은가?"

멋쩍은지 고개를 돌린 풍인강이 영등을 바라보며 물었다.

"스님은 소림에 가보셨소?"

영등이 대답했다.

"십 년 전에 사부님하고 한 번 가본 적이 있다오. 사부님의 친우 분이 숭산에 사시거든. 아미타……. 그분은 아직도 건강하실지……."

이마를 쓰다듬으며 추억에 잠긴 눈빛이 아련하기만 하다.

'그놈의 망할 땡추에게 반 죽도록 터진 것 생각하면……. 누렁이 한 마리 잡아먹었다고 사람을 그리 무식하게 패? 씨불, 이마에 난 상처가 지금도 아픈 것 같네.'

등봉현에 들어서자 과연 소림의 안마당이라는 말이 실감났다. 길을 가는 사람 중에도 열에 한둘은 스님일 정도였다. 객점에 들어가니 여기저기 탱화가 걸려 있지 않은 곳이 없고, 앉아서 식사를 하는 사람 중 언뜻 보이는 스님만도 너댓 명이나 되었다.

게다가 소림이 강호에서 차지하는 비중을 말해 주듯 도검을 찬 무인들도 간간이 눈에 띄었다. 휘가 앉은 건너편에도 창문에서 비치는 햇살을 정면으로 받으며 무인으로 보이는 네 사람이 앉아 있었다.

차를 마시고 있던 네 명의 무인 중 황의청년의 눈이 휘휘 고개를 돌리던 초평우와 마주쳤다. 그는 눈이 마주치자 고개를 돌리더니 앞에 앉은 청의장한에게 뭔가를 물었다. 아무 소리도 들리지 않는 것으로 봐서는 전음으로 말하는 듯했다.

청의장한이 휘 일행을 흘깃 바라보더니 황의청년에게 뭔가를 말했다. 그러자 자리에서 일어선 황의청년이 휘 일행에게 다가오더니 초평우를 향해 포권을 취하며 입을 열었다.

"이렇게 무림의 동도를 뵙게 되니 반갑습니다. 저는 황보영이라 합니다."

"나는 초평우요. 한데 무슨 일이오?"

초평우가 의아한 표정으로 묻자 황보영의 표정이 가볍게 변했다.

'다시 봐도 인상 한번 고약하게 생긴 친구군. 훗!'

그래도 겉으로 표현할 수는 없는 일.

"하하하! 형장들께서도 소림의 법회에 가는 길이신지요?"

소림의 법회?

"아!"

느닷없이 영등이 탄성을 발했다. 휘를 비롯한 세 사람의 고개가 영등에게로 향했다. 영등이 이제야 생각이 났다는 듯 입을 열었다.

"깜박했소이다. 이맘때면 소림의 연등법회가 있는 때이거늘, 어쩐지

길거리에 승우들이 많이 보인다 했지……."

그걸 왜 이제야 이야기하는 거야? 초평우가 눈을 한 번 부라리고는 황보영을 향해 말했다.

"우리는 그냥 지나가는 길일 뿐이오. 소림의 법회는……."

한데 그때였다. 휘가 끼어들었다.

"한번 가보죠."

초평우가 즉시 말을 이었다.

"꼭 한 번 구경하고 싶었는데, 이렇게 운이 좋을 수가!"

자연스런 이어짐에 처음부터 그렇게 말하려 했던 것처럼 들린다. 가히 경지에 이른 눈치요, 말솜씨였다.

당연히 그럴 줄 알았다는 듯 고개를 끄덕이며 황보영은 휘를 바라보았다. 그는 둔한 사람이 아니었다. 휘의 한마디가 초평우의 말꼬리를 잡아 돌린 걸 모를 리가 없었다.

언뜻 휘와 눈이 마주쳤다. 순간 황보영의 눈빛이 가늘게 떨렸다.

'웃! 뭐야?'

너무 깊어 끝이 보이지 않는다. 휘를 본 첫 느낌이 그렇게 찰나간에 흘러갔다. 황보영은 속내를 감추려 웃으며 말했다.

"하하하! 그렇다면 저희와 함께 가시지 않겠습니까?"

"미안합니다. 저희는 구경만 하고 바로 길을 떠날 것이니 너무 마음 쓰지 않으셔도 됩니다."

휘가 나서서 정중히 거절하자 황보영으로서도 더 이상 뭐라 할 말이 없었다.

"이거 아쉽군요. 제가 사람 사귀는 것을 좋아해서 기왕 구경 갈 거 함께 갔으면 했는데……."

"저희가 시간 여유가 없어서… 같이 다니다 보면 황보 형께서는 마음대로 구경할 수도 없을 겁니다. 죄송합니다."

"별말씀을. 그럼 저희 먼저 가겠습니다."

황보영이 돌아가자 초평우가 넌지시 휘에게 물었다.

"소림을 들렀다가도 괜찮겠습니까?

"여기까지 와서 소림의 산문도 보지 못하고 지나가면 너무 아쉽지 않겠습니까?'

"그렇기야 합니다만……."

"천검보의 일도 중요하지만 일단은 소림이나 구경하고 갑시다."

한때 무림의 태산북두였으며, 세(勢)가 기운 지금도 무림인들로부터 여전히 경외의 대상인 소림, 휘는 그런 소림을 보고 싶은 것이다.

객점을 나서자 황보영을 향해 청의장한이 물었다.

"소가주님, 저 사람들은 왜?'

"저들은 하나같이 고수다. 젊은 나이에 저 정도의 고수는 흔히 볼 수 있는 것이 아니지. 게다가 눈이 맑은 것이 마음에 들어. 사정일, 저들은 어디에 몸담고 있는 자들일까?'

"저도 처음 본 자들입니다. 헌데 소가주께서 신경을 쓰셔야 할 정도입니까?'

"그들 중 하나는 그 깊이를 알 수조차 없다. 깊은지 낮은지……."

황보영이 말꼬리를 흐렸다. 그의 머리 속에서는 스치듯 마주친 휘의 눈빛이 떠나지를 않았다.

등봉현을 나서자 숭산의 위용이 눈을 가득 메웠다. 그러나 바로 눈앞에 있을 것 같던 숭산은 빠른 걸음으로 한 시진을 걸어서야 비로소 자신의 치맛자락을 휘에게 내어주었다.

숭산의 소실봉으로 향하는 대로에는 끊임없이 사람들이 오가고 있었다. 그들 대부분이 일반 양민들이었지만 간간이 무기를 든 무인들의 모습도 보였다.

휘 일행이 소실봉을 올라가기 시작한 지 일각여, 저만치 앞에서 누군가가 부르는 소리가 들린다.

"초 형, 여깁니다!"

바라보자 삼십여 장 앞에 자신들보다 한 식경 정도 먼저 떠났던 황보영 일행이 길 아래쪽의 넓은 암반 위에 앉아 있는 모습이 보였다.

초평우가 의외라는 눈으로 황보영을 바라보았다. 자신의 인상은 솔직히 호감이 가는 인상이라고 할 수 없었다. 한데도 저 황보영이라는 사람은 자신을 보며 웃고 있는 것이 아닌가. 괜히 가슴이 찡하니 울린다.

'나 같은 놈을 반겨주는 사람도 있다니.'

벙긋 웃으며 초평우가 손을 들어올리려 하자 풍인강이 한마디 했다.

"특이한 취향이군."

부르르…… . 저놈의 얼음덩이, 혀를 살짝 저며주고 싶은 마음이 불끈 솟아오른다. 한데 이어지는 한마디,

"남자가 화장까지 하고 다니다니…… ."

웅? 초평우는 의아한 마음에 주먹의 힘을 풀고 풍인강의 눈을 따라가 보았다. 좌측 십여 장 앞에 걸어가고 있는 화의청년의 옆모습이 보였다. 비록 옅긴 하지만 화장을 한 것이 분명해 보인다. 그를 보자 자신도 모르게 한마디가 튀어나왔다.

"그러게, 휘 형님이라면 또 몰라."

픽!

"캑!"

털썩!

한 대 맞고 비명 지르며 자빠진 늑대를 보고 끝내 풍인강이 한마디를 더 보탰다.

"그러게 입조심을 해야지. 쯔쯔……."

초평우가 쓰러지는 바람에 잠시 머뭇거린 사이, 화의청년이 백의를 입은 중년인과 함께 황보영의 앞으로 다가가고 있었다.

"오랜만이오, 황보 형."

황보영의 미간이 가볍게 찌푸려졌다. 마치 만나기 싫은 사람을 만난 듯한 표정이다.

"호 형께서 어쩐 일이시오?"

"이번 소림법회에 많은 무인들이 모인다고 해서 구경하러 왔소이다."

"호 형께서 강호의 일에 관심을 가질 줄은 몰랐구려?"

호 형이라 불린 화의 청년은 입가로 가느다란 웃음을 흘리며 비단 손수건으로 입가를 닦아냈다.

"명색이 호가의 자식인데 어찌 안 그럴 수 있겠습니까?"

"하긴. 영천호가의 이공자께서 강호에 관심이 없다면 그게 이상한 일이겠지요."

황보영은 고개를 천천히 끄덕였다. 상대는 영천호가의 이공자다. 바로 삼양신문 중 제일 강대하다는 신양문(神陽門)의 이공자. 황보가의 자식인 자신이라도 함부로 대할 수 없는 자였다.

그가 다시 가느다란 음성으로 입을 연다.

"황보가의 셋째가 저렇게 지저분한 자들과 친한 사이라니, 으흥!"

조금은 비꼬는 듯한 말에 황보영의 안색이 굳어졌다. 하지만 그에 대한 대답은 다른 곳에서 들려왔다.

"별스런 취향에 쓰레기 입을 가졌군."

"지저분한 것은 사실이지만, 남자가 화장을 하는 것보단 낫지."

초평우가 뒤통수를 문지르며 한마디 하자, 뒤질세라 풍인강이 거들었다. 그 말을 들은 호백문의 눈에 새파란 광기가 스쳐 간다.

때마침 눈을 돌리던 황보영이 그 눈빛을 보고는, 왠지 일이 커질 것 같은 예감에 재빨리 두 사람 사이에 끼어들었다.

"초 형, 결국 여기서 뵙는구려."

호백문이 싸늘한 눈으로 초평우를 바라보았다. 하지만 그 정도 눈빛에 기죽을 초평우가 아니었다. 태연히 황보영을 바라본 초평우가 물었다.

"저 친구는 누군데 미친 불여우같이 눈을 치켜뜨고 있는 거요?"

윽! 미친 불여우? 황보영은 초평우의 황당한 물음에 머리에서 연기가 솟으려는 호백문을 가리켰다.

"신양문(神陽門)의 호백문 형입니다, 초 형."

"신양문?"

초평우가 논란 눈을 크게 떴다. 충분히 놀랄 만한 이름이었다. 초평우의 뒤에 서 있던 휘나 풍인강의 표정도 살짝 변할 정도였으니……

호백문은 휘 일행이 놀란 표정을 짓자 득의의 웃음을 흘렸다.

"후후후. 감히 본 공자를 놀리……."

그러나 그의 말이 끝나기도 전, 초평우가 피식 웃더니 뒤를 향해 말했다.

"신양문이라는데요? 신양문이면 삼양신문 중 하나인데, 이거 우리가 삼양신문과는 아무래도 궁합이 맞지 않는 것 같습니다. 전에는 광양문이더니 이번엔 신양문이라니 말입니다."

그때였다. 그때까지 호백문의 호위마냥 옆에 조용히 서서 돌아가는 상황을 지켜보고 있던 백의의 중년인이 한 걸음 나서며 입을 열었다.

"그대들이 광양문과 무슨 일이 있었단 말이냐?"

순간 중년인을 바라본 초평우의 안색이 굳어졌다. 가만있을 때는 몰랐는데, 움직이니 거센 기운이 느껴진다. 누굴까?

의문에 대한 답은 놀란 표정을 지은 황보영의 입에서 나왔다.

"미처 몰라뵈었습니다. 호 숙부께 황보가의 셋째가 인사드립니다."

중년인이 이채를 발했다.

"음… 어찌 알았느냐? 강호에서 날 아는 자는 거의 없거늘."

"숙부님의 손을 보지 못했다면 제가 어떻게 알 수 있었겠습니까?"

황보영의 말에 초평우는 중년인의 손을 쳐다보았다. 은은히 붉은 빛이 서려 있다. 사이한 기운을 품은 채. 언뜻 스치는 생각.

"설마… 혈마수(血魔手) 호양?"

초평우가 고개를 갸웃거리며 한 사람의 이름을 말하자 호백문이 냉랭히 소리쳤다.

"네놈의 입에서 불릴 이름이 아니다, 비루먹은 늑대!"

초평우가 멍한 눈으로 호백문을 바라보았다.

"이렇게 알았지?"

"…뭘?"

답은 풍인강이 했다.

"초 형님을 보고 늑대가 생각 안 난다면 그게 이상한 일이지. 여우와 늑대라……."

초평우의 얼굴이 와락 일그러졌다.

그거였나? 이놈들이! 호백문의 얼굴도 벌게졌다.

"나를 놀리다니……."

하지만 그는 또다시 입을 닫아야 했다. 호양이 그의 말을 끊고 다시 물음을 던진 것이다.

"광양문과 무슨 일이 있었냐 물었다."

초평우가 입을 열려다 멈추고 휘를 돌아보았다. 아무래도 자기 마음대로 말하기는 어려운 사안이다. 자칫 말 한마디로 폭풍에 휘말릴 수도 있는 일이니까.

초평우가 휘를 돌아보자 호양의 눈도 휘에게로 향했다. 그런 그의 내심은 작지 않은 동요로 흔들리고 있었다.

'내가 잘못 판단했단 말인가? 나 호양이 사람을 잘못 봐?'

기세로 봐서 늑대 인상을 한 자가 네 사람 중 수장이라 생각했다. 뒤에 있는 자 중에 싸늘한 인상의 청년도 강한 듯하지만 늑대 인상을 한 자만큼은 아니다. 한데 늑대 인상이 바라보는 곳은……. 더구나 저 눈빛은? 설마 허락을 구하는 눈빛? 그제야 휘의 깊게 가라앉은 기도가 느껴지기 시작하는 호양이다.

호양과 눈이 마주친 휘가 한 걸음 나서며 조용히 말했다.

"무엇이 그리 궁금하시오, 혈마수 호양 선배?"

단순한 한 걸음이었다. 한데 가슴을 짓누르는 이 압력은 뭐란 말인가?

호양의 부릅뜬 눈이 가늘게 떨릴 때였다. 휘가 호양의 이름을 아무렇지도 않게 부르자 호백문이 발끈하며 나섰다.

"감히! 네놈이!"

"물러서라, 백문."

호백문이 흠칫 놀란 눈으로 호양을 바라보았다.

'숙부가 긴장하고 있다! 맙소사! 신양문의 십대고수 중 하나이며 삼양신문에서도 능히 이십위 안에 들어갈 거라는 혈마수 호양 숙부가 긴장하다니…….'

그러나 호양은 호백문의 표정은 아랑곳하지 않고 휘를 향해 입을 열었다.

"너는 누구냐?"

"무엇이 그리 궁금하냐 물었소만."

"내가 누군지 알고도 그리 말하다니, 너의 사문은 어디냐?"

"신양문의 이름으로 나를 겁줄 수는 없소."

한 치의 양보도 없는 말싸움. 옆에서 바라보던 황보영은 엉뚱한 상황에 당황스럽기만 했다.

그저 가진 기도가 심상치 않아 관심을 가졌을 뿐이었다. 제법 고수라 할 수 있을 정도의 기운을 지닌 자들이었고, 그중 하나는 자신조차 판단하기 힘들 정도였지만, 그래도 황보가의 자식인 자신에게는 미치지 못할 거라 생각했었다. 더구나 이름도 처음 들어본 자였으니……

한데 혈마수 호양을 상대로 한 치도 물러서지 않는 저 배짱은 뭐란 말인가?

호양은 자신에게 되묻는 휘를 바라보았다. 눈빛이 조금도 흔들리지 않고 있다. 아니, 오히려 자신의 눈이 걷잡을 수 없이 빨려 들어가는 것만 같다.

부르르……. 호양은 이를 지그시 깨물었다. 시답잖은 말싸움은 그의 체질에 맞지 않았다. 차라리 한판 붙기라도 했으면 속이 시원하련만.

두 손을 움켜쥔 호양이 휘에게 물었다.

"얼마 전 광양문의 고수인 양평위가 죽었다. 아느냐?"

끄덕끄덕.

"목진태가 산송장으로 돌아왔다. 아느냐?"

"그래서 어쨌다는 것이오?"

"그들을 그렇게 만든 사람이 젊은 자라 들었다. 혹시 너는 그들을 아느냐?"

말을 맺은 호양의 눈에서 불길이 솟았다. 그러나 휘의 눈은 여전히 바람없는 호수처럼 잔잔할 뿐이다.

주위에 있던 황보영이나 호백문 등은 놀란 눈으로 휘 일행을 쳐다보았다. 세상에! 양평위와 목진태가 누군데 젊은 자들에게 죽었단 말인가?

의문도 일었다. 당금 천하에 그들을 죽일 만한 젊은 고수가 몇이나 될까? 진짜 저자들과 그 사건이 관계가 있을까?

사위가 정적에 잠긴 채 숨소리조차 잦아들자 휘가 천천히 입을 열었다.

"양평위를 죽인 데 대해선 이미 말했소, 언제든 빚을 받으려면 찾아오라고."

맙소사! 자신이 양평위를 죽였단다.

"그리고 목진태는 그가 스스로 자초한 일이었소."

게다가 목진태까지……. 사람들은 할 말을 잃고 입을 닫았다. 하나 꼭 그렇지 않은 사람도 있었다.

"흥! 나는 못 믿겠다! 네 까짓 게 어떻게 양 대협과 목 대협을 이겼단 말이냐?"

호백문이었다. 그의 날카로운 목소리가 울리자 길을 가던 사람들이 고개를 돌리고 내려다본다. 그러자 호양이 꾸짖는 눈빛으로 호백문을 직시했다.

"백문, 조용해라! 신문(神門)의 체면이 달린 일이다!"

홉! 호백문이 입을 닫았다. 호양의 말대로였다. 아직 강호에 소문이 나지도 않은 일을 여기서 떠벌릴 수는 없었다.

호백문이 조용해지자 호양은 이를 지그시 깨물며 휘를 향해 말했다.

"이곳은 소림의 대지, 손님으로 온 이상 시끄럽게 굴 수는 없으니 다른 곳에서 만나자. 네가 정 본 문을 겁내지 않는다면 말이다."

지금 싸우자니 힘들게 생겼고…… 자존심을 건드려서라도 피하지 못하게 하겠단 소린가?

휘가 무심한 표정으로 말했다.

"소림을 구경하고 나면 천검보로 갈 생각이오. 언제든 마다하지 않겠소!"

그러고는 더 상대하고 싶지 않다는 듯 황보영을 향해 가볍게 포권을 취했다.

"별다른 일 없으면 우리는 이만 가겠소."

"예? 예, 그럼 소림에서……."

얼떨떨한 정신을 가다듬을 시간도 없이 휘가 휘적휘적 걸어간다.

"황보 형, 나 먼저 가오!"

그 뒤를 히죽 웃으며 한 소리 내지른 초평우와 풍인강, 영등이 따라간다.

한참 동안 휘의 뒷모습을 바라보던 호양이 호백림을 데리고 그대로 뒤돌아섰다. 숭산까지 와서 소림에는 올라가지도 않고 돌아설 정도로 호양의 마음은 무거웠다.

떠나는 사람들을 멍하니 바라보던 황보영이 피식 웃음을 터뜨렸다. 그런 그의 눈에 기이한 빛이 일렁인다.

"후후후……. 소림에 온 보람이 있군. 아주 재미있는 사람들을 만났어."

3

소림에 오르면 사람들의 행태가 두 부류로 나뉘어진다.

일반인은 거대한 대웅전과 탑림을 돌며 불공을 드리기에 여념이 없고, 무인들은 어떻게든 내원을 구경하고 싶어 안달을 한다. 하지만 몇몇 소수를 제외하고는 내원에 발을 디디지도 못하고 돌아서야 했다.

내원은 나한전과 달마원, 장경각, 관음당 등 소림이 무림의 태산북두로 팔백 년을 이어온 근원이 모여 있는 곳이었기에, 함부로 아무나 들어가지 못하게 막고 있었다.

휘 일행이 막힌 곳도 바로 내원으로 통하는 입구에서였다. 네 명의 청년승에게 가로막힌 휘 일행은 아쉬움에 발을 멈추어야만 했다.

사정을 안 해본 것도 아니다. 초평우가 먼저 사정을 해봤다. 그 얼굴로 으르렁거리며.

"그냥 구경만 좀…… 어떻게 안 되겠소?"

하지만 네 명의 청년승은 초평우의 얼굴에도 꿈쩍하지 않았다. 아니, 얼굴색도 변하지 않고 고개를 저었다.

"아미타불. 이곳은 외인이 들어갈 수 없는 곳이니 여기서 발걸음을 돌려주시지요, 시주."

그래도 아쉬움에 몇 번 더 사정을 해봤다, 이번엔 풍인강이 싸늘한 눈빛으로, 한기를 풀풀 날리며.

"쪼끔만……. 잠깐만 보고 나온단 말입니다!"

그래도 여전히 같은 말만 되풀이한다.

"죄송합니다, 시주."

들어갈 수 없다는데 어쩌랴. 들어가겠다고 대판 싸울 수도 없는 일이 아닌가.

휘가 영등을 바라보았다. 그래도 소림에 와봤다는 사람은 영등이 유일한 사람이었던 데다 같은 스님이었으니 혹시나 한 것이다. 한데 영등이 고개를 돌린다, 다행이라는 표정으로.

뭔가가 이상하다는 생각에 영등에게 물었다.

"영등 스님, 전에 와보셨다면서요?"

영등이 머뭇거리며 말했다.

"안에는 안 들어가고…… 심연 대사님만 만나고 가서……."

"심연 대사(沈然大師)님요?"

초평우가 그게 누구냐는 듯 큰소리로 물었다. 영등이 다시 대답하려 하자 조용히 그들의 하는 모습을 바라만 보고 있던 청년승이 눈을 휘둥그렇게 뜨고 물었다.

"스님이 어떻게 심연 사조님을 아십니까?"

영등이 뭐 밟은 표정을 재빨리 정리하고 합장을 했다.

"오래전에 스승님과 함께 한 번 뵌 적이 있습니다. 아미타불!"

"아! 그럼 심연 사조님을 뵈러 오셨습니까?"

"그, 그런 건……."

미처 영등이 부인을 하기도 전이었다. 휘가 재빨리 말했다.

"이곳까지 온 길에 그분을 뵐 수 있으면 더욱 좋지요."

영등의 표정이 와락 일그러졌다. 그러나 본래 얼굴이 두꺼워서인지 별달리 표정에 변함이 없다. 청년승이 그런 영등을 바라보더니 다시 반장을 했다.

"진작 말씀하시지 그러셨습니까."

그게 아니라니까! 영등이 입을 열려 하자 또다시 휘가 영등의 입을 막아버렸다.

"그럼 들어갈 수 있겠습니까?"

한데 희망에 찬 휘를 보며 청년승이 다시 고개를 젓는다.

"심연 사조께선 지금 여기에 안 계십니다."

안도의 한숨을 내쉰 영등의 얼굴에 희색이 만연해질 때,

"그분께선 자운당에 계십니다. 가보시겠습니까?"

청년승이 소림의 제자답게 친절히 물어오자 휘가 빙그레 웃으며 대답

했다. 좌우간 다른 곳을 볼 수 있다는 것이 어딘가. 더구나 청년승들의 사조라면 소림의 고승일 텐데.

"자운당이라… 어차피 여기까지 왔으니 한 번 뵙지요."

"그럼 제 사제를 따라가시지요. 정문! 사제가 이분들을 심연 사조께 모셔다 드리게."

지목당한 청년승이 묘한 표정을 지으며 말했다.

"예, 정연 사형. 따라오시지요."

순간 다시 누렇게 떠버린 영등의 가슴에 송곳이 꽂혀 버렸다.

'안 돼!'

하지만 휘는 그런 영등의 얼굴을 본체만체 환한 웃음을 지으며 청년승 정문을 따라간다. 초평우와 풍인강도 졸졸졸 따라가고, 오직 혼자 남은 영등만이 갈등으로 어쩔 줄 모르고 있을 뿐이다.

"영등 스님! 뭐 하십니까? 따라오세요!"

뭣도 모르는 초평우가 희희낙락 영등을 불러댄다.

'그래! 씨불 땡추! 이제는 꼬부라질 때도 됐는데, 설마……'

영등마저 뒤를 따라가자 청년승의 입가에 기이한 미소가 걸렸다.

"거참, 심연 사조를 스스로 찾아가는 사람이 있다니……."

내원의 담을 빙 돌아 반 각여를 갔다. 그제야 휘 일행은 소림이 얼마나 넓은지를 실감할 수 있었다.

마주치는 사람도 별로 없었다. 분명 연등법회로 인해서 수많은 사람이 소림에 들어와 있는데도, 반 각여 동안 만난 사람은 소림의 스님들을 비롯해서 이십여 명에 불과할 뿐이다.

그렇게 해서 도착한 곳은 내원에서 조금 떨어진 곳에 위치한 아담한 불전이었다. 현판에 쓰여진 자운당(慈雲堂)이라는 고색창연한 글씨가 자운당이 지내온 오랜 세월을 짐작케 해주고 있었다.

자운당에 도착하자 정문이 기다리라는 말만 남기고 먼저 안으로 들어갔다. 그리고 잠시 후,

우당탕탕!

안에서 이해할 수 없는 소리가 들리더니 정문이 밖으로 나왔다. 그는 한 손으로 얼굴을 가리고 반장을 하며 말했다.

"들어가시지요. 사조님께서 들어오시랍니다. 그럼 저는 이만… 아미타불."

정문이 바삐 뒤돌아가자 휘는 고개를 갸웃거리며 안으로 들어갔다.

'분명 조금 전만 해도 멀쩡한 얼굴이었는데……?'

그 뒤를 초평우와 풍인강이 뒤따르고, 영등은 긴장된 얼굴로 사방을 훑어보며 머뭇거린다. 휘가 자운당의 문을 열려 할 때였다.

삐걱, 불전의 문이 열리더니 하얀 수염을 가슴에까지 늘어뜨린 인상 좋은 얼굴의 노승이 고개를 내밀었다. 과연 소림의 고승은 뭐가 달라도 다르다는 생각이 절로 들 정도였다. 그 고승이 묻는다.

"누군데 이 늙은 땡추를 찾아왔는가?"

휘가 고개를 숙이며 말했다.

"조휘가 삼가 심연 대사님을 뵈옵니다."

"대사는 무슨 얼어죽을 대사. 왔으면 들어와!"

휘의 표정이 괴이하게 뒤틀어졌다. 생긴 모습은 부처인데 말투는 영 아니 올씨다. 역시 사람은 겉모습만으로는…….

"뭐 해? 안 들어올 거면 문 닫아!"

그럴 수는 없다. 여기까지 와서 그냥 갈 수는 없는 일.

일단 안으로 들어가자 노승이 휘를 빤히 바라봤다. 그러다 문 앞에서 어기적거리고 있는 영등을 바라보더니 고개를 모로 꼬았다.

"저놈, 어디서 본 것 같은데……?"

휘가 말했다, 영등의 간을 떨어뜨리며.

"아후달 스님의 고제자인 영등 스님을 모르십니까?"

"아후달의 제자? 영등? 그렇군! 세월이 지났다고 저놈의 얼굴을 잊다니……. 이리 안 와, 개 도둑놈아!"

끄억!

휘의 눈이 무저동을 나온 이래 제일 크게 떠졌다. 영등이 망설일 때부터 무슨 사연이 있을 거라고는 생각했다. 한데 그 사연이라는 것이…….

초평우와 풍인강이 영등을 쏘아봤다. '세상에, 우리가 여태껏 개도둑과 함께 다녔다니!' 하는 눈빛으로. 하지만 영등은 억울하다는 눈빛으로 휘와 두 사람을 둘러본다. 그러다 당할 수만은 없다는 생각에 노승을 보며 한마디 했다.

"제가 왜 개도둑입니까? 개는 노사부님이 훔쳤잖습니까?"

"내가 언제 훔쳤냐? 아랫마을 홍가가 바친 것이지!"

"그게 바친 겁니까? 승포 자락 물었다고 불심이 약하다며 억지로 끌고 왔잖습니까?"

"홍가가 안 말렸으니 바칠 마음이 있었던 게야! 마음이 움직이지 않았으니 그게 곧 마음이 있었던 게지!"

"그건 억지라구요! 노사부님이 손가락 두 개로 사납게 으르렁거리는 누렁이를 들어올리는데 누가 말립니까?"

"그러게 누가 으르렁거리라 하든?!"

"전날 잡아먹은 백가네 흰둥이 냄새가 나니까 그랬겠지요!"

"그놈을 나만 먹었냐? 네가 더 먹었잖아!"

"저는 대가리밖에 안 먹었다구요!"

"이놈아! 하나밖에 없는 대가리를 먹었으니 네가 더 먹은 거지!"

"그래서 누렁이 대가리는 놔두고 먹었잖습니까?! 그런데 제가 왜 개도둑이란 말입니까?"

"하! 이놈아, 아직 불전에도 안 바친 것을 네가 먼저 먹었으니 네가 도둑놈이 아니면 누가 도둑놈이겠냐! 쯔쯔쯔……"

"그런 억지가… 그렇다고… 사람을… 그렇게 개 패듯 팹니까?"

"하! 이놈아, 개도둑을 사람 만들려는 내 마음을 왜 네놈이 모르는 거냐?"

"……."

두 사람의 설전에 휘를 비롯한 두 사람은 말을 잊었다. 무슨 말을 하랴. 하도 어이가 없어 벌린 입도 다물어지지 않는 것을.

세 사람이 입만 벌리고 뻐끔거리자 노승이 힐끔거리며 세 사람을 쳐다봤다. 그러다,

땅!!

자운당이 울릴 정도로 세게 바닥을 내려치며 소리쳤다.

"껍데기 찢어져, 이놈아!"

순간 휘의 눈이 휘둥그레졌다. 뭘 알고 하는 소릴까? 그의 의문에 답하듯 심연 대사가 끌끌 혀를 차며 말했다.

"사람의 얼굴에는 그 마음이 드러나는 법이지. 한데 네놈의 얼굴에는 마음이 보이지 않아. 그러니 네놈이 껍데기를 쓰고 있다는 것을 알 수밖에."

그제야 휘는 심연의 말을 알아들을 수 있었다. 심연은 자신의 면구 자체를 알아본 것이 아니다. 자신의 마음을 들여다보았기에 자신의 얼굴이 본 얼굴이 아니란 것을 알아낸 것이다.

어찌 말하면 당연한 것처럼 느껴지지만 그것은 본다고 해서 아무나 알 수 있는 것이 아니었다. 휘는 천천히 일어서서 정식으로 인사를 올렸다.

"진조여휘라 합니다. 대사님께 많은 가르침을 바랍니다."

말이 끝나기 무섭게 심연이 형형한 안광으로 휘를 바라보았다.

"그 말, 진심이냐?"

"예? 예, 진심으로 가르침을……."

"진심이란 말이지?"

"…예, 대사님."

"참으로 오랜만이구나. 허허허!"

심연의 감회 서린 목소리에 휘의 눈에 의혹이 떠올랐다. 도무지 심연이 고승인지 땡추인지조차 감이 잘 안 잡힐 지경이었다.

한쪽에서 만일의 사태를 대비한 채 몸을 웅크리고 있던 영등은 얼떨떨한 표정의 휘를 바라보며 눈을 빛냈다. 그 눈빛을 본 초평우가 슬쩍 눈짓을 했다.

—뭐요? 왜 그런 눈빛이요?

영등이 눈빛으로 답했다.

—두고 보면 알 거야!

그렇게 두 사람이 눈빛의 언어로 이야기를 나누고 있을 때였다. 심연이 천천히 자리에서 일어나더니 휘에게 말했다.

"따라와!"

휘는 영문도 모르고 심연의 뒤를 따라갔다. 그리고 잠시 후, 자운당의 기둥뿌리가 흔들릴 정도로 커다란 굉음이 소림에 울려 퍼졌다. 그나마 연등법회로 인해서 밖이 소란스러웠기에 멀리까지 퍼져 나가지는 않은 게 다행이었다.

지나가던 소림의 제자 각여가 자운당을 향해 반장을 했다.

"아미타불, 관세음보살. 부처님의 가호로 부디 걸어서 나올 수 있기를……."

또 다른 제자 각명이 혀를 차며 고개를 흔들었다.

"쯔쯔쯔, 외부인이 찾아왔다더니……. 약왕당에 말해서 손님 받을 준비를 하라고 해야겠구먼."

쾅! 쿠구궁!

한바탕 손을 마주친 휘와 심연이 갈라선 채 눈을 빛내고 있었다. 이미 십여 초를 겨루었지만 두 사람의 눈빛은 변함이 없었다. 아니, 오히려 더 빛나는 것만 같다.

심연이 씩씩거리며 말했다, 즐거워 죽겠다는 투로.

"제법인데? 손이 꽤나 매섭구만. 진심이라는 말이 나올 만해!"

휘도 말했다. 한데 왠지 심연의 말투와 비슷하다.

"대력금강장이라 하셨습니까? 정말 대단하군요. 가르침을 더 받겠습니다."

"그래 봐야 네 일권을 부수지 못하는데, 대단하기는 개뿔이나!"

"다른 것을 꺼내보시지요."

심연이 천천히 고개를 끄덕였다.

"아무래도 그래야 할 것 같아. 정말 오랜만에 시원하게 놈을 풀 것 같군. 허허허……. 받아!!"

심연이 웃다 말고 느닷없이 쌍수를 확 뿌렸다. 그러자 심연의 두 손에서 누런 금빛을 한 지풍이 번개처럼 튕겨져 나왔다.

금강탄지공!

이미 두어 번 당한 방법에 또 당할 휘가 아니었다. 휘가 싱긋 웃으며 좌로 일 보를 딛자 신형이 흔들렸다. 찰나간의 움직임으로 만들어진 환영 하나를 금빛 지풍이 뚫고 지나갔다.

"어헛!"

금강탄지가 허공을 뚫고 지나가자 심연이 눈을 크게 뜨고 한발 내딛었다.

쿵!

진각 소리가 자운당의 뒷마당을 울리고, 심연의 승포 자락이 허공을 쓸어간다.

심연에게 다가서던 휘가 허공을 격하고 십이권을 내질렀다. 천양의 힘이 실린 권력에 휘돌던 승포 자락이 거칠게 펄럭이더니 결국 그 힘을 이기지 못한 심연이 두 걸음을 물러서며 얼굴을 굳혔다.

순간 뭔가를 결심한 듯, 심연의 표정에는 지금껏 볼 수 없었던 신중함이 확연히 드러나고,

"아미타불, 웬만하면 이건 안 펼치려고 했는데……."

휘는 한없이 깊어진 눈으로 심연을 바라보았다.

지금껏 십여 초를 겨루는 동안 한 번도 똑같은 무공을 쓴 적이 없는 심연이었다. 그런데도 그 하나하나가 심오하기 짝이 없는 소림의 절기들이었다. 한데 이제는 얼굴마저 굳히고 뭔가를 펼치려 하고 있다. 게다가 심연이 말한다.

"무기를 꺼내려면 꺼내! 나중에 후회하지 말고!"

대체 무슨 무공을 펼치려고?

휘는 무겁게 고개를 저었다. 대신 두 손에 천양의 힘을 가득 모았다.

"하긴 내가 손해 볼 건 없지! 간다!"

심연이 허공을 향해 일 장을 내질렀다, 그리고 또 일 장.

아무런 기세가 느껴지지 않는다. 심지어 바람 한 점도 일지를 않는다. 휘는 의혹 어린 시선으로 심연을 직시했다.

눈을 반개한 채 입가에 은은한 미소를 물고 있는 심연이 보인다.

그때였다! 의혹으로 물들어가던 휘의 표정이 순간적으로 굳어졌다! 허

공이 비틀리고 있었다! 아무런 느낌이 없었는데도 어느 순간에 가공할 압력이 전신을 짓누른다!

'이런! 뭐야?!'

휘도 천양의 기운을 가득 머금은 두 손을 들어올렸다! 어렵게 들어올린 손으로 허공에 그림을 그려 나갔다! 붉은 꽃 그림을! 하나, 둘, 그리고… 셋! 광량화(曠亮花)!!

우르르릉…….

비틀린 대기가 괴로움에 신음을 토해낸 순간, 허공에 그려진 광량화가 흔들리는가 싶더니, 마침내 꽃잎이 벌어졌다!

과과과…… 쩌저적!!

대기가 일 장 공간 내에서 산산이 부서지며 폭발해 버렸다. 두 사람이 나름대로 내력 조절을 하지 않았다면 자운당이 무너져 버렸을 정도의 거센 폭발이었다.

"으음……."

쿵! 쿵! 쿵!

그 충격에 심연이 무겁게 세 걸음을 물러섰다. 휘도 두 걸음을 물러선 채 놀라움이 가득한 눈으로 심연을 쳐다보았다. 심연이 아연해진 얼굴로 허탈한 표정을 짓고 있다. 휘가 물었다.

"그게 뭡니까? 대사님, 엄청나군요. 혹시 백보신권입니까?"

심연의 허탈해하던 표정이 어이없다는 표정으로 바뀌었다.

"니가 부숴놓고, 뭐가 엄청나!"

"엄청난 건 엄청난 거죠."

심연의 눈빛이 어째 괴물을 보는 눈빛이다. 그럴 수밖에, 자신의 사십 년 적공을 한순간에 무너뜨린 놈이었으니…….

'괜히……. 아껴둘걸.'

괜한 오기를 부린 것 같다. 지금까지 누구에게도 보인 적 없는 밑천을 꺼내 보였다는 것이 그렇게 아까울 수가 없는 심연이었다. 하지만 이미 보인 것을 다시 물릴 수도 없는 일이 아닌가.

그나마 생전 처음 보는 희한하면서도 아름다운 무공도 견식했으니 손해는 아닌 것 같다는 생각이 든다.

"대범천여래장(大梵天如來掌)이다, 네놈이 깨뜨린 것이! 백보신권 따위가 아냐!"

"대범천여래장요?"

젠장! 하필 이름을 알려줘도 모르는 놈에게 깨지다니! 참! 알 리가 없나?

심연의 얼굴이 붉게 달아올랐다.

"이놈아! 내가 몰래 사십 년 동안 익힌 거야!"

"죄송합니다, 제가 뭘 몰라서. 소림에 그런 무공이 있는 줄은……."

순간 심연이 흘끔 영등을 바라보더니 콧방귀를 뀌며 말했다.

"소림 것이 아니야. 큼!"

"예?"

"왜 이렇게 말귀를 못 알아들어? 소림의 무공이 아니란 말이다! 소림의 무공이면 내가 미쳤다고 미친놈 소리 들으면서 몰래 익히냐?"

"그럼……?"

"불경인 줄 알고 누가 장경각에다 꽂아놨더라. 우연히 내가 발견한 거야. 처음에는 그저 단순한 불경 같아서 거들떠도 안 봤는데 우연히 들춰본 장에 '여래의 소리없는 힘에 수라가 무너져 내린다'는 불경답지 않은 문구가 있더라. 그래서 처음부터 차근차근 파고들어 갔지. 그러다 얻은 거야. 하긴 나도 미친 땡추지. 그런 구절에 혹해서 사십 년이나 파고들었으니."

"그래도 그렇게 해서 엄청난 무공을 얻었지 않습니까?"

"새파란 놈에게 깨진 무공이 엄청나기는 무슨……. 앉아! 고개 아프니까!"

털썩 주저앉은 채 풀이 죽어 있는 심연의 표정이 왠지 안쓰럽게 보인다. 휘는 알 수 없었다, 만일 소림의 제자 그 누구든, 지금 그의 마음을 안다면 게거품을 물리라는 것을.

─세상에! 무광(武狂) 심연 사조님이 안쓰럽다고? 시주, 제정신이오??

심연은 오십여 년간 오직 무공에 미쳐 살아왔다. 사형제들이 이런 저런 위치에 올라 소림을 좌지우지할 때도, 심연은 무공 익히는 것을 낙으로 삼고 살아왔다.

심지어 오 년 전, 명목상으로 달마원의 원주로 있을 때 대련을 한다며 제자들을 두들겨 패는 바람에 자운당으로 쫓겨날 때조차도, 자운당이 조용해서 무공을 연마하기에 그만이다며 반길 정도였다.

그렇게 무공만 파며 살아왔지만 심연의 진신 실력을 아는 사람은 거의 없었다. 그럴 수밖에 없는 것이 제자들을 상대로 실력을 다 내보일 수도 없었거니와, 사형제들은 그와의 비무를 피하기만 하니 누가 그의 실력을 알아줄 것인가.

더구나 자신의 실력을 뽐낼 시간에 한 가지라도 더 깨달음을 위해 정진하는 것이 낫다고 생각하는 사람이 심연이었으니…….

심연이야말로 실질적으론 당금 소림에서 세 손가락 안에 들어가는 고수였지만, 소림에선 몇 사람밖에 모르고 있는 사실이었다.

풀 죽어 있는 심연을 향해 휘가 빙그레 웃었다.

"이래 뵈도 말입니다. 제가 좀 한가락 합니다."

"내가 봐도 그렇겠다. 큼!"

휘는 왠지 심연이 마음에 들었다. 격의없는 심연의 말을 듣다 보면 휘의 마음조차 편해진다.

왜 인지는 휘도 모른다. 말투는 영 고승답지가 않지만 심연이 가끔씩 던지는 말에는 불경만 공부해서는 깨달을 수 없는 마음의 공부가 느껴진다. 마치 삼류무인이었던 빼빼아버지의 가르침이 세상을 살아가는 데는 공자의 말보다 더 쓸모있는 것처럼. 남이야 어떻게 생각하든지 말든지.

휘가 기분 좋은 웃음을 지으며 심연에게 물었다.

"대사님께선 아후달 스님과는 어떻게 아시게 됐습니까?"

심연이 고개를 갸웃거리며 기억을 더듬었다.

"한 삼십 년 됐나? 내가 장경각의 호법승으로 있을 때 찾아오셨었지. 장경각의 불경에 대해서 찾아볼 것이 있다면서. 방장의 허락 하에 내가 붙어 다녔었어. 열흘 정도 붙어 다니니까 그 양반 속이 조금은 보이더군. 참 좋은 사람이다 싶어서 같이 한잔했지, 뭐."

"커억!"

영등의 숨넘어가는 소리가 뒤에서 들려왔다. 심연이 힐끔 영등을 보더니 피식 웃었다.

"이놈아! 소림에서 곡차 안 마시는 땡추가 몇이나 될 것 같냐?"

스님들이 술을 곡차라 하며 마신다는 소리는 휘도 들었다. 영등만 봐도 초평우가 나자빠질 때까지 마시고도 입술을 핥지를 않던가 말이다.

"한데 어째 무림의 인사들이 많이 모이는 것 같습니다. 연등법회 때면 항상 그럽니까?"

"내가 어떻게 아냐? 자운당에서 안 나간 지가 얼만데."

그러면서도 찌푸려진 미간을 봐선 뭔가가 마음에 걸리는가 보다.

"근데 요즘 좀 시끄럽긴 해. 별놈들이 지나가다 들러서 나를 심심치 않게 해주는 거 보면 말이야."

"예?"

"뭐, 그 바람에 약왕당이 좀 바빠지기는 했을 거야. 낄낄낄……."

뜬금없이 낄낄거리는 웃음에 초평우 등은 어안이 벙벙해졌지만 휘만은 눈을 빛내며 다시 물었다.

"주로 어떤 사람들이었습니까?"

"어떤 사람? 글쎄, 별의별 놈들이 다 있어서……. 무당 놈도 왔었고, 화산 놈도 왔었고, 뭐 남궁가의 꼬마둥이까지 와서 설쳐 대다가 팔뚝 하나가 부러지기도 했지. 고놈 제법 팔딱거리더군. 성질나서 좀 과하게 손을 썼더니 팔이 뚝, 부러져 버리더군. 그 바람에 방장한테 한 소리 듣기는 했지만 기분은 그만이었지. 끌끌끌."

"그러니까 구파에 사대세가까지 모조리 대사님의 손에 약왕당 신세를 졌단 말씀이군요? 대단하십니다!"

"뭘, 그 정도야! 끌끌끌……. 지놈들이 몰래 뭘 하려는 모양인데, 깐죽거리고 다녀봐야 부처님 손바닥 안이지 뭐."

초평우 등의 눈이 이번엔 휘를 향했다.

끝내주는 말빨이다! 저 좋아하는 것 좀 봐, 자신이 뭘 말하는지도 모르고.

휘는 당연하다는 표정으로 고개를 끄덕였다.

"하긴 구파와 사대세가가 다시 옛날처럼 활동하려면 대사님 같은 분께 인사라도 드려야죠. 그래도 원로이신데."

"이놈아! 지놈들이 나 대접하려고 찾아온 줄 아냐? 하도 건방들을 떠니까 방장이 나한테 떠맡긴 거야! 소림의 맛 좀 보여주라고. 뭐, 그 덕분에 재미는 있었지, 네놈이 나타나기 전까지는."

"예? 그럼 저하고는 재미가 없었단 말씀입니까?"

"아니, 그건……. 재미야 있었지… 최고로……. 깨져서 그렇지……."

심연의 시무룩한 표정을 본 휘가 빙그레 웃었다.

"저도 재미있었습니다. 하마터면 죽을 뻔했잖습니까."

그 말에 심연은 조금 기분이 풀어진 듯 슬며시 웃으며 휘를 빤히 쳐다
보았다.

"근데… 너 껍데기 안 벗을 거냐?"

"고승께서 겉모습에 웬 신경을 그리 쓰십니까?"

"고승도 먹어야 살고, 먹으면 싸야 한다."

"그래서 고기도 잡숩니까?"

"그거야 간식이지. 그리고, 죽으면 묻냐? 지놈들이 먹지? 내가 대신
먹었다고 견공들이 지옥에 떨어질 것도 아닌데 네가 웬 걱정이냐?"

"대사님이 걱정돼서지요."

"내가 지옥에 가서 한 자리 차지하고 있으면 다른 놈이 덜 들어올 테
니 내 한 몸 던지는 게 무어 대수냐?"

말은 청산유수요, 빈틈도 없다. 휘가 피식 웃음을 짓자 심연이 고리눈
을 부릅떴다.

"벗어보라니까? 좀 보게!"

하는 수 없이 휘는 면구를 벗었다. 천천히 뜯겨지는 면구 속 휘의 얼
굴을 바라보던 심연의 눈에 호기심이 가득하다. 그러다 마침내, 면구가
다 벗겨지고 휘의 얼굴이 모습을 다 드러내자 심연이 묘한 눈빛을 지었
다. 그리고,

"됐다! 에잉, 눈 버렸네."

"왜 그러십니까?"

"네놈 얼굴 보니까 걱정돼서 그런다."

"예?"

"지옥에서 만날 놈을 미리 봐버렸더니 기분 되게 더럽단 말이다."

"저… 자세히 좀……."

심연의 눈이 흔들렸다. 다른 사람은 몰라도 휘만은 그것이 단순히 자신의 얼굴 때문에 그런 것이 아니란 것을 안다. 심연의 눈 깊은 곳에 짙은 안타까움이 담겨 있었던 것이다.

휘가 진정이 담긴 눈으로 바라보고 있자 심연은 자신이 공연한 말을 한 것이 아닌가 하는 생각이 들었다. 하지만 어쩌랴, 이미 입 밖에 나온 것을.

"너……. 에잉!"

심연이 말을 하려다 말고 고개를 젓자 휘는 마음이 조급해졌다. 처음으로 느끼는 감정이었다. 심연 대사가 정말 알고 하는 말인지는 모르지만, 휘는 가슴 깊은 곳에서의 울림을 믿기로 했다.

─심연 대사는 무언가를 보았다!

"대사님……."

"정말 알고 싶냐?"

"예, 아무것도 모르는 저에게 가르침을 주십시오."

하는 수 없이 심연은 숨을 깊게 내쉬었다.

"후우……. 그래, 차라리 아는 게 낫겠지."

그리고 서서히 가라앉은 눈으로 휘를 직시했다.

"너는 알고 있냐? 너에게 지옥이 열려 있다는 걸."

"…말씀해 주십시오. 듣겠습니다."

심연이 차분히 입을 열었다. 어차피 알려줄 거면 뭔 말을 못하랴.

"그럼 우선 나부터 알아라."

반개한 눈이 수십 년 전의 추억을 거슬러 올라간다.

"나는 무공광이라 불릴 정도로 무공에 미친 땡추다. 남들이 그리 말하고 나도 그렇게 생각하지. 하지만 말이다. 소림의 무공을 제대로 익히기 위해서 꼭 필요한 것이 있다. 그게 무엇이겠느냐?"

소림의 무공을 익히기 위해서 필요한 것? 무엇이 있을까? 정심한 내공, 소림의 깊이 있는 무공을 해석한 비급, 또 스승, 그리고…….

"불심(佛心)… 말입니까?"

"반만 맞았다. 불심, 좋지. 하지만 그 말보다는 깨달음이라고 하는 게 보다 더 정확할 것이다. 왜, 깨달음이라니까 너무 거창하냐?"

"아닙니다. 맞습니다."

불심이 깊다고 고절한 경지에 오를 수 있다면 소림에서 심연보다 더 높은 경지에 올랐어야 할 사람들이 수두룩했을 것이다.

"그렇다고 불심이 필요없다는 것도 아니다. 결국 불심도 있어야 하고, 노력을 하든 한순간 벼락을 맞든, 깨달음도 얻어야 한다는 것이다. 나 역시 오랜 시간 노력했지만 벽에 부딪친 적이 한두 번이 아니었다. 처음 몇 번은 더욱 부단히 노력해서 그 벽을 뚫었지."

그래서 미친 무공광이란 소리도 들었을 것이다.

"하지만 말이다. 어느 순간 꽉 막힌 벽이 태산보다 더 높게만 느껴진 때가 있었다. 도저히 뚫을 수 없는 벽이었지."

심연의 노안이 파르르 떨렸다.

"별의별 짓을 다 해봤다. 산중을 미친 듯이 헤매보기도 하고, 한겨울에 물속에 들어가 몇 날 며칠을 있어보기도 했다. 그러다 달마 조사처럼 벽을 보고 삼 년간 면벽도 해봤다. 하지만 그 어떤 방법도 소용이 없었다. 사람들은 나를 미친 땡중이라며 놀려댔지. 흥! 그러자 오기가 솟더구나!"

심연의 눈빛이 묘하게 반짝였다.

"그래? 내가 미쳤다고? 너희들이 나를 알기나 하나? 내 마음을 알기나 해? 좋다! 그렇다면 아예 진짜 미친놈이 되어주지!"

깊은 곳에서 불길이 화르륵 타오르다가 서서히 가라앉았다. 그런 심연의 눈은 그 어느 때보다 맑아 보였다.

"그때부터 중생들의 삶에 나를 맡겨 버렸다. 부처가 대수냐? 언제는 내가 바로 부처라고 해놓고, 고상하게 따로 놀면 누가 부처라고 인정해 준다든? 그저 내 마음만 깨끗하면 누가 뭐라 한다 해도 걸릴 게 없잖냐 이 말이다. 내 마음 속에 부처가 있는데 뭐가 무서워?"

그래서 개도 잡아먹었다 이 말이지 뭐, 남들처럼.

"우스운 일이었어……. 그러다 보니 보이더군. 태산 같던 벽들이 모래성처럼 허물어지더니 내 눈앞에 새로운 길이 보였어. 그렇게 나이 오십이 넘어서야 모든 걸 다시 파헤치기 시작했지. 불경, 무공, 그리고…… 역(易)까지."

심연이 깊이가 보이지 않게 가라앉은 눈으로 휘를 직시하며 말했다. 한마디, 한마디…… 뇌전으로 머리 속을 후비듯이!

"너의 몸은 만인의 피를 뒤집어쓸 게야. 하지만 그건 어쩔 수 없는 너의 길이지……."

휘의 몸이 부르르 떨렸다. 만인의 피를 밟고 가야 할 길이라니.

'어쩌면 그럴지도…….'

"문제는 그 피를 얼마나 줄일 수 있냐 하는 것인네……. 후우! 넝심해라, 내 말을 믿든 안 믿든……. 훗날 네 가슴이 찢어져 하늘조차 부정하고 싶은 일이 생기거든… 한 번만이라도 뒤를 돌아다봐라."

'돌아보면 피안(彼岸)인 것을 알게 될 것이다. 바라밀다(波羅密多) 바라밀다…….'

아직은 모른다. 심연의 말이 맞을지, 아니면 그냥 지나가는 바람과 같은 말일지.

한데 이 떨리는 가슴은 뭐란 말인가? 한줄기 뇌전이 머리 꼭대기서부터 발바닥까지 훑어 내리는 충격에 전신이 전율하고 있지를 않은가?

얼마의 시간이 지나고, 창백하니 굳은 표정의 휘가 천천히 일어나더니 심연을 향해 큰절을 올렸다.

가르침에 대한 감사의 표시였다. 비록 고승답지 않게 거친 말투였지만, 그래서 더 휘의 가슴에 와 닿았는지도 모른다. 휘는 심연의 말에 보답을 하기 위해서라도 한마디 하지 않을 수가 없었다.

"대사님의 가르침을 항상 마음속에 새기고 있겠습니다. 만일 그러한 일이 저에게 닥친다면, 어떤 일이 있어도 한 번쯤은 뒤를 돌아보겠습니다."

심연은 아무런 말도 하지 않고 묵묵히 고개를 끄덕였다. 진정 기꺼운 아이였다. 그 어느 누구도 자신의 말을 이토록 가슴 깊게 받아들인 사람이 없었다.

'소림의 제자였으면 얼마나 좋았을까.'

심연은 쓸쓸한 마음에 속으로 중얼거리다, 문득 든 생각에 남몰래 고소를 지었다.

'이그! 아직 멀었구나, 심연 땡추야!'

그래도 아쉬움은 남는지 휘를 다시 바라보았다.

'…저 이쁜 대가리 빡빡 깎아놓으면 온 동네 처자들 모조리 모일 텐데……. 쩝!'

"알 것 다 알았으면 이제 그만 가봐! 아무래도 운기 좀 하고 네놈한테 혼난 몸뚱이 좀 보살펴야겠다! 에그, 젊은 놈이 얼굴은 이쁘게 생겨 가지고 인정사정이 없어?"

심연의 투덜거림을 듣던 초평우와 풍인강이 힐끔 휘를 바라보았다. 슬쩍 쥐어지다 만 주먹이 보였다.

'큭큭! 병이라니까.'

무안한 표정으로 휘가 일어서자 초평우와 풍인강도 얼른 따라 일어섰다. 영등도 어기적거리며 일어서서 심연을 향해 허리를 숙였다.

"그럼 노사부님 이만……."

순간,

"개도둑놈, 너는 아직 나가지 마!"

"크흐흑!"

처절하게 일그러진 영등이 구원의 눈빛으로 옆을 바라보았다. 하지만 그를 구원해 줄 사람은 아무도 없는 듯.

"그럼 보중하시길……."

휘가 깊게 허리를 숙여 인사를 하고는 밖으로 걸음을 옮기자 다들 따라가 버린다. 배신자들!

면구를 다시 쓰고 밖으로 나온 휘는 문득 하늘을 올려다봤다.

파란 하늘이 더욱 파래 보인다. 자운당을 들어갈 때와는 다른 느낌이 든다. 그 파란 하늘에서 세 아버지가 웃고 있는 것만 같다.

─우리 휘아는 잘할 거야! 걱정 말아라, 휘아야!

휘는 빙그레 웃었다.

'그럼요! 휘아의 삶은 휘아가 만들어갈 건데요 뭐. 아버지들, 지켜봐 주세요. 그리고 잘못된 길로 가거든 사정없이 뭐라고도 해주시구요. 보고 싶어요. 빼빼아버지, 염소아버지, 석두아버지…….'

안개가 낀 것마냥 뿌옇게 눈앞이 흐려진다. 그 모습을 본 초평우가 슬쩍 풍인강을 건드렸다.

"풍가야, 형님 우는 거 아니냐?"

풍인강은 별 실없는 소리 다 한다는 듯 초평우를 째려봤다.

"대형이 무슨 앱니까? 울기는…… 우네."

초평우가 그 보라며 한마디 더 했다.

"그래도 속으면 안 돼. 너 못 봤지? 삼살귀 때려잡는 거. 그때 말이다……."

어쩌구저쩌구……. 그러다 휘가 어이없다는 표정으로 바라보자 입을 후닥닥 닫고는 자운당을 보며 말했다.

"형님, 영등 스님은 왜 남으라고 했을까요?"

전부터 느꼈지만 말 돌리는 솜씨가 보통이 아니다. 휘는 차마 다그치지는 못하고 쓴웃음을 지으며 고개를 저었다.

"심연 대사님께서 하실 말씀이 있어서겠지요."

초평우가 말했다.

"개 값 물어내라고 남으란 것은 아니겠지요?"

다시 봐도 어이가 없는 늑대.

"설마요. 먹은 지가 언젠데……. 아마 한 번만 더 자기 거 건들면 가만 안 둔다고 협박하고 있을지도……."

기가 막힌 얼음덩이다. 저 삭막한 두 얼굴에서 어떻게 저런 말이 나올 수 있을까. 정말 휘로서도 말릴 수 없는 짝짜꿍이었다.

심연이 말했다.

"알겠냐? 열심히 하지 않으면 가만 안 둔다! 네놈의 천살(天殺)을 누그러뜨리려면 열심히 해야 해!!"

영등이 고개를 푹 숙이고 답했다.

"예……."

"정 안 되겠으면 저놈에게 물어봐. 저놈이라면 네놈의 천살도 충분히 감당할 놈이니까."

어째 사부와 똑같은 말을 한다. 아무래도 빠져나가긴 틀린 것 같다. 빌어먹을!

"예……."

영등의 힘없는 대답에 잠시 머뭇거리던 심연이 아쉬운 표정으로 물었다.

"그런데…… 맛있데?"

영등이 그 말을 알아듣고는 헤벌쭉 웃었다.

"예? 예, 기가 막히게……."

"에라이! 그걸 너만 먹어?!"

딱!!

일각이 지나자 영등이 자운당을 나왔다. 한데 머리에 없던 것이 하나 솟아 있다. 그걸 본 초평우가 물었다.

"영등 스님, 얼마 줬수?"

"…뭘?"

"거보슈! 영등 스님, 다시는 건들지 말라고 했죠?"

순간, 휘잉!!

영등의 손이 파리채처럼 두 사람의 머리를 스치고 지나갔다. 그러자 두 사람이 동시에 말했다.

"솔직히 말하면 누가 돈 달라고 할까 봐 그러나? 원."

"안 건들면 되지, 왜 나한테 화풀이하는 겁니까?"

설레설레 고개를 저은 휘가 영등의 손에 들린 책자를 보며 빙긋 웃었다.

"심연 대사님께서 영등 스님을 믿으시고 맡기신 것이니 노력을 많이 하셔야겠습니다."

씩씩거리던 영등이 곧바로 풀 죽은 표정이 되어서 휘를 올려다봤다.

"시주가 도와주신다면야……."

휘는 영등의 손에 들린 것이 무엇인지 알 수 있었다. 아마 심연이 최근까지 참오하고 있다는 대범천여래장에 대한 책자일 것이다.

굳이 소림의 것이 아니란 말을 할 때부터 뭔가 뜻이 있어서 그런 말을 했을 거라 생각했었다. 게다가 영등을 바라보는 심연의 눈은 결코 가벼운 것이 아니었다. 반기는 말 대신 쏘아붙인 것도 왜 이제 왔냐는 듯한 정겨움이었을 것이다. 이제 와 생각해 보니 심연은 영등을 대범천여래장의 후인으로 낙점하고 있었을지도 모른다는 생각까지도 든다. 너무 앞선 생각일지는 몰라도.

어쨌든 그렇게 되었으니, 이제는 그걸 어떻게 익히느냐가 관건일 뿐이었다.

'흠! 그건 그렇고, 구대문파와 사대세가가 다시 기지개를 켠다, 이 말이지?'

뜻밖의 소득을 얻고 자운당을 떠나 본당 쪽으로 내려가던 네 사람은 저만치에서 오는 네 명의 스님을 보고 합장을 했다. 네 명의 스님은 들 것 두 개를 들고 오고 있었다. 그들 중 한 스님이 반장을 취하며 물어온다.

"아미타불, 빈승은 정요라 합니다. 시주들은 자운당에서 오신 분들이 아니신지요?"

"맞습니다만?"

"부상 입으신 분이 누구십니까? 저희들이 그만 바빠서 늦게 도착한 것 같습니다."

"부상자요?"

초평우가 무슨 생뚱맞은 소리냐는 얼굴로 정요를 바라보았다. 그러자 정요가 어리둥절한 표정으로 초평우에게 물었다.

"자운당에서 오시지 않았습니까? 이상하네……."

"자운당에서 온 것은 맞습니다만 부상자가 없는 것도 맞습니다. 그럼이만. 형님! 가시죠?"

떠나가는 휘 일행을 보며 정요는 자신의 사제들을 바라보았다. 사제들의 표정도 영문을 모르겠다는 표정이다. 고개를 저은 정요가 확신이 서린 음성으로 말했다.

"저들은 자운당을 구경만 하고 지나가는 사람인가 보다. 일단 자운당까지 가보자. 소리가 오래전에 멈췄다는데, 소림이 야속하단 말을 들을수는 없는 일 아니겠느냐?"

"사형의 말씀이 옳습니다. 손님들이 아직 안 내려왔다면 들것 두 개로는 모자랄지도 모르겠습니다."

"어쩔 수 없지. 일단 가보자."

연등법회는 절정으로 치달리고 있었지만 이미 휘의 일행에게는 관심 밖의 일이었다. 수많은 사람들을 비집고 소림을 빠져나온 일행은 그 길로 천검보 쪽으로 방향을 잡았다.

그리고 한 시진 뒤, 그들의 뒤를 따라서 몇 사람이 소림을 빠져나왔다. 그중에는 황보세가의 셋째 황보영의 흥미로운 표정도 보였다.

"분명 그들이 나간 것을 보았단 말이지?"

"예, 소가주. 틀림없는 그들이었습니다."

"재밌겠군, 재밌겠어! 이 황보영이 그런 구경을 놓칠 수야 없지! 하하하!!"

*   *   *

휘 일행이 소림의 산문을 나설 무렵, 등봉현을 지나는 관도를 두 필의 말이 달려가고 있었다. 한데 말은 두 필이건만 사람은 한 사람이다.

씩씩대며 말을 모는 장한의 얼굴에는 차마 터뜨리지 못해 쌓인 울화가 그대로 얼굴에 드러나 있었다.

"씨발… 년… 운가장의 전서를 이용하면 되지, 왜! 왜! 나를 못 잡아먹어서 난리야, 난리가! 조금 늦게 갔다고 두들겨 패더니, 그것도 모자라 천검보까지 갔다 오라고? 내가 새야? 나흘 만에 어떻게 천중산까지 가냐고! 헥헥!"

그래서 구상은 말 두 마리를 가지고 출발했다. 조금이라도 빨리 가기 위해서. 대막에 사는 초원의 용사들이 먼길을 갈 때 쓰는 방법이었다. 한데… 드럽게 힘들다. 엉덩이가 내 엉덩이인지 말 엉덩이인지를 모를 지경이다.

그래도 어쩔 수 없었다. 또다시 꼬투리를 잡혔다간 낙양에서 영원히 쫓겨날지 모르니까, 걷지도 못할 만큼 두들겨 맞고서.

"사갈 같은 년! 나쁜 년! 에비도 잡아먹을 년!!"

실컷 욕을 하고 나니 가슴이 조금은 시원해진다.

"그래도… 가슴 하나는 빵빵하단 말이야. 히히히!"

언뜻 작년에 몰래 훔쳐본 운비화의 가슴이 눈앞에 떠오르자, 힘든 중에도 절로 가슴이 벌렁거리는 구상이었다. 비록 그때 들키는 바람에 이렇게 구박을 받고는 있지만, 그래도…….

"우히히히!! 나중에 꼭! 다시 봐야지!"

7장
만인의 피에 하나가 더해진들 무엇이 두려우랴!

1

"후우욱! 후욱!"

거칠게 몰아쉬는 숨소리, 방 안을 가득 메운 진한 약향, 그 모든 상황이 침상 앞에 앉아서 침상에 누워 있는 노인을 바라보는 사람들을 긴장시키고 있었다.

이제 두 달이 다 되어가고 있었다. 모용서하가 용혈궁에 들어와 조부 모용진광에게 금양단을 복용시키고 치료에 전념한 지도. 하지만 아직도 모용진광은 깨어날 줄을 몰랐다. 비록 금방이라도 넘어갈 것 같던 숨소리에 힘이 들어가고 육체에 활력이 불어넣어졌지만, 정신을 차리지 못한 모용진광은 모용진광이 아니었다.

처음에는 관심을 갖고 매일처럼 들르던 용혈궁의 간부들도 한 달이 넘어가자 점차 발길을 끊고 찾아오지 않았다. 그래도 모용서하는 희망을 버리지 않고 오직 치료에만 전념할 뿐이었다.

곁에서 안쓰러운 얼굴로 그런 모용서하를 바라보던 유모가 조용히 말문을 열었다.

"아가씨, 이제 그만 가서 쉬세요. 오늘은 아무래도 틀렸나 봐요."

모용서하는 지그시 조부의 마른 얼굴을 내려다보다 고개를 끄덕였다.

"그러게요. 충분히 정신을 차릴 만큼 기운도 살아났는데……. 후우……."

차마 더 보기가 그런지 한쪽에서 지켜만 보고 있던 공손척이 고개를 흔들며 몸을 일으켰다.

"가서 쉬거라. 네 몸도 생각해야지."

"예, 공손 할아버지."

어쩔 수 없다는 것을 모를 그녀가 아니었다. 다만 안타까워 일어서기를 못할 뿐이었다. 지난 두 달간 반복된 일상이었지만 그녀는 조금도 지루하지가 않았다. 오히려 조부의 곁에 조금이라도 더 있고 싶은 그녀였다. 그러나 두 사람이 재촉하자 그녀로서도 어쩔 수가 없었다. 그녀가 일어서지 않으면 유모도 쉬지 않을 테니까.

침과 도구들을 챙긴 모용서하가 일어나 한 번 더 조부를 보고는 몸을 돌렸다. 한데 그때였다!

"후우욱! 후욱! 누……."

긴 숨소리 끝에 가느다란 뒷말이 들려온다.

휙, 고개를 돌린 모용서하가 눈을 부릅뜨고 침상 위를 바라보았다. 그러다 옆을 보며 물었다.

"공손 할아버지, 들으셨죠?"

이마를 짙게 찌푸린 공손척이 천천히 고개를 끄덕였다.

"듣긴 들은 것 같다만……."

그도 숨소리 끝에 흘러나온 말을 들었다. 문제는 그것이 의지를 가지고 한 말인지, 아니면 숨소리가 변형되어서 흘러나온 것인지를 확신하지 못하고 있다는 것이다. 한데…

"후욱! 누… 구……."

또다시 들린다! 귀를 기울여야만 들을 수 있을 정도로 작지만 분명한 소리!

"할아버지!"

모용서하가 부랴부랴 침구를 다시 꺼내 들었다. 떨리는 그녀의 손에 세 개의 침이 잡혔다. 그러나 그녀는 쉽게 침을 꽂지를 못하고 떨리는 가슴을 진정시켜야만 했다. 자칫 혈을 잘못 찌르면 지금껏 해온 노력이 모두 수포로 돌아갈 테니까.

흥분한 모용서하와는 달리 공손척은 말을 잊고 입만 벌린 채 침상 위를 바라보았다. 이번에는 분명하게 들었다.

'모용 형님이 말을 했다! 육 개월 만에 처음으로! 오!'

두 손에 땀이 배어 나왔다. 그는 잘 안다. 아직 깨어날지 확실치는 않지만, 모용진광이 깨어난다는 것은 곧 용혈궁에 태풍이 몰아친다는 것과 같은 말이라는 것을.

그것이 모용진광에 의해서든 아니면 다른 사람에 의해서든.

모용서하가 조심스럽게 침을 찔러갔다. 하나하나 침이 꽂힐 때마다 모용진광의 얼굴 근육이 씰룩거렸다.

조금 전까지와는 전혀 다른 반응에 모용서하의 눈에서 금방이라도 눈물이 쏟아질 것만 같았다. 유모는 떨리는 손으로 모용서하의 어깨를 짚어주었다. 모용서하가 고개를 돌리고 유모를 바라본다.

"고마워요, 유모."

"침착하세요, 아가씨. 이제 시작일 뿐이에요."

"예, 저도 잘 알아요."

모용서하는 살짝 웃음을 지으며 공손척을 올려다보았다.

"공손 할아버지, 아직은 아무에게도 알리지 말아주세요. 당분간은 방해를 받지 않고 치료에만 신경 쓰고 싶으니까요."

"음… 알았다. 나만 알고 있으마. 너무 걱정 말아라. 허허허! 마치 육개월이 육십 년처럼 긴 시간이었어."

그날 밤, 용혈궁주 광룡 모용진광은 쓰러진 지 육 개월 만에, 모용서하가 온갖 정성을 다한 지 두 달 만에 눈을 뜨고는 생전 처음으로 자신의 손녀를 볼 수 있었다.

눈을 뜬 모용진광은 자신을 빤히 쳐다보며 눈물짓고 있는 젊은 여인을 보고 의아한 마음이 들었다. 누군데 자신을 보고 울고 있단 말인가.

'누구지? 너는 누구냐? 누군데 감히 나를 보고 우는 것이냐?'

한참을 멍하니 바라보다, 끝내 의문이 입으로 흘러나왔다.

"누… 구?"

오랫동안 닫힌 입에서 흘러나오는 말은 가까이 귀를 가져다 대도 알아듣기가 힘들 정도였다. 그러나 모용서하는 그 말을 알아들었는지 눈물을 흘리면서도 함박웃음을 지었다.

"저예요. 무산에 있는 저를 부르셨잖아요, 할아버지……."

"하… 아버지……? 그… 럼?"

더듬거리며 말을 하는 모용진광의 눈이 폭풍우에 흔들리는 거목처럼 거세게 떨렸다.

그랬었지. 기억이 난다. 아득한 가운데에서도 유일하게 기억나는 몇 가지 일 중의 하나.

정신을 잃기 전, 은밀히 사람을 보냈었다. 자신이 쫓아낸 아들이 낳은 딸, 자신에겐 유일한 피붙이인 손녀를 찾기 위해서.

"예, 제가… 서하예요, 모용서하……."

눈물이 떨어져 손등을 적신다. 따뜻하다. 손녀의 따뜻한 마음이 손등을 타고 전해온다. 이게… 이게 핏줄이거늘…….

"미… 안… 하다……."

모용서하는 도리질을 치며 모용진광의 손을 꼭 잡았다.

"아니에요, 아니에요, 할아버지……."

한쪽에서 두 조손간의 대화를 듣고 있던 공손척이 손가락으로 슬쩍 눈가를 찍었다.

'거참! 형님도. 그러게 왜 쫓아내! 에잉, 다 늙어서 눈물은……. 험!'

말없이 서로를 바라보고 있는 두 사람을 방해하기는 싫었다. 하지만 한마디만은 꼭 해주고 싶었다.

"험! 형님, 아우도 있소."

"척… 아우?"

"수십 년을 같이 부대낀 아우보다 처음 만난 손녀가 더 좋은 것 같수. 섭하구만요."

모용진광의 입가로 옅은 웃음이 배었다. 뭐라 말할 건가, 지금 가슴에 쌓인 이 감정을. 자신도 평생 처음 느껴보는 감정이 당혹스럽기만 하거늘.

모용진광이 말없이 쓸쓸한 웃음만 짓고 있자 공손척이 절대 잊지 말라는 듯, 한 자 한 자 가슴에 새기듯 말했다.

"서하가 형님을 살려냈수! 잊지 마시구려! 또다시 누굴 쫓아내네 마네 하면, 이번엔 아우도 가만있지 않을 거요!"

눈을 감은 모용진광이 미미하게 고개를 끄덕였다. 그런 그의 감긴 눈을 타고 맑은 눈물이 흘러내린다. 이십수 년간 가슴에 쌓인 한이 녹아내린다. 천하의 광룡이 눈물을 흘린다.

'아들을 내쫓은 아비의 마음이 어찌 편했겠나… 아우…….'

모용서하는 할아버지의 주름 계곡을 따라 흘러내리는 눈물을 닦으며 조용히 입을 열었다.

"누가… 뭐라 해도… 저는 할아버지를…… 사랑해요. 아셨죠?"

"고… 맙… 다…… 아가야……."

사흘이 지나자 모용진광의 상태가 빠르게 회복되기 시작했다. 몸도, 기억도…….

그리고 서서히…… 거센 폭풍우를 동반한 태풍의 눈이 휘돌기 시작했다.

2

청해성 곤륜의 끝자락, 암울한 어둠이 짙게 물들어 있어 불길함조차 느껴지게 하는 거대한 산 하나가 우뚝 솟아 있으니, 그 산을 외부인은 불길한 산 무양산(無陽山)이라 부르고, 그 인근에 사는 이들은 악마가 사는 산 묵양산(默陽山)이라 부른다.

인근 사람들은 절대로 그 산 깊숙한 곳에는 들어가지를 않는다. 특히 암벽이 병풍처럼 둘러쳐진 곳 너머는 악마의 대지라 알려져 있어 더욱더 가지를 않았다. 그곳을 넘어가면 악마의 저주를 받아 자손이 끊기고 지옥에 빠진다는 전설이 수백 년간 전해져 내려왔기 때문이다.

그런데 수십 년 전 어느 날, 호기심을 참지 못한 묵양산 아랫마을의 젊은이 세 명이 암벽을 넘어가는 일이 발생했다. 하지만 돌아온 이는 단 한 사람뿐이었다. 그나마 살아 돌아온 젊은이조차 완전히 미쳐 버린 채 횡설수설하다가 사흘을 넘기지 못하고 죽어버렸다.

"그곳은 지옥…… 으으……. 악마들이…… 우리를…… 잡아먹어……."

그날 이후, 마을 사람들은 아예 호기심을 갖는 것조차 두려워했다.

사시사철 안개가 짙게 끼어 있는 험준한 산악의 내부에는 세상 사람들이 모르는 기경이 펼쳐져 있었다.

안개 자욱한 호숫가를 지나 깎아지른 듯한 절벽 사이를 통과해 들어가면 암벽으로 둘러싸인 거대한 분지가 보인다. 하늘이 뿌연 안개로 뒤덮인 분지는 그 둘레만도 십 리에 이를 정도였다. 그것만으로도 놀랄 광경이거늘, 그 분지의 반이 거대한 고목들과 고목 사이에 지어진 고루거각들로 가득히 메워져 있었으니 처음 그 광경을 본 사람들은 벌린 입을 다물지 못할 정도였다.

더구나 고목이 먼저 심어졌는지, 건물이 먼저 세워졌는지 모를 정도로, 오랜 세월이 묻어 있는 고풍스런 전각들의 모습은 보는 이가 찬탄을 자아내기에 충분했다.

그 수많은 전각들 중에서도 자그마한 인공 호수를 끼고 지어진 전각의 내부.

어둠보다 더 검은 장포를 걸친 삼십 후반의 무사가 붉은 휘장을 향해서 부복해 있었다.

매미 날개처럼 얇은 휘장 안에는 흐릿한 붉은 빛 속에 청년같이도 보이고 중년인같이도 보이는, 나이를 짐작하기 어려운 남자가 비스듬히 앉은 채 흑의무사를 내려다보고 있었다.

정적만이 흐르는 내전, 흘러가는 바람 소리마저 들릴 정도의 고요함이 등을 짓누르자 부복한 흑의무사의 이마에서 땀 한 방울이 뚝 떨어졌다. 순간 내전을 울리며 휘장 안의 남자가 입을 열었다. 흑의무사가 부복한 지 일각이 흘렀을 때였다.

"철군명이 입궁했다? 본 궁의 제자가 되기 위해서?"

"그렇습니다, 대공자!"

공명되어 울리는 잔잔한 음성에는 심혼을 울리는 힘이 배어 있다.

"흑마령주에게서 온 소식은?"

"철군명이 철혈성의 지위마저 버렸다 합니다."

"흠……. 뜻밖이군. 놈이 노리는 게 뭐라 생각하나?"

"흑마령주의 말대로라면 놈은……."

"그는 어찌 되었든 본인의 사제다, 야율단."

흑의무사 야율단의 이마에 식은땀이 솟아났다. 자신은 놈이라 부를 수 있지만 너는 안 된다는 말. 하극상은 곧 죽음이다.

"송구합니다, 대공자. 그는… 철군명은 여휘라 하는 자에게 치욕스런 패배를 당하고 그 패배를 갚기 위해 모든 걸 버린 듯합니다."

"여휘라……. 흑마령주는 움직이지 않았단 말이냐?"

"그것이… 보고는 없사오나, 정보에 의하면 암인대를 잃었다 합니다."

"암인대를 잃었다? 그러고도 보고를 하지 않았다고?"

휘장이 펄럭이며 붉은 기운이 쏟아져 나온다. 가공할 살기가 몰아친다. 야율단은 해쓱한 얼굴로 고개를 파묻고 즉시 말을 이었다.

"철군명이 암흑마령을 펼치고도 당했다는 말을 들었습니다."

"흠……."

"암영을 움직여 여휘란 자의 뒤를 쫓고 있다 합니다. 아무래도 그를 처치한 뒤에 보고하려……."

"그래? 일을 마무리 짓고 보고를 하겠다? 후후후… 하긴 그것이 흑마령주의 성격에 맞는 일 처리겠지."

비스듬히 앉아 있던 대공자가 천천히 몸을 바로 세우며 흥미로운 표정으로 입을 열었다.

"철혈성의 일은 흑마령주에게 맡겨두고 너는 철군명의 행보를 잘 살펴봐라. 분명 놈은 무공을 익히는 것으로 만족하지 않을 것이다. 후후후……. 만일 놈이 도움을 원하거든 도와주도록."

"대공자님?"

"호남에 가 있는 둘째가 너무 조용해. 잘하면 훌륭한 방패가 될 수도 있을 거야."

"존명!"

"그리고 여휘라 했던가? 야율단, 그자에 대한 정보를 최대한 모아보도록. 그런 고수가 하늘에서 뚝 떨어졌을 리는 없을 테니까."

"즉시 알아보겠습니다."

잠시 정적이 다시 흘렀다. 야율단은 천천히 고개를 들다가 대공자가 눈을 감은 채 생각에 잠겨 있자 다시 고개를 숙였다. 자신의 경험으로는 대공자가 깊은 생각에 잠겼을 때는 결코 일반적인 사안을 생각하는 것이 아니다. 아니나 다를까, 눈을 뜬 대공자가 나직하니 묻는다.

"사부께선 무슨 생각을 가지고 계실 거라 생각하나?"

부르르……. 야율단의 몸이 자신도 모르게 떨렸다. 궁(宮)의 금기 사항인 후계에 대한 물음이 떨어졌다. 한마디 잘못하면 죽음뿐인 물음이다. 야율단은 깊이 숨을 몰아쉬고는 대답했다.

"속하가 어찌 감히 궁주님의 마음을 엿볼 수 있겠습니까마는…… 대공자님을 제외하고는 다른 생각을 가지실 궁주님이 아니리라 생각되옵니다."

"음… 그래? 그렇단 말이지? 한데 말이야…… 왠지 마음이 안 놓여. 하필 지금에 와서 사령(邪靈)의 기운이 살아나려는 것도 그렇고, 둘째가 움직이지 않는 것도 그렇고 말이야."

"삼령주는 물론이고 궁의 원로들은 모두 대공자님을 따를 것입니다."

"하지만 이루(二樓) 삼각(三閣)의 주인들은 둘째를 따른다."

"젊은 자들 중 많은 수가 둘째 공자를 따른다 하나 본 궁의 힘 중 일부분일 뿐이옵니다. 대공자, 천궁(天宮)의 문이 열리고 마백(魔魄)의 하늘이 도래하는 날, 그 하늘에서 세상을 내려다보실 분은 오직 대공자뿐이시옵니다! 심려 마소서!!"

야율단이 보다 강하게 말을 맺자 그제야 대공자 야율무궁의 눈에도 웃음이 떠올랐다.

"그래, 본좌가 너무 깊게 생각했나 보군. 야율단, 그대는 본좌의 수하이기 전에 본좌의 아우다. 항상 그 점을 잊지 말도록."

"감읍하옵니다, 대공자!"

배다른 형제였지만 언제나 상관과 수하로만 지내온 터였다. 한데 새삼스레 자신을 형제라 한다. 그만큼 위기감을 느끼고 있다는 것인가?

"이만 물러가옵니다!"

야율단은 한 번 더 허리를 숙이고 전각 밖으로 나섰다. 그러다 아차 하는 생각에 걸음을 멈추었다. 그만 대공자의 기세에 눌려 한 가지를 말하지 않은 것이다. 그러나 다시 들어가기에는 돌아올 질책이 부담된다. 야율단은 고개를 돌려 전각을 바라보다가 멈춘 발걸음을 다시 옮겼다.

'공연히 지금 들어가서 혼날 필요는 없겠지. 어차피 여휘라는 자를 조사해야 할 터. 그자의 무공 특성에 대한 것은 그때 가서 말해도 될 테니까……'

3

쟁!

내리쬐는 햇빛에 지면에서 끓어오르는 열기가 대기를 비틀며 아른거

란다. 얼마나 뜨거운지 얼음덩이 풍인강의 얼굴이 후끈 달아오를 정도다. 소림을 떠난 지 사흘, 아직 신양문의 무사들은 보이지 않았다.

*　　　*　　　*

호양의 명성이나 성격으로 봐서는 결코 피할 사람이 아니었다. 그렇다면 휘를 상대할 만반의 준비를 하기 위함일 터였다. 양평위와 목진태가 한 사람에게 쓰러졌다면 아무리 혈마수 호양이라도 일 대 일로는 안 된다 생각했을 테니까.

비록 호백문이 있다 하지만, 휘의 옆에도 세 사람이 더 있었으니 호양으로서는 신중할 수밖에 없었을 것이다.

호양은 당금 강호에서 알아주는 고수였지만 결코 자신의 힘만 믿고 설쳐 대는 애송이가 아니었다. 그가 휘 일행을 가벼이 봤다면 아무리 소림의 터전이라 해도 소실봉에서 끝장을 냈을 터였다. 그리고 손해를 감수하면서까지 광양문의 일에 뛰어들 정도로 마음이 넓은 사람 또한 아니었다.

휘의 일행이 뜨거운 햇살이 내리쬐는 마동평을 지나갈 무렵, 호양은 급전으로 보낸 전서를 보고 찾아올 사람들을 선춘의 선기보에서 기다리고 있었다.

영천의 본문은 이천 리 길, 본문에서 사람을 불러오기에는 시간이 너무 촉박했다. 해서 생각한 것이 사백여 리 거리에 있는 광양문의 석수 분타였다. 본시 일 자체가 광양문과 관련된 일이었으니 어쩌면 그것이 순서에 맞을지도 몰랐다. 해서 개인적으로 알고 지내던 선기보의 보주를 움직여 사람을 보낸 것이다.

사흘이 지나자 석수 분타에서 다섯 명이 호양을 찾아왔다. 면면이 하나같이 일류고수라는 것을 알 수 있을 정도로 뛰어난 기도를 지닌 자들이었다. 그리고 그들 중 두 사람은 호양도 잘 아는 사람들이었다.

"삼가 광양문의 이동천이 호 대협을 뵈오이다!"

미처 이동천의 인사가 끝나기도 전, 벌떡 일어선 호양이 이동천의 뒤를 따라 들어온 사람을 향해서 고개를 숙였다.

"호양이 갈 선배를 뵈오."

이동천의 뒤에 있던 중노인이 앞으로 나서며 고개를 끄덕였다.

"오랜만이군. 그래, 문주께선 강녕하신가?"

"아직 백 년은 끄떡없으실 정도로 건강하십니다. 한데 어떻게 갈 선배께서?"

"마침 동천이와 석수를 들렀다 떠나던 길이었네. 분타주가 정신없이 달려와서 말하더군. 평위를 죽인 놈이 나타났다고 말일세."

"잘 오셨습니다. 백문, 인사드려라. 광양문의 진살곤(振殺棍) 갈우당 선배이시다!"

호백문이 놀란 눈으로 갈우당을 바라보다 급히 고개를 숙였다.

진살곤 갈우당, 광양문의 칠장로 중 한 사람. 아무리 자신이 신양문주의 아들이라 하지만 갈우당과는 그 격이 달랐다.

"신양문의 호백문이 갈 선배께 인사드립니다."

이미 이야기를 들은 듯 갈우당은 별다른 반응 없이 고개만 끄덕였다.

"음, 신양문주에게 범 같은 아들 셋이 있다는 소리는 들었네. 반갑군."

서로 간에 대충 인사를 나누고 나자, 갈우당의 눈이 한기를 담은 채 호양을 향했다.

"호양, 놈은 어디 있나?"

"일단 선기보를 움직여서 놈들이 지나갈 길목을 감시하고 있습니다. 천검보로 간다 했으니 결코 저희들의 눈을 피하지는……."

미처 호양의 말이 끝나기도 전이었다. 한 명의 무사가 정신없이 안으로 들어왔다.

"무슨 일이냐?"

"호 대협께서 말씀하신 자들이 마동평을 지나 황은림(滉隱林)으로 들어섰다 합니다!"

천천히 일어선 호양이 갈우당을 바라보았다. 갈우당이 온 이상 자신이 앞장서 나설 필요는 없었다. 더구나 이 일은 삼양신문 전체의 일이라기보다는 광양문의 개인적인 일이라 봐야 했다. 적어도 아직까지는……

*　　　*　　　*

마동평을 벗어나 숲으로 들어서자 마치 지옥에서 천당으로 들어선 것만 같았다. 진녹으로 우거진 황은림은 소나무와 산죽이 우거져 보기만 해도 가슴이 시원해진다.

나무 위에서 지저귀던 산새들은 난데없는 침입자로 인해 노랫소리를 멈추고, 솔방울을 가지고 놀던 다람쥐는 깜짝 놀라 정신없이 나무를 타고 올라간다.

―늑대가 나타났다!

소나무 사이로 난 길을 따라 백여 장을 들어가자, 졸졸졸 계곡물 흐르는 소리가 들렸다.

초평우가 물가로 달려갔다. 풍인강도 뒤질세라 몸을 날린다.

쿵쿵!

영등이 바위 위로 올라가더니 그대로 뛰어내린다.

첨벙!

튀어 오른 물에 초평우와 풍인강이 물에 빠진 생쥐처럼 변해 버렸다.

그래도 기분은 좋은지 영등을 향해 물을 튕긴다.

휘도 물가에 앉아 발을 담그고는 물장난 치며 놀고 있는 세 사람을 바라보았다.

'순수한 사람들이다. 어린아이처럼 맑은 심성을 지닌 사람들이다. 그런데 나는 저 사람들을 데리고 어디로 가고 있는가. 피의 바다를 헤엄쳐 건너야 할지도 모르는데, 꼭 저 사람들을 데리고 가야만 할까? 나를 따라다니다 헛된 죽음을 당할지도 모르는데, 꼭 저 사람들과 함께 가야 하는 걸까? 내 길인데… 저 사람들의 길이 아닌데……. 내가 떠나라고 하면 떠날까? 훗! 아마 떠나지 않을 것이다. 적어도 내가 아는 한은. 별수없지 뭐. 이것도 다 운명이려니 해야지. 만남도, 헤어짐도…….'

휘가 생각에 잠겨 있자 초평우가 두 손 가득 물을 뜨더니 휘에게 뿌렸다.

촤아악!

"아싸! 형님도 들어오슈!"

초평우가 어린아이처럼 웃음을 지으며 말한다. 그때 휘의 눈 깊은 곳에서 기광이 번뜩이더니, 왼손의 소매가 날아오는 물을 휘저어 튕겨냈다.

파앗!!

순간, 날아오던 물줄기가 방향을 틀더니 오른쪽 숲 속으로 날아간다.

후두둑! 나뭇가지들이 물줄기에 맞아 부러져 나가며 나뭇잎들이 허공 가득 너울거린다.

휘의 소맷자락에 튕겨진 순간, 이미 물줄기는 물줄기가 아니었다. 그것은 수십 발의 날카로운 화살!

그제야 자신의 장난을 심각한 얼굴로 튕겨내는 휘를 멀뚱히 바라보던 초평우가 고개를 홱 돌리고는 숲을 향해 소리쳤다.

"누구냐!"

정적에 휩싸인 숲 속의 공기가 무겁게 내려앉았다.

초평우의 일갈이 터지고 열을 헤아릴 시간이 지날 즈음, 숲을 헤치며 일곱 명이 나타났다. 소리없는 움직임, 우거진 숲을 거침없이 빠져나오는 그들의 몸놀림에는 고수의 움직임이 배어 있다.

초평우의 고함과 동시에 물속에 있던 풍인강이 신형을 날려 휘의 왼쪽에 내려서고, 영등이 뒤늦게 부랴부랴 물속에서 빠져나왔다.

휘는 바위 위에 걸터앉은 채 나타난 사람들을 바라보았다.

오십 후반 중노인의 뒤에 호양이 보인다. 그 뒤로 호백문과 정체를 알 수 없는 네 명이 모습을 드러내자 더 이상의 인기척은 느껴지지 않았다.

그제야 무심한 눈으로 중노인을 바라보던 휘가 천천히 신형을 일으켰다. 그러나 말문은 갈우당이 먼저 열었다.

"네가 양평위를 죽였다는 조휘라는 아이냐?"

아이? 휘가 고개를 갸웃거리며 입을 열었다.

"내가 조휘인 것은 맞소만, 그러는 귀하는?"

"귀하?"

갈우당의 눈에서 가느다란 살기가 화살처럼 쏘아져 나왔다. 휘는 갈우당의 그런 눈빛을 보는 둥 마는 둥 계속 말했다.

"광양문에서 오셨소? 어쩔 거요? 지금 시작할 거요? 아니면 다른 사람이 더 올 때까지 기다릴 거요?"

"이놈!!"

"빚을 받으러 왔으면 빚을 받는 데 노력을 해야 할 것이오. 노력을 소홀히 하면… 후회할 것이오."

기함할 일이었다. 천둥벌거숭이 같은 놈이 감히!

"건방진…… 놈!!"

노호성을 터뜨린 갈우당이 한줄기 선이 되어 휘를 덮쳐 가고, 그의 오른손에 들린 두 자 길이의 뭉툭한 진명곤(振鳴棍)이 찰나간에 휘의 어깨를 내려쳤다.

쐐애액!!

쇠조차 부숴 버린다는 진명곤의 울음소리가 귀청을 찢을 듯이 울린다. 순간 아무런 움직임도 없던 휘의 어깨가 살짝 가라앉는가 싶더니, 그대로 갈우당의 가슴으로 파고들었다.

진명곤이 휘의 환영을 스쳐 지나갔다. 동시에 뒤로 물러서던 갈우당이 헛바람 소리를 흘렸다. 코앞에 닥친 휘가 하얀 웃음을 짓고 있었던 것이다!

"헛!"

'이런! 그깟 격장계에 넘어가다니!'

또다시 일 장을 물러섰다. 하지만 휘의 움직임은 더욱 빨라진다. 그림자처럼 갈우당의 가슴에 붙어 이 장여를 따라가던 휘의 우권이 갈우당의 가슴을 후려쳤다. 천붕의 일권!

당황한 갈우당이 이를 악물고 곤을 내려쳤다.

쾅!

곤과 권이 마주치며 숲이 뒤흔들렸다. 주룩 뒤로 물러선 갈우당이 눈을 부릅떴다.

너덜거리는 가슴의 옷자락 따위는 눈에 들어오지도 않았다. 바위에 짓눌린 듯한 가슴의 통증도 느껴지지 않는다. 상대가 우권을 들어 허공을 휘젓고 있는 것만이 눈을 가득 메우고 있었다.

휘저어지는 가공할 권력에 허공이 비틀리고 있었다. 그리고 다시 달려든다. 악마 같은 놈!

판단을 내릴 시간도 없었다. 일단은 급한 불부터 꺼야 했다. 갈우당은 좌수를 들어 휘의 우권을 틀어막고, 진명곤을 휘돌려 휘의 머리를 쳐갔다. 그는 삼십 년에 걸친 자신의 강호 경험을 믿었다.

―놈은 머리가 부서지기 싫으면 몸을 피해야 하리라!

하지만 그것은 갈우당이 평생 후회할 오판이었다. 그는 상대가 자신의 하수가 아니란 것을 알았어야 했다. 아니, 자신보다 강할지 모른다는 생각까지도 해야 했다. 그걸 알고 뇌려타곤이라도 펼쳐야 했다. 그랬다면 진살곤이라는 별호를 황은림에 묻어야만 할 일은 벌어지지 않았을 것이다.

오판의 대가는 결코 작지 않았다. 휘의 신형이 물 흐르듯 갈우당의 좌수를 흘려 버리고, 휘의 좌수가 갈우당의 곤을 후려쳤다.

쾅!!

충격에 갈우당의 중심이 무너졌다. 찰나, 천양의 기운이 뭉친 우수가 그대로 좌측 팔꿈치를 거슬러 올라가며 갈우당의 어깨를 부숴 버렸다!

콰직!

"크윽!"

어깨뼈가 산산이 부서지자, 극렬한 통증에 정신없이 물러서는 갈우당의 얼굴이 악귀처럼 일그러졌다. 한데… 그게 끝이 아니었다.

입가에 하얀 웃음을 배어 문 휘가 허공에 일권을 내지르고 있었다.

"막아!!"

대경한 호양이 대갈을 터뜨리며 신형을 날렸다. 뒤늦게 이동천을 비롯한 무사들이 무기를 뽑아 들었다. 하지만 이미 때가 늦었다. 일 장을 격한 채 펼쳐진 천양의 천붕!

대기가 파열되며 터져 나갔다!

콰콰콰쾅!

굉음이 일며 갈우당의 몸이 훌훌 날아간다. 호양이 이를 악물고 주르룩 물러선다. 그런 그의 두 눈은 경악으로 얼룩진 채 앞을 뚫어져라 바라볼 뿐이다.

손을 늘어뜨린 채 고요함 속에 우뚝 서 있던 휘가 그런 두 사람을 무심한 눈으로 바라보았다. 휘몰아치던 회오리바람도 장내의 정적에 짓눌려 가라앉고 있었다.

할 말을 잃은 호양은 힐끔 갈우당을 바라보았다. 창백한 표정의 갈우당이 입가에 선홍빛 피를 흘리며 일어서려 하지만, 비틀거리다 다시 쓰러지고 있다.

진살곤 갈우당이 쓰러졌다. 맙소사!

'설마 선천지기까지 깨졌단 말인가?'

호양은 자신도 모르게 떨리는 음색으로 휘에게 물었다.

"너는… 대체…… 누구냐?"

"그게 중요하오? 검으로 말하는 게 더 빠를 듯하오만."

조용히 흐르는 목소리가 악마의 속삭임처럼 호양의 귓전을 두드린다. 그리고 천천히 만양을 잡아가는 휘,

"시작을 했으면 끝을 봐야지 않겠소. 죽든 살든!"

츠르르…….

만양이 뽑히며 요요로운 연붉은 나신이 드러났다. 순간 호양의 두 눈이 거세게 흔들렸다. 갈우당과 자신의 혈마수조차 상대의 맨손에 밀렸다. 한데 이제 검까지 빼어 들었다. 붉은 공포가 서린 검을!

호양은 이동천을 바라보았다. 그의 안색도 편해 보이지가 않는다. 하기야 철석같이 믿었던 갈우당이 단 몇 초 만에 힘도 못 쓰고 무너졌거늘, 어찌 침착할 수가 있을까.

'어쩔 수 없다. 무릎을 꿇을 수는 없는 일!'

이동천을 향해 전음을 보냈다.

"동시에 전력을 다해서 칩시다! 놈은 강하오. 합공이 결코 수치가 아니오."

"알겠습니다."

문제는 휘의 곁에 있는 세 사람이었다. 그나마 스님으로 보이는 자는 물러서 있다. 그렇다면 두 사람을 따로 맡는다 해도 나머지가 다섯 명. 호양은 전음으로 재빨리 자신의 생각을 말하고 쌍장에 혈마공을 가득 끌어올렸다. 그러자 휘가 말했다.

"생각이 끝났으면 시작해 봅시다!"

휘의 말에 초평우도 대도를 꺼내 들고, 풍인강도 자신의 진천검을 뽑아 들었다. 그런 두 사람의 얼굴에 떠오른 표정은 오직 즐거움뿐.

"그려, 해보자구!"

초평우의 말에 풍인강은 이동천을 바라보았다.

"댁은 나하구 합시다."

"그럼 나는… 어이! 화장한 남자! 이리 오더라고!"

시작은 엉뚱하게 호백문과 초평우로부터 시작되었다.

호백문은 그다지 강해 보이지도 않는 지들을 상대하면서 이러쿵저러쿵 하는 게 마음에 안 들었다. 갈우당이 패했다 하지만 그것은 갈우당이 늙어서 그럴 수도 있는 일이 아닌가. 그렇다면 자신이 본때를 보여주리라, 저놈의 늑대를 잡아서!

"타앗!"

호백문이 신형을 날렸다, 늑대를 향해서!

늑대도 신형을 날렸다, 대도를 뽑아 들고 화장한 남자를 향해서!

따다당! 차라랑!

순식간에 눈에 보이지도 않을 정도로 십여 번을 부딪쳤다. 초평우의 대도가 폭풍처럼 호백문의 섭선을 후려치고, 호백문의 섭선은 나풀거리는 나비처럼 초평우의 대도를 휘감았다.

마치 이때가 아니면 영원히 휘두를 수 없기라도 한 양, 두 사람은 숨쉴 틈 없이 부딪쳐 간다.

이동천을 노려보며 짓쳐들던 풍인강의 검첨에선 새파란 검기가 넘실거린다. 한 치도 방심할 수 없는 상황. 이동천도 이를 악물었다.

대충 상대가 정해지자 휘는 호양을 바라보며 천천히 걸음을 옮겼다. 한 발, 주욱 나아가는 휘의 신형이 호양의 일 장 앞에서 환상처럼 갈라졌다. 다섯 개의 분신, 오보천환(五步千幻)!

호양의 표정에 경악에 찬 당황이 떠오른다. 광양문 팔기령의 세 무사도 눈을 부릅뜨고 휘의 환영을 노려본다. 순간!

고오오오…….

휘의 다섯 환영이 일제히 연붉은 만양을 떨구어냈다. 진녹의 숲 속에 다섯 줄기 붉은 검기가 회오리친다. 유성회풍!

회오리치던 검기가 수십 줄기로 갈라지며 네 명을 향해 쏘아져 간다.

유성탄비격!

이를 악문 호양이 혈마수를 휘둘러 핏빛 장막을 쳤다. 세 명의 무사가 검, 도, 편을 휘둘러 검기의 폭풍을 막으려 사력을 다한다.

쩌저정! 콰과과…….

"크읍!"

"커어억!"

만양에 부딪친 도검들이 부러지고, 잘려지고, 부서져 버렸다.

가공할 회오리에 휘말린 무사들이 피를 뿜으며 튕겨져 버렸다.

하얗게 탈색된 호양이 전신 공력을 끌어올려 순식간에 십팔 장을 쳐내며 겨우 버틸 뿐이다. 하지만 그것도 잠시뿐,

휘의 환영이 사라진다 느껴진 순간, 허공에서 한줄기 붉은 뇌전이 떨

어져 내렸다!

파란 하늘도, 진녹의 숲도 일시지간 갈라져 버린다!

단천락!

쩌어어억!! 툭!

호양이 펼친 혈마산산(血魔傘傘)마저 길게 갈라지며 무언가가 바닥에 떨어졌다.

호양은 넋을 잃은 듯 바닥에 떨어진 물체를 바라보다가 다시 자신의 어깨를 쳐다봤다. 그리고 끝내,

"내… 팔이……. 끄윽!"

어깨에서 뿜어지는 피분수와 함께 억눌린 신음이 새어 나왔다. 일그러진 얼굴을 들고 휘를 바라보는 눈에는 경악조차 사라져 보이지 않는다. 그저 꿈을 꾸고 있는 듯한 몽롱한 눈빛만이 남아 있다.

어찌 그러지 않을까. 자신이, 혈마수라 불리는 자신이 삼 초를 견디지 못하고 팔이 잘렸다. 죽음을 무릅쓰고 달려듦이 마땅하건만 몸이 움직이지를 않는다.

그럴 만도 했다. 마음이 먼저 죽어버렸거늘, 몸인들 따를 것인가.

휘는 무심한 눈으로 호양을 바라봤다. 싸울 때의 철칙.

—어설픈 승리는 상대로 하여금 할 수 있을지 모른다는 착각을 심어 준다.

그래서 확실하게 무너뜨릴 작정을 했다. 그리고 그 목적은 성공한 듯하다. 호양의 눈빛으로 봐서는.

휘는 여전히 피가 줄줄 흐르는 호양을 향해 손가락을 튕겼다. 어깨의 혈이 짚어짐에도 호양은 움직이지를 않았다. 대신 입을 열었다, 의문이 담긴 표정으로.

"왜……?"

"양평위를 죽인 것은 그때 당시 힘 조절을 못해서였소"

그러니까, 지금은 힘 조절을 해서 죽일 수도 있는 것을 살려줬다, 이 말인가? 어이가 없지만 사실이 그러하니 할 말이 없다.

"나는 삼양신문과의 관계가 악화되는 것을 바라지 않소. 귀하는 어찌 생각할지 몰라도 말이오."

"으음… 피는 피로… 검은 검으로 답하는 것이 강호다……."

휘는 여전히 무감정한 목소리로 조용히 말했다. 주위는 여전히 싸움으로 소란스러웠지만 휘의 목소리는 똑똑히 호양의 귀를 파고들었다.

"나 역시 그 말을 좋아하오. 삼양신문이 계속 싸우겠다면 싸워야 하겠지. 하나 안 봐도 되는 피를 억지로 보고 싶은 마음도 없소. 나는 피에 굶주린 사람이 아니거든. 가서 전하시오! 친구가 될 건지, 적이 될 건지는 삼양신문의 결정에 달렸다고 말이오!"

호양은 멍한 눈으로 휘를 바라보았다. 어느 누가 칠패라 불리는 삼양신문에 저런 식으로 말할 수 있단 말인가.

결과는 불 보듯 뻔한 이야기이거늘… 문득 또 다른 생각도 든다.

'어쩌면… 신양문의 문주이자 삼양신문의 대문주인 형님이라면, 나와는 다른 생각을 할지도…….'

고개를 돌려 갈우당을 바라보았다. 그는 정신이 나가 버린 사람마냥 나무 둥치에 등을 기대고 앉아 휘를 보고 있다. 눈이 마주친 두 사람의 입가에 고소가 맺혔다. 사람은 너무 어이가 없다 보면 화가 나기보다 먼저 웃음이 나온다더니 두 사람이 그런 꼴이 되어버렸다.

그런 두 사람을 놔두고 휘는 초평우와 풍인강이 싸우고 있는 곳으로 고개를 돌렸다.

초평우는 호백문을 정신없이 몰아치고 있었다. 호백문은 신양문주의 아들이니만큼 지닌 무공은 초평우에 못지않았다. 문제는 정신력, 정신력에서만큼은 결코 초평우의 상대가 될 수 없었다.

쾅! 쩌정! 파라락!

"힘 좀 더 써! 화장만 하지 말고!"

"미친놈! 내가 화장 하는 데 네놈이 보태줬냐?"

마침내 호백문도 그답지 않게 슬슬 말이 거칠어진다. 깨끗한 화의가 여기저기 찢어져 걸레 조각처럼 되어버렸다. 하지만 그런 것은 눈에 들어오지도 않았다. 대기를 찢어발기는 도기가 눈앞을 가득 메우고 있는 것이다.

그래도 호백문은 이동천보다는 나았다.

이동천은 어른거리는 풍인강의 몸에서 번개처럼 뻗어 나오는 검을 받아 치느라 정신이 없었다. 일검을 막고 공격하려면 어느새 또다시 검이 뻗어온다. 게다가 검에 실린 역도도 장난이 아니다. 줄기줄기 이어지는 검기가 마치 살아서 꿈틀거리는 것만 같다.

그렇게 수비만 하다 보니 공격할 기회도 생기지 않고, 억지로 공격을 하려면 빈 곳을 비집고 번갯불이 번뜩인다. 그러다 보니 여기저기 십여 군데 자잘한 상처만 입고 말았다. 그나마 풍인강이 괴이한 기합이라도 지르지 않으면 다행일 텐데…… 귀가 괴로울 지경이다.

"오옷!!"

차차창!!

"타앗!! 이요오옷!!"

차르릉! 쩌정!!

휘의 입가에 가늘게 미소가 걸렸다. 두 사람의 무공은 이제 제 한 몸 추스를 정도는 되었다. 비록 완벽하지는 않지만, 앞으로의 발전은 시간이, 그리고 그들 자신들만의 깨달음이 필요할 뿐이다.

휘는 고개도 돌리지 않고 갈우당과 호양을 향해 말했다. 여전히 웃음

띤 얼굴을 하고서, 서리 긴 얼음송곳으로 귀를 후벼 파듯이.

"누가 그럽디다, 나에겐 만인의 피를 뒤집어쓸 운명이 기다리고 있다고. 나의 운명에 삼양신문의 피가 더해진다고 해서, 그다지 달라질 것도 없다는 것이 내 생각이오! 현명한 판단을 내리시길!"

『진조여휘』 4권에서…